AF382412

Sur la route de l'enfer

FSC
www.fsc.org
MIXTE
Papier issu
de sources
responsables
Paper from
responsible sources
FSC® C105338

M. Daigre

Sur la route de l'enfer

Édition : BoD – Books on Demand, info@bod.fr

Impression : BoD – Books on Demand, In de

Tarpen 42, Norderstedt (Allemagne)

Impression à la demande

ISBN : 978-2-3225-0663-7

Dépôt légal : Juin 2024

À vous lecteurs et lectrices, je dédie ce roman.

Après des années d'errance, je sais qui je suis. J'existe enfin. La réalité est ce qu'elle est.

Le jour où tout a commencé

JANVIER

Hier matin, j'étais là, seul, debout, en admiration devant toi, les pieds rivés au sol dans la plus complète hébétude. Impossible de détacher mon regard. Toi, que j'ai possédée durant des mois, es perdue à jamais. Comment cela a-t-il pu se produire si vite ?

Je te sens encore frémir sous mes doigts avant que tu ne te volatilises, mon papillon de nuit que j'ai laissé être attiré par la lumière. Est-ce que tu t'es brûlé les ailes avant ta capture ? Car tu es bien une captive à mes yeux. Avant, tu vivais libre, tu t'enivrais des parfums qui emplissaient la rue — j'avais laissé la fenêtre ouverte. Aujourd'hui, peux-tu encore respirer avec ces chaînes qui t'entravent ? Ton possesseur t'a enfermée dans une cage dorée. Dis-moi, es-tu satisfaite de ton sort au moins ? Je n'ose prononcer le mot « heureuse » de peur de te déplaire, tu pourrais croire à de l'ironie de ma part ou, pire, à du sarcasme. Ton avenir, est-il plus enviable que le mien maintenant ? La notoriété, comble-t-elle tes désirs ? La voie que j'ai dû emprunter n'est pas la tienne et les regrets m'étouffent lorsque je te contemple. Oppressé, l'air manque. J'ai failli et le désespoir creuse mon âme, un gouffre entre nous jusqu'aux entrailles de ma faiblesse. Cœurs solitaires, nous marchons sur deux routes parallèles dont l'issue n'aura pas de retour vers le point décisif. Me pardonneras-tu ma lâcheté à t'avoir abandonnée au milieu des prédateurs ? Je fustige ma cupidité, j'exsude ma douleur, j'implore ton pardon. Je ne supporte plus la souffrance qui m'étreint par ma faute. Je visionne le film à l'envers. J'avance un bras. J'enfreins les codes. Je marche vers toi, un pas après l'autre, poussé par notre ancienne passion. Je perçois un cri étouffé, une sirène au loin. Quelqu'un me tire vers l'arrière, me refuse le contact, ton contact. On m'empoigne de force, on m'éloigne de toi. La voix devient menaçante ; elle me reproche d'avoir voulu te toucher, moi qui t'aime au-delà du raisonnable. Comment pourrais-je te faire du mal, moi qui vénère ta beauté ? L'été, je te protégeais du soleil ; l'hiver, je t'écartais du poêle dans cette pièce exiguë où nous vivions suite à la malchance — la dégringolade d'un chômeur après la fermeture de l'usine, trop vieux pour l'embauche, ne restait que le diplôme d'une licence catégorie « arts plastiques » à exhumer de la chemise cartonnée dans lequel il était rangé depuis bientôt trente années —, pièce qui doit te paraître ridicule comparée au lieu dans lequel tu évolues aujourd'hui. Je me souviens de ton odeur caractéristique, de la patine flottant entre les quatre murs de notre nid d'amour. Je savais que je te retrouverais dès que j'aurais franchi le seuil de cette mansarde, toi à m'attendre moi, nous deux crevant de désirs, savourant à l'avance les heures exquises que nous allions passer ensemble. Je me rappelle l'instant où je t'ai rencontrée, tapie dans un coin, à même le sol, parmi tout ce fatras accumulé pendant des décennies. Je t'avais soulevée de terre, tu ne pesais rien entre mes bras, ou si peu. Tu t'es alourdie depuis avec cet habit de fête qui t'honore. Il brille autour de toi, il t'illumine par son éclat, et brouille ma vue, ou alors ce sont mes yeux qui s'embuent de larmes à l'orée de mon exil, je ne sais pas, je ne sais plus. Regarde-moi, pauvre hère, j'en suis réduit à donner mon obole pour t'apercevoir quelques heures. Mon aimée, tu es si pure, et ton contour s'estompe avec la lumière faiblissant. Un homme vient me chercher. Je supplie pour rester auprès de toi quelques minutes de plus. Je mendie des secondes supplémentaires. Il me somme de partir. Je dois te quitter ; je t'abandonne une fois de plus. Un pas, puis un autre. Je me retourne afin de te graver dans ma mémoire, et je cours vers la sortie, bousculant les retardataires. Je suis dehors, haletant, la porte du musée se referme. Je n'aurais jamais dû te vendre. Aurais-je le courage de revenir ?

Antony Vuilleminin patientait dans le hall de l'aéroport, costume cravate sous un chaud manteau long noir en laine vierge, chaussé de derbies de la même teinte. Retour de vacances. Délesté de sa valise, assis sur un des sièges mis à la disposition du public devant l'écran affichant les départs, la revue « Beaux-Arts » du mois précédent entre les mains, il lisait un article sans y prêter réellement attention, les pensées divaguantes. Il regrettait d'avoir cédé une fois de plus à la tentation du voyage, tentation qui le culpabilisait dès le retour à la réalité. Il blâmait la vente de cette œuvre lui ayant permis la concrétisation d'un rêve, mais la perte était incommensurable ; il l'avait compris trop tard. Aucun des tableaux accrochés sur les cimaises de sa galerie ne remplacerait celle qui manquait. Il jura en son for intérieur ; l'escapade étrangère serait la dernière, il mettrait un point final au passé familial – l'œuvre était l'héritage de l'aïeule, une croûte rejetée par tous, des insensibles à la beauté des lignes et au fondu des couleurs qui se seraient étripés en apprenant sa côte et l'en auraient dépossédée sur-le-champ.

À l'annonce de l'embarquement de son vol avec la compagnie Turkish Airlines, il referma la revue et la rangea dans une mallette d'un cuir marron glacé reflétant la lumière des néons qu'il avait posée au sol, se leva, et rejoignit le flot de touristes ayant passé le nouvel an dans la ville d'Istanbul. Les formalités d'usage expédiées, tel un automate, il suivit un homme d'apparence sportive avec ses tennis en cuir noir, son jean et son duffle-coat, mais la chevelure blond cendré parsemée de fils blancs trahissait son âge, l'après mai soixante-huit. Son pas cadencé cadrait mal avec une allure qui se voulait décontractée ; cela le fit sourire et atténua sensiblement le chagrin de la perte.

Sous la directive de l'hôtesse de l'air, Vuilleminin avança jusqu'à son siège et, ô surprise, l'inconnu de la file occupait celui à côté du sien. C'était parti pour trois heures quarante de vol jusqu'à Paris sans escale et une arrivée prévue à 18 heures 30, pour trois heures quarante de mutisme au-dessus des nuages, à moins que…

Vuilleminin ouvrit la mallette et sortit la revue par habitude. Il boucla la ceinture de sécurité, s'enfonça dans le siège afin d'amortir l'accélération du décollage à venir et tourna la tête vers son voisin. Ce dernier avait une posture crispée par la panique, les doigts étaient agrippés à la sangle, les phalanges blanchies, et le visage blême appréhendait une catastrophe.

— Vous êtes en sécurité, Monsieur

— John Patterson.

— Antony Vuilleminin. J'ai déjà effectué ce trajet plusieurs fois avec cette compagnie. Premier vol ?

Patterson hocha la tête avec un air apeuré.

— Le baptême de l'air est une épreuve à surmonter pour qui désire se déplacer rapidement sur tous les continents. Rien n'égale la vitesse d'un avion, et si vous parcouriez la planète dans le sens contraire des aiguilles d'une montre avec un supersonique à la performance inégalée, du moins selon la théorie scientifique, vous arriveriez avant d'être parti. Dans la pratique, ce serait plutôt l'inverse. Attente à l'enregistrement, attente à l'embarquement, attente pour que la piste se libère à l'arrivée, attente au poste de frontière, attente à la récupération des bagages sur le tapis roulant. Bienvenue dans un monde où les minutes sont comptées.

— Hum… grommela Patterson.

— Le temps est au beau fixe aujourd'hui. Réjouissons-nous. Terrible situation que d'être pris dans la tourmente. Nous croyons lutter contre la colère de Zeus, ce vent à décorner tous les cocus de la terre, cette pluie diluvienne à remplir les nappes phréatiques en moins de temps qu'il ne faut pour le dire, mais il n'en est rien. Nous pensons être protégés des intempéries, enfermés dans une carcasse métallique affublée de quatre roues ou de deux ailes, ou vêtus d'une tenue imperméable à pied sous un parapluie ou juché sur une selle, mais c'est une hérésie de par la justesse de l'événement : nous serions rincés de la racine des cheveux jusqu'aux orteils dès que nous aurions quitté notre abri provisoire, dès que nous aurions remisé nos deux-roues sous un auvent, dès que les baleines auraient été vaincues par l'impétueux vent. La nature a ses raisons que notre raison a tendance à ignorer sans vergogne, dit Vuilleminin sur une intonation qu'il souhaitait rassurante.

— « Quand on observe la nature, on y découvre les plaisanteries d'une ironie supérieure : elle a, par exemple, placé les crapauds près des fleurs. »

— Un poète comme compagnon de voyage.

Patterson n'avoua pas l'emprunt de ces belles paroles à Massimilla Doni, citation issue du dictionnaire Larousse oublié par un quidam dans le hall de l'aéroport et récupéré par ses soins dans le but de le feuilleter afin de détourner ses pensées durant l'angoissant vol. L'homme lui plaisait. La simplicité de sa conversation le changeait de ces clients infatués qui payaient rubis sur l'ongle avec leur carte bancaire Gold, état d'esprit calculateur qui les caractérisait.

— La laideur de l'amphibien posée sur un nénuphar, compléta-t-il, nettoyant les verres de sa monture en acier doré de la marque Levi's.

— Monet aurait pu le peindre.

— Si vous le dites.

— Vous pouvez détacher votre lien. Galeriste, annonça Vuilleminin, offrant une poigne chaleureuse au voyageur.

— Représentant, rubrique vins et spiritueux.

— Votre profession m'intéresse grandement.

— Vernissage ?

— Une réception sans alcool est indigne d'une galerie. Je l'ai appris à mes dépens. Figurez-vous qu'une fois, j'ai organisé un buffet non alcoolisé lors d'une exposition informelle d'un illustre inconnu attaché à ses valeurs « bien-être », évoqua Vuilleminin, mimant avec ses index et majeur les guillemets. Vous voyez le genre.

— Je vois. Un truc du genre « bon pour la santé », répondit Patterson.

— Exactement, et le résultat fut un fiasco, mon seul et unique échec. Je n'ai jamais, jusqu'à ce jour, réitéré cette malheureuse initiative.

— Et votre artiste ?

— Déçu. Il n'a pas compris, et je doute qu'il comprenne un jour qu'une toile a toujours plus de valeur une flûte entre les doigts. Et dans votre métier, des déconvenues ?

— Peu. Je suis habile à devancer les concurrents. Je possède le talent de dénicher le petit viticulteur au travail soigné perpétuant la vinification ancestrale. À celui-ci, je demande l'exclusivité à le représenter durant les trois prochaines années.

— Audacieux.

— Indispensable au lancement de l'affaire. Je prends le risque d'avoir un stock sur les bras, car j'achète toujours une partie du stock confié, cela est compris dans le deal ; il faut bien aider au démarrage et que les clients goûtent, n'est-il pas ?

— Je suis de votre avis.

— Je ne lésine pas sur l'ouverture d'une bouteille quel que soit son prix. La réputation que j'ai forgée au fil des ans se doit de persister, même si, comme dans votre cas, j'essuie un bide.

— Vous pouvez toujours les boire.

— Vous ne savez pas si bien dire. Bien sûr que je les bois lorsque je suis chez moi. Il ne faudrait pas que le vin s'évente. Aucun gaspillage chez Patterson.

— Chez Vuilleminin non plus. J'emporte les restes du buffet à la maison lorsque le vernissage est fini. Que je vous raconte ce qui m'est arrivé un jour. Je ne vous ennuie pas, au moins ? demanda Vuilleminin en rangeant sa revue.

— Pas le moins du monde, vous m'évitez de regarder à travers le hublot.

— Je disais donc…

Trois heures à converser telles deux vieilles connaissances qui se seraient perdues de vue depuis trop longtemps. Du vouvoiement, le tutoiement leur vint de façon naturelle.

Sur le parking de l'aéroport, les deux voyageurs échangèrent leurs cartes de visite avec la promesse de se revoir. Patterson ayant un salon au mois d'avril à Reims, il assura qu'il téléphonerait auparavant.

Les deux voitures empruntèrent la sortie et bifurquèrent, Vuilleminin vers Créteil direction Reims et Patterson vers Sévigny sur Orgedirection Chichée ; le coup de klaxon scella le souvenir de la rencontre.

22 heures au clocher de l'église lorsque Patterson traversa le village désert au volant de sa Citroën C3 Air cross à la carrosserie noire au toit blanc. À l'approche de sa rue, il entreprit de ralentir le régime, voulant éviter l'invite de sa voisine, une charmante grand-mère à laquelle il rendait service, qui devenait au fil des mois une sangsue de quatre-vingt-trois ans. Elle avait le don d'envahir son espace vital dans les moments inopportuns ce qui entraînait fatalement une négociation ardue. La « première » enclenchée, il roulait avec la sensation que le moindre gravillon crissant sous les roues allait cogner sur les volets fermés, chassé par les pneumatiques avec la force d'une fronde. Il se gara devant sa modeste demeure, soixante mètres carrés habitables : une cuisine, un salon, une salle à manger, une pièce servant à la fois de chambre d'ami et de bureau, et des toilettes au rez-

de-chaussée, à l'étage, une grande chambre et une salle d'eau, plus la cave voûtée accessible dès le hall d'entrée après avoir descendu trois marches, ouvert la porte, encore six marches, et la fraîcheur vous saisissait, idéale pour la conservation du vin. Il prit soin de ne pas claquer la portière après avoir récupéré son bagage sur la banquette arrière, de ne pas faire grincer les gonds du portillon qu'il aurait dû huiler depuis l'été dernier, releva son courrier dans la boîte aux lettres, et pénétra chez lui.

Il se dirigea directement vers la cuisine à l'agencement moderne conçu par le précédent propriétaire : des meubles en bois mélaminé aux poignées inoxydables, un évier taillé dans une pierre, un plan de travail en faux marbre blanc veiné de gris avec son lot de prises sur lesquelles il avait branché une cafetière Nespresso Delonghui, une bouilloire et un autocuiseur, plus loin un four à chaleur tournante et un micro-ondes avaient été encastrés, une plaque de cuisson était reliée à une bouteille de gaz butane cachée sous l'évier, et un imposant frigo congélateur. L'éclairage de la pièce était trop faible à son goût, et nécessitait un remplacement qu'il remettait toujours au lendemain. Il balança son sac de voyage dans un coin, sortit une pizza surgelée et l'enfourna, réglant la cuisson à trente minutes, un temps suffisant pour se doucher, passer un jogging, régler les convecteurs à vingt degrés Celsius au lieu des seize programmés pendant son absence, peu convaincu de l'économie énergétique et pécuniaire, mais il suivait les recommandations gouvernementales présageant des coupures d'électricité pour cause de centrales nucléaires subissant les révisions indispensables à leur maintien.

Revigoré par l'eau brûlante sur son corps, attiré par l'odeur flottant dans la maisonnée, il descendit. Avant de préparer son repas frugal, il récupéra son sac de voyage, tria le linge sale du propre qu'il avait cloisonné par une serviette de toilette non utilisée, et programma le lave-linge durant les heures creuses. Le ding de la minuterie précipita la préparation du plateau télé : une assiette avec la part de pizza aux fruits de mer, un bocal de conserve maison contenant des poires au sirop offert par la voisine avec une cuillère à soupe planté dedans, des couverts, un verre à pied, une serviette jetable, et un tire-bouchon. Il traversa le couloir, posa ledit plateau sur la table basse du salon, une pièce sobre ouverte sur la salle à manger agencée dans un style scandinave aux couleurs neutres et au mobilier en sapin naturel et fonça choisir à la cave une bouteille. Il remonta avec un vin blanc de son ami viticulteur chablaisien, Gilbert Perrat, vendu quatre-vingts euros sur le marché. Ce soir était encore la période des vacances. Puisqu'il restait quatre jours à pouvoir se prélasser, sans éprouver une quelconque culpabilité face au temps productible, il se permettait un extra. Sur cette lancée euphorisante, il sortit de la poche de son pantalon son smartphone de la marque Samsung modèle Galaxy 20 et composa le numéro de Amélie Boujun, dame de petite vertu qu'il fréquentait de façon épisodique. Un rendez-vous fut conclu pour le lendemain au cours de la matinée aux alentours de dix heures. Ce vendredi serait une agréable soirée, tardive, certes, mais savoureuse. Il alluma le téléviseur et zappa avec la télécommande jusqu'à trouver une émission plaisante diffusée sur l'écran plat.

*

Ce matin, la petite fille de Madame Bonacieux, Amélie Boujun, avait pris une décision : visiter le grenier de sa maisonnette, soixante-dix mètres carrés de plain-pied isolée au milieu des prés aux alentours de Epineuil qu'elle avait agencée avec le mobilier de son appartement auxerrois vendu il y avait quatre ans de cela, se composant d'une petite entrée avec à droite la cuisine et à gauche le salon, d'un couloir étroit amenant à la chambre, d'une salle de bains, W.-C et d'une véranda permettant l'accès au jardinet sur l'arrière de l'habitation. Là-haut gisait l'héritage de la grand-mère que les déménageurs avaient monté en son absence sous l'œil vigilant d'un homme qu'elle connaissait de longue date auquel elle avait confié cette épreuve qu'elle ne souhaitait pas subir, un service qu'elle avait payé de ses charmes, et qu'elle paierait encore tout à l'heure avant d'y mettre un terme ; elle ne continuerait pas, ad vitam aeternam, l'offrande de son corps gratuitement, il ne fallait quand même pas exagérer, n'importe quel travail méritait un salaire.

Elle s'était levée aux aurores, bousculant l'horaire des tâches prévues durant la journée. La résolution d'aujourd'hui consistait donc à trier, jeter les vieilleries, rassembler les objets dont l'utilisation lui paraîtrait envisageable, et isoler ceux à l'utilité douteuse.

Vêtue, pour la circonstance, d'un tee-shirt à manches longues et d'un vieux pull en coton sous une veste trouée bien qu'elle supputât une chaleur étouffante sous la toiture isolée avec ce soleil digne d'un mois de mai, d'un jean usé jusqu'à la trame, et chaussée d'une paire de baskets usagées, elle tira sur la poignée de la trappe située dans le plafond. Elle déploya l'échelle de meunier et grimpa, inquiète. La vision cauchemardesque d'un animal mort desséché, d'une chauve-souris la tête à l'envers, ou d'un hibou endormi, s'insinua dans son esprit fragilisé, son imagination n'ayant plus aucune limite au scénario. Sur le dernier barreau, elle demeura statufiée devant la poussière accumulée partout avec les mois d'oubli volontaire, et les toiles d'araignées dans les moindres recoins semblaient flotter dans les rayons pénétrant par les fenêtres de toit. Elle frémit rien qu'à l'idée de s'aventurer dans le domaine des arachnides et frissonna d'un froid intérieur.

Courage.

Elle posa les deux pieds sur le plancher et resta immobile. Elle avait sous-estimé l'ampleur de la tâche. Elle ne se souvenait plus du nombre de cartons communiqué par le dévoué Patterson réquisitionné. La quantité à ouvrir, entassée ici depuis des lustres, était impressionnante, et elle réalisa pourquoi elle avait repoussé la besogne tant de fois. Elle ne soupira pas d'aise ; elle évalua l'énergie qu'il faudrait puiser dans ses ressources pour arriver à ses fins. De quoi s'étourdir rien qu'à l'idée.

Courage.

Elle avança un peu avec l'étrange sensation de gravir le Mont Everest, se frayant un passage entre les tas aussi haut que la chaîne de l'Himalaya, et s'arrêta. Elle réfléchit à la meilleure manière de procéder. Considérant qu'il ne serait pas judicieux qu'elle fût piégée dans un labyrinthe d'affaires déballées, elle se dirigea vers le fond des combles, le cutter à la main, taillladant d'un coup sec les réseaux de fils savamment tissés par les pholques et les tégénaires qui, désemparées, abandonnèrent leurs proies, furieuses. Elle se hissa sur la pointe des pieds et attrapa le premier carton du monticule devant elle marqué « vaisselle » au feutre noir, manqua chavirer sous le poids, le posa au sol derrière elle, quelques mètres carrés délimités de surface libre, et coupa le ruban adhésif dans le sens de la longueur.

Du papier journal enrobait des bocaux de conserve en verre sur lesquels les étiquettes précisaient petits pois très fins, asperges vertes, haricots verts extra-fins, dans l'attente d'être remplis par les confitures cuisinées à la maison. Elle renonça à vérifier la totalité du contenant, présageant qu'il n'y aurait rien de différent. Le deuxième, le troisième et le quatrième furent leurs identiques ; elle n'avait pas remarqué la lettre et le chiffre écrits à la suite du mot. Il existait donc un code pour chacun – vaisselle A 1, A 2, jusqu'à A 6 – et

Patterson, fort d'une logique implacable liée à son métier, avait demandé aux déménageurs de respecter l'ordre noté par la grand-mère dans un but connu d'elle seule ; une simplification du rangement qu'elle n'élucida pas.

Un rapide calcul s'imposa à ses neurones. Un volume de trente objets environ multiplié par six qu'elle arrondit à deux cents, à vider dans le container à bouteilles, les confitures achetées au supermarché lui convenant à la perfection.

Courage.

Avant de poursuivre, elle examina attentivement les piles et identifia le codage. Livres de L 1 à L 10, et elle plaignit les hommes soulevant et portant ces charges à bras-le-corps, les lombaires fragilisées par l'effort.

Il faudra aménager cet endroit et prévoir un escalier que je commanderai à un menuisier local compétent, acheter un meuble ou deux pour ranger les bouquins que je garderai. Je donnerai les doublons aux amoureux de lecture désuète, de papier jauni imprégné par l'odeur d'ancienneté.

Elle ne toucha pas à la pile et porta son regard sur la suivante. Elle s'étonna d'une nouvelle série « vaisselle » de B 1 à B 4.

Maintenant, l'heure n'était plus à la rigolade, elle naviguait dans le sérieux. Elle ouvrit les quatre cartons et découvrit un rangement méthodique de récipients et d'ustensiles, chaque objet ayant été enveloppé dans une bâche à bulle découpée avec précision, reconnaissant le souci d'économiser l'emballage, ce gain revendiqué par la grand-mère à la moindre occasion. Les assiettes réservées pour le dimanche côtoyaient celles de la semaine, de même pour les verres à pied, à liqueur, et le quelconque à moutarde, cet insignifiant que l'on pouvait casser et qui serait remplacé à peu de frais. Elle poursuivit le déballage et entassa autour d'elle les couverts, les poêles, les casseroles, les plats à gratin et ceux à gâteaux. Elle commença à manquer de place. L'espace vital se rétrécissait au fur et à mesure qu'elle étalait tout ce qui avait pu servir à Madame Bonacieux pour la préparation des repas. Avec cet univers culinaire, elle pourrait inviter quelques proches triés sur le volet au vu de son passé de tapineuse. Elle imagina, aux beaux jours dans le minuscule jardin, une tablée joyeuse fêtant une crémaillère tardive.

Un carton isolé l'intrigua. La lame fendit avec douceur le scotch transparent. Il ne possédait aucune inscription sur les six faces exceptée le mot FRAGILE. Il était « l'unique » comme pour lui signifier qu'il avait été privilégié, celui que l'aïeule avait chéri, qu'elle avait préservé de la maladresse. Elle écarta avec délicatesse les bords. Le passé ressurgit. Elle plongea dans une époque révolue avec la découverte du poste de radio à lampes des années cinquante, la cafetière émaillée d'un bleu tirant sur le vert qui s'assortirait à la perfection avec son intérieur d'un camaïeu bleu, la série de casseroles en porcelaine au cerclage de fer terminé par leurs manches de bois foncé, le moulin à café avec son tiroir et sa boule qu'elle aimait tourner enfant, coincé entre ses cuisses, pour moudre le grain, les assiettes à dessert au pourtour jaune et leurs motifs en relief de raisins et de prunes sur fond blanc, le pichet en céramique et, à l'intérieur de celui-ci, un pot de confitures de fraises rescapé des tartines du goûter comme un clin d'œil aux souvenirs de la cueillette des fruits déposés dans le panier, de l'équeutage, la grand-mère et la petite fille penchées au-dessus de l'évier l'une à côté de l'autre, du lavage à grande eau pour éliminer les poils urticants, de la bassine de cuivre rouge d'un plaisir gourmand.

À genoux, elle contempla le cadeau offert. Des larmes perlèrent à ses paupières. Elle ne l'ouvrirait pas, ne le consommerait pas ; il traînerait en majesté dans le cabinet de curiosité qu'elle décida de créer aussitôt.

Dans sa veste qu'elle plia comme une poche, elle rangea le pot et le serra contre son buste avec un bras droit protecteur. Avec le gauche, elle agrippa la rampe de l'échelle. Elle sentit la semelle sur le premier barreau. Elle descendit.

Elle déposa le pot sur la table ronde et observa les étagères encombrées. Elle se lamenta. Elle aurait voulu le valoriser tel un trophée en attendant de s'être procuré une vitrine, lui trouver l'emplacement idéal, et se mit à arpenter son logis en vain. Le pot était toujours sur la table lorsqu'elle sursauta au timbre de la sonnette. Toute à sa recherche, elle avait oublié son rendez-vous fixé la veille. Elle épousseta son jean. Elle ouvrit la porte d'entrée sur un Patterson sourire aux lèvres, prêt à dégainer son appendice sexuel, et lut sur le visage de l'homme l'image renvoyée d'une souillon.

— Je n'ai pas prêté attention à l'heure. Je fais un brin de toilette et je suis à toi.

— Je te suis. Il y a longtemps que je n'ai pas joui dans l'eau.

Amélie accepta de bonne grâce. Dans la baignoire, dans un lit, ou sur le canapé, elle se moquait éperdument de la manière dont la bagatelle serait expédiée, Patterson étant un piètre amant de cinquante-deux ans qu'elle tirait vers le haut comme sa verge avec des paroles hypocrites vantant les prouesses déficientes, loin de rivaliser avec la performance de Vanier, son habitué de trois fois la semaine à 200 euros la séance, âgé de soixante-dix-huit ans avec lequel, cerise sur le gâteau, elle grimpait au rideau ce qui n'était point négligeable. Seul bémol dans le choix de ce partenaire matinal, la difficulté à éjaculer de Patterson serait amplifiée, l'acte s'éterniserait dans une eau tiède qu'il faudrait réchauffer de façon régulière.

Une heure et dix-huit minutes ! Un calvaire !

La chose avait été accomplie à grand renfort d'obscénité pour stimuler les coups de reins. Et le pire, songea Amélie, c'était la satisfaction qu'il éprouvait après le coït. Il pavoisait devant le lavabo, pauvre paon ridicule s'habillant avec des gestes lents. Elle proposa, étant donné que midi approchait, de partager le frichti mijoté d'hier avec une idée ancrée dans son cerveau.

Piètre cuisinière, Amélie avait incorporé aux oignons rissolés dans le faitout des pilons de poulet fermier, une boîte de tomates pelées entières, une de haricots rouges, une de champignons de Paris émincés, une de poivrons grillés au four coupés en lanières, le tout assaisonné d'épices, de sel et de poivre noir moulu, avait mis le couvercle, et la galère vogua. Le résultat était suffisamment goûteux pour être proposé à celui qui épousait la démarche d'un tombeur dans le couloir devant elle.

— Je te ressers ?

— Si j'avale encore une bouchée, je vais éclater, Amélie. S'il comparait ce menu aux plats industriels réchauffés dans son four à micro-ondes, l'hôtesse assise devant lui était un cordon-bleu.

Patterson roulait des yeux globuleux de myope tel un crapaud bavant devant sa promise.

— Pourrais-tu me rendre un service ? *Dieu, qu'il est laid.*

— Tout se paye, ma chère.

— Ton tarif sera le mien. Alors, c'est oui ?

— Explique.

— Mon ancienne voisine d'Auxerre, commença-t-elle, attrapant le Haut Médoc 2 016 pour remplir à nouveau le verre de son invité.

— Celle des chats ?

— Oui, celle-là. Elle me harcèle au téléphone pour que je passe la voir, mais je jurerai qu'elle veut que je garde ses satanées bestioles. Avant, je n'avais qu'à sortir de chez moi, pousser la porte d'à côté, leur remplir leurs gamelles et ressortir. Maintenant, elle voudrait que je continue sans comprendre que je ne suis plus aussi disponible qu'avant. Je ne veux plus persévérer dans cette mascarade. J'ai cédé déjà cinq fois, cela suffit.

— L'habitude.

— L'ingratitude de la vieille, je dirais plutôt.

— Et que viens-je faire dans ton histoire ?

— Tu prévois une visite dans ta tournée et tu argumentes les raisons de mon refus.

— Pas si simple. Je suis plus souvent en déplacement vers le Grand Est qu'ici.

— Tu lui racontes que c'est moi qui t'envoie et tu imposes tes conditions, à la Durieux. À quatre-vingt-cinq ans, elle ne participera plus beaucoup aux sorties de son club du troisième âge. Une par an, et je ne suis même pas sûre de ça. À mon avis, elle s'ennuie et c'est l'excuse qu'elle a trouvée pour m'attendrir.

— Trois.

— Trois quoi ?

— Trois mois gratis ; à prendre ou à laisser. Win-win, ma chère.

— N'exagère pas, tu y vas fort sur la négociation.

— Je commence mes tournées. D'abord la Champagne Ardenne et à la fin du mois le Doubs. Février, j'ai deux salons alsaciens et début mars celui du Jura. Fais le compte, cela ne changera pas la fréquence de nos ébats.

— D'accord, mais tu te dépêches d'y aller. Je ne sais plus quelle excuse inventer. Elle m'insupporte maintenant.

— J'irai demain matin. Cette après-midi, j'accompagne la mienne de voisine, aussi très âgée, pour ses courses à Auchan. `

— Combien ?

— 83.

— Merde ! Nous sommes cernés par les vieilles ! Tu parles d'une jeunesse dans nos campagnes !

— Et puisque tu évoques la jeunesse, tu sais ce qui me brancherait ?

— Dis toujours.

— Un plan à trois. Un fantasme jamais assouvi.

— Il faut que je réfléchisse.

— Tu as bien dans ton calepin une de tes copines qui serait d'accord, non ? Du teambuilding ?

— Du quoi ?

— Du travail d'équipe si tu préfères.

— Ah. OK. Mais il faudra caler nos plannings. Ce n'est pas facile, on ne peut pas déplacer les réguliers, et il y a aussi ton emploi du temps à prendre en considération.

— Je t'envoie par texto mes dates ce soir. À toi d'implémenter. Penses-y. ASAP. Bon, il faut que je parte sinon grand-mère Tournier sera sur le pas de sa porte à se lamenter concernant mon retard.

— Non !

— Si !

— L'ingrate !

Amélie referma la porte sur ce client corvéable à merci.

Quelle idée saugrenue l'a traversé lorsqu'il a suggéré un plan à trois ? Je n'aurais jamais dû lui raconter le scandale dans le village de grand-mère. Je croyais qu'il avait oublié depuis l'autre jour. L'idée a tricoté et de fil en aiguille, voilà ce que cela a donné. Il est pareil à ce vieux cochon libidineux de Vanier qui envisage l'impossible parce qu'il a héroïquement des érections contrairement aux personnes de son âge qu'il fréquente. D'habitude, il salive sur ma poitrine généreuse comme un gourmet devant un plat gastronomique et la vue de mes seins suffit au lever des couleurs, mais je ne veux pas le contrarier. Il crache au bassinet sans discuter le lundi, le mercredi et le vendredi de 14 heures à 17 heures 30, jours et horaires indéboulonnables sauf exception, ce qui

Après la vaisselle, elle s'effondra dans le canapé vintage au tissu vieux rose du salon et feuilleta l'album de photographies familiales jusqu'à s'arrêter sur celle de l'aïeule.

« Ne jugez point afin que vous ne soyez point jugés, car on vous jugera du même jugement que vous aurez jugé. » La messe était dite. Ils étaient trois à vivre à l'image d'un couple. Ils étaient trois à s'épanouir sous le même toit, à se vautrer dans la luxure sous les regards offusqués du voisinage à une époque où les femmes préféraient savoir leurs hommes au bordel plutôt que chez une maîtresse attitrée. Eux avaient choisi la liberté sexuelle sans aucune retenue. Ils avaient banni de leur quotidien les tabous et les mensonges. Ils affichaient leur bonheur, bras dessus, bras dessous, elle, coincée entre ses deux hommes, heureuse d'être là, de se sentir protégée par la musculature masculine de ses amants écartant la menace puritaine. Ils vivaient dans une opulence enviée tels des bourgeois, une voiture récente, des vacances au bord de la mer l'été, à la montagne l'hiver ; trois salaires à la maison et pas d'enfant à charge, il y avait de quoi nourrir l'écureuil chaque mois, car les mauvaises langues supputaient trois livrets A de la Caisse d'Épargne pleins et le B déjà en route ; et c'était assurément ce qui dérangeait le plus dans ce village où les familles peinaient à manger grassement.

Elle referma l'album. Vanier contribuait lui aussi à alimenter son bas de laine. Après un LDD et un LEP fournis, le livret A atteindrait bientôt le plafond. Elle se leva, marcha jusqu'à son bureau, une simple table à deux tiroirs peinte en bleu turquoise sur laquelle il y avait un ordinateur portable, une imprimante, un pot à crayons et divers papiers. Elle ouvrit le tiroir de droite et s'empara d'un calepin.

*

Madame Maryse Durieux, assise dans son fauteuil relaxant dans sa salle à manger désuète, avait la pensée nostalgique, ce dimanche, pendant qu'elle écoutait la messe sur son téléviseur aussi vieux qu'elle, un authentique poste des années quatre-vingt à tube cathodique.

Dans le bus, il avait été difficile d'obtenir le silence à moins d'avoir des écouteurs enfoncés jusqu'aux tympans ou des bouchons d'oreilles ; elle avait repéré quelques personnes avisées du club arborant les « antibruit » un livre entre les mains. Il y avait eu le sans-gêne accaparant un malheureux compagnon de route avec son verbiage, faisant aussi profiter les voyageurs de leur conversation. Il y avait eu les accros à la tablette et au smartphone, isolés dans leur bulle, pianotant sur leurs écrans et s'exclamant à chaque faute commise au cours d'une partie de leur jeu favori. Il y avait eu les besogneux qui, à peine le postérieur affleurant le siège, avaient ouvert leur ordinateur portable et commencé à taper sur leur clavier, des « clic-clic-clic » à supporter jusqu'à l'arrivée. Il y avait eu la mère de famille réprimandant sa marmaille, excusant les chamailleries des grands et s'évertuant à sécher les pleurs du dernier né. Et parmi cette agitation, il y avait eu les rêveurs contemplant le paysage à travers la vitre et l'étranger perdu dans cet univers cosmopolite dont il ne comprenait pas la langue et se demandait pourquoi il avait opté pour la visite. Durant le trajet, elle avait donc eu le loisir d'étudier ce microcosme sociétal.

Les trois cloches avaient sonné le recueillement dans le jardin magnifié par les essences variées au travers desquelles

les rayons solaires diffusaient une clarté en demi-teinte. Ils perçaient le feuillage, se posaient avec délicatesse sur les reliefs des instruments en bronze ; ils épousaient leurs volumes. Fugacité immortalisée par un regard attentif. Les vibrations métalliques avaient guidé les paroissiens vers les formes pyramidales et circulaires renvoyant à l'universalité, à la beauté céleste. Elles préparaient à l'embarquement du grand vaisseau blanc consacré. Un sanctuaire divin. La blancheur des murs crépis s'accordait à la simplicité de l'édifice. Elle était venue apaiser son âme, l'épancher dans la prière, agenouillée sur le banc de bois rappelant La Croix nue derrière l'autel, la lueur diffusée par les cierges accompagnant celle des vitraux encastrés dans les ouvertures comme autant de meurtrières de Vie, un passage entre l'Homme, la Spiritualité, et le Dieu des chrétiens. Dissimulée dans sa niche, la Vierge veillait sur les pèlerins implorant sa clémence. À travers la méditation, Marie leur offrait un Amour incommensurable, miséricordieux, et les emportait naviguer sur un océan de joie. Elle avait quitté La Chapelle de Ronchamp sereine.

Cinq chats partageaient son quotidien : le vieux Boswell, un mâle aux poils gris et blanc qui sauta sur les genoux de sa maîtresse avec l'envie d'être caressé, et la belle Chipie, une femelle à la robe tigrée au tempérament espiègle l'épiant sous le buffet, attendait le moment opportun pour le déloger, le dormeur KaoKung, un persan au pelage immaculé roulé en boule dans le panier qu'il s'était approprié sous les prunelles furieuses des autres félins, Hodge, le dernier recueilli, un chaton mâle roux se léchant consciencieusement la patte sous la fenêtre, et Noiraude, une chatte toute noire mangeant dans la cuisine.

L'appel de l'interphone fit sursauter Boswell. Il planta ses griffes dans le gilet de laine. *Je n'attends personne. Qui cela peut-il être ?*

Elle posa le chat par terre et s'achemina vers la porte d'entrée.

— Oui ? questionna-t-elle, l'index droit appuyé sur le bouton.

— Bonjour, êtes-vous Madame Durieux ?

— Oui. C'est à quel sujet ?

— Je viens de la part de votre ancienne voisine, Madame Boujun.

— Amélie ?

— Exact.

— Je vous ouvre. 3e étage.

Elle attendit le visiteur, la porte entrebâillée tirant sur la chaîne de sécurité.

John Patterson sortit de l'ascenseur avec un air désinvolte. L'appartement était face à lui.

— Re-bonjour, puis-je entrer ?

— Je ne vous connais pas. Le ton était revêche.

— Normal, et je m'attendais à votre réponse. Je vais appeler notre amie commune afin de vous rassurer. Il composa le numéro et tendit son téléphone portable qu'elle lui arracha des doigts. *Une vieille complètement givrée. Pas étonnant qu'Amélie veuille se débarrasser d'elle.*

— Allo ! Amélie !

Et elle postillonne sur mon Samsung en gueulant, cette folle !

— C'est bon. Elle lui rendit son bien.

Il le récupéra avec un Kleenex. *Dégueu. À désinfecter à la maison. Ça pue la pisse de chats ici. Comment la vieille peut-elle respirer avec une odeur pareille ?*

— Suivez-moi.

Ne t'inquiète pas, la vieille, je ne m'attarderai pas dans ta piaule. Il accorda son pas à celui de Durieux, les cinq chats dans leur sillage. Il écarquilla les yeux devant la décoration de la salle à manger : un temple dédié aux félins ; ils étaient présents sur les murs et sur les meubles : des bibelots, des livres, des reproductions encadrées, des canevas, des herbes à chat dans des pots, plusieurs grattoirs, etc., etc., de quoi tomber raide d'apoplexie.

— Amélie m'avait précisé que vous affectionniez les chats. Elle gardait les vôtres de temps en temps, mais elle ne peut plus maintenant. Vous le comprenez, n'est-ce pas ? Elle vit trop éloignée de chez vous. *Même les pantoufles ont des têtes de chat comme pour les gosses !*

— Ne restez pas debout. Assoyez-vous sur une chaise, ordonna-t-elle depuis son fauteuil, baissant le son de la messe avec la télécommande.

Il repéra celle qui lui parut être la moins recouverte de poils.

— C'est ce qu'elle a affirmé la dernière fois qu'elle m'a dépannée. Je ne peux pas les confier à n'importe qui, geignit-elle.

— Si vous promettez de laisser tranquille Amélie, dorénavant, je m'occuperai d'eux.

— Vous feriez cela ?

— Je ne serai pas ici à vous le suggérer. J'ai toujours eu des chats enfants. *Que de mensonges dits en ces lieux, ma bonne vieille.*

— Oh !

— Aujourd'hui, non, les vôtres compenseront ce manque, et mon métier me permet d'adapter mon emploi du temps.

— Lequel exercez-vous ?

— Je suis représentant.

— C'est pratique.

— Oui, mais je dois prévoir, question d'organisation. Tenez, voici ma carte. Téléphonez-moi lorsque vous aurez besoin.

— Vous êtes si aimable, Monsieur Patterson. Même mes enfants ne se déplaceraient pas pour eux.

— Combien avez-vous d'enfants ?

— Deux qui attendent que je meure pour toucher l'héritage. Je ne les vois jamais, alors je me console avec mes petits chenapans.

— Je comprends. *Tes héritiers n'ont pas tort.* Je demanderai à Amélie de m'expliquer comment elle procédait.

— Elle connaît bien leurs habitudes et où je range tout ce dont ils ont besoin ; elle vous dira. Walter Scott écrivait : « les chats sont une espèce mystérieuse. Il passe dans leur esprit plus de choses que nous ne pouvons l'imaginer. » Vous vous en rendrez compte.

Elle appuya sur la télécommande qu'elle avait gardée entre ses phalanges noueuses. Un chant solennel emplit la pièce.

— Je dois vous quitter. Le dimanche, je rends visite à ma mère. *Et soulever des haltères à la salle de sport.*

— Il ne faut pas la faire attendre ; une mère est précieuse.

Clopin-clopant, elle atteignit l'entrée et lui secoua la main tendue chaleureusement.

Dès qu'il eut rejoint sa voiture, il téléphona à Amélie.

— Le problème est réglé. Garde ta soirée. J'arrive. *La vieille a gobé tout ce que je lui ai raconté. Allez rendre visite à ma salope de mère au cimetière, tu parles comme je vais y aller. Elle peut croupir dans son cercueil, bouffée par les vers, cette orpheline égoïste qui a cocufié mon père pendant qu'il bossait dur la nuit pour ramener le fric qu'elle dépensait avec ses amants. Brûle dans les enfers, salope !*
Semaine 2

Dès qu'il avait eu le verre entre les doigts, l'avait incliné lentement vers la droite puis vers la gauche, les larmes coulant doucement le long des parois, avait humé le parfum du raisin ayant mûri sur les coteaux ensoleillés et sentit les saveurs explosées dans sa bouche, il avait su qu'il consacrerait sa vie à explorer les cépages et à goûter le nectar béni des dieux jusqu'à être rassasié de lui.

Patterson fêtait ce jour-là ses quinze ans et la fin de son adolescence. « Tu es un homme aujourd'hui. Tu dois apprendre pour apprécier pleinement. » Les paroles prononcées par son père sommelier avec tout le sérieux d'un maître envers l'élève avaient porté ses fruits ; il avait marché sur les traces paternelles. Perfectionniste, après l'école de sommellerie à Dijon, il avait ajouté à ses acquis un diplôme d'œnologie, puis dévié sa route vers les études commerciales. Il avait refusé, malgré le désaccord du géniteur, les horaires contraignants de la restauration et ceux de la viticulture ; il aimait trop son indépendance pour aliéner sa liberté professionnelle et se réjouissait chaque jour d'avoir choisi la voie du négociant en vins, un chemin parsemé de rencontres où l'amitié était synonyme de beuverie « millésimée ».

Ce lundi ne dérogea pas à la règle de la nouvelle année. Il commença ses visites par Gilbert Perrat.

L'homme en salopette verte et bottes caoutchoutées s'affairait devant son établi dans une grange baptisée ATELIER. D'un œil de connaisseur, il vérifiait les chaufferettes et plaçait à l'intérieur de ces dernières un bloc de paraffine, lutte annuelle entre l'impitoyable gel et les fragiles bourgeons. David contre Goliath, la mythologie réappropriée. Il les alignait ensuite sur les étagères se situant sur sa gauche avec un geste mécanique. Elles étaient enfin prêtes à être positionnées à flanc de coteau au niveau des ceps, protégeant ainsi le chardonnay dont l'acidité élevée s'harmonisait avec la sensation de minéral et de pierre dégagée. Au bruit des pneus sur les gravillons de la cour, il tourna le buste.

— Hé ! Regardez qui vient échouer sur mon domaine !

— Ton meilleur défenseur !

— Tu ne sais pas si bien dire, l'ami ! Et la Turquie, comment c'était ?

— Très bien. Beau temps.

— Qu'as-tu visité à Istanbul ?

— Les classiques touristiques : le palais Topkapi, la basilique Sainte Sophie, la mosquée bleue, la tour Galata, sans oublier un tour au Grand Bazar.

— Il paraît qu'il est immense.

— Limite anxiogène avec toutes ces odeurs mélangées qui te provoquent la migraine, cette foule permanente, ces rues où tu risques de te perdre si tu rates le croisement du quartier où tu as démarré ton circuit de visiteur non-initié, ces vendeurs de thé qui circulent partout où tu vas avec leur plateau et leurs verres remplis manquant chavirer à chaque instant, ces nombreuses boutiques. Figure-toi que tu trouves de tout : de la bouffe, des fringues, du cuir, de l'or et des diamants, de la vaisselle, et je n'ai pas vu le quart des choses proposées.

— Tu t'es laissé tenter par un achat ?

— J'ai ramené quelques babioles : des verres à thé, bien sûr, une théière pour ma voisine, et une veste en cuir que j'ai endossé illico presto à cause de la douane. Il n'y a aucune garantie sur l'authenticité, alors mieux vaut ne pas y mettre cher.

— Et pas de vin, soupira Perrat.

— Ce n'est pas là-bas que je vendrai ta production ! s'esclaffa Patterson. Même au restaurant de l'hôtel, je n'ai pas aperçu l'ombre d'une bouteille ; les serveurs doivent avoir la consigne de ne pas servir de boissons alcoolisées à la vue de tous. Le « room service » te le monte sûrement dans ta chambre.

— Ou bien vendu sous le manteau.

— Au prix fort garanti. Et toi, ces fêtes de fin d'année ?

— La routine. La famille à Noël et les copains au nouvel an. Rien de transcendant. Un célibataire, on ne le fréquente guère, on l'invite par obligation.

— Je te rejoins sur ta constatation. Fais comme moi, une nana pour le plaisir et chacun chez soi.

— Faut-il encore connaître une nana qui veuille ?

— Il y a Amélie, toujours disponible.

— Tu connais mon point de vue sur sa profession. Je préfère m'abstenir que de banquer.

— Qui parle de payer. Tu lui rends service de temps en temps, et c'est gratuit. C'est win win. Elle a certainement une consœur que cela intéresserait. Avoir un homme à disposition est utile, crois-moi ma vieille expérience en la matière. L'Amélie, elle ne se gêne pas pour demander.

— Et me choper la chtouille, non merci. Je n'ai pas atteint l'âge de cinquante-trois ans pour être contaminé. Viens plutôt boire un coup au lieu de dire des conneries, après, nous parlerons boulot pendant le repas. Tu restes ?

— Évidemment.

Instinctivement, Perrat jeta un œil sur la petite colline face à la bâtisse.

— Qu'est-ce qu'il manigance encore celui-là ?

— Qui ?

— L'emmerdeur qui marche sur le sentier longeant les vignes là-bas avec son appareil photo.

— Où ? Je ne le vois pas.

— Proche du cabanon.

— Tu entreposes du matériel dedans ?

— Non. Il sert d'abri. La porte est verrouillée. Soi-disant qu'il est membre LPO et

— LPO ?

— La ligue pour la protection des oiseaux. Soi-disant qu'il surveille les nids de l'Alouette Lulu qui niche de mars à juin chez nous, dans notre Bourgogne, et dans nos vignobles. Il photographie à tour de bras tout ce qui a des plumes, si tu l'écoutes, mais je me suis renseigné, il bosse à l'Urssaf et regarde-le, il est déjà sur le terrain à vagabonder un lundi matin, ce n'est pas très crédible. Il surveillerait mes gars, surtout pendant la saison, que cela ne m'étonnerait pas.

— Du non déclaré.

— Il faut bien réduire les coûts. Un ou deux si je suis à la bourre pendant les vendanges. Rien de méchant, quelques jours pour dépanner, pas plus. Il est d'un sans-gêne, le lascar. Non, mais, regarde-lefaire, ce salopard. Je ne suis pas resté les bras croisés, je suis allé aux renseignements chez les copains, et il agit pareillement.

— Tu veux que j'aille lui parler ? Savoir s'il travaille à mi-temps ?

— Pourquoi pas ? Cela m'évitera de lui tirer dessus avec le fusil pour le faire déguerpir comme si je visais un lièvre.

— ASAP. J'irai tout à l'heure, avant de rentrer chez moi.

Critiqué au cours de ses études supérieures pour son érudition, et des années plus tard par ses collègues de bureau le nommant sournoisement « l'intellectuel de service », Romain Schmitt avait décidé, à l'orée de ses soixante ans, que, lui aussi, pouvait créer autrement que par l'esprit. Cette résolution avait bousculé les certitudes engendrées par la bureaucratie. Repoussant l'idée du kit humiliant, il avait mesuré puis couché sur le papier dessins et cotes, puis les avait annotés et biffés. Il avait recommencé jusqu'à l'aboutissement du projet.

Direction le magasin de bricolage.

Profond désarroi devant les rayons.

Hésitation grandissante face à la multiplicité des produits.

Sortie discrète du smartphone de la poche et consultation sur le web afin de combler les lacunes.

Le stylo-bille avait couru sur la feuille volante ; des flèches dans tous les sens avaient habillé le croquis de la spécificité des marques. Le caddy s'était rempli au fur et à mesure de la déambulation. L'achat compulsif des marchandises avait pris l'allure d'une promenade enchanteresse dans un univers jusqu'alors inconnu. Il était un enfant dans un magasin de jouets voulant tout posséder.

Fierté des sacs dans le coffre de la voiture.

Fierté du déballage à l'atelier jouxtant la maison.

Perplexité refoulée.

Il avait établi la chronologie de la création. Il avait lu les notices d'emploi des produits par sécurité avant d'entamer l'ouvrage.

Il avait commencé, s'était arrêté, avait réfléchi et repris avec la certitude, toujours elle, qu'il allait dans le sens de son schéma. Il avait souffert, avait sué l'effort douloureux et combattu son impatience à concrétiser plus vite, car il avait hâte que cela ait été fini.

Il avait reculé de quelques pas, observé, cherché le défaut, puis, outils en mains, il avait scié, vissé, collé.

Deux heures. Trois. Des allers-retours à franchir la porte de communication entre l'atelier et l'habitation.

L'étagère était debout de guingois. Qu'à cela ne tienne, il avait des équerres.

Il avait percé le mur, enfoncé les chevilles, vissé à nouveau. Perplexe devant l'impossibilité à rétablir l'équilibre, il avait bloqué le pied récalcitrant avec une esthétique cale découpée dans une planche de contreplaqué de cinq millimètres d'épaisseur puisqu'il avait acquis une scie sauteuse. Il avait admiré son œuvre. Désormais, il avait intégré l'inaccessible groupe des travailleurs manuels. Matériel rangé, il avait transporté les précieux albums du placard de sa chambre au salon, les avait classés par catégories, et, si demain, les places vacantes étaient comblées, si l'étagère fut sur le point de s'écrouler sous le poids des livres ajoutés, il recommencerait, car, maintenant, il savait comment procéder.

Depuis, la création avait fait des émules. D'autres étagères, aussi larges que la première, moins hautes et stables celles-ci – il avait progressé avec courage et détermination – embellissaient ledit salon et procuraient cet avantage d'avoir toujours à portée de main de quoi satisfaire la curiosité de ses visiteurs, laquelle jalouserait les clichés qu'il comptait prendre bientôt des cavités abritant la nidification de la Huppe fasciée lorsqu'elle reviendrait au printemps. Le repérage était indispensable cette après-midi, car il envisageait l'introduction d'une caméra dans l'une d'entre elles. Il immortaliserait, par ce truchement, l'évolution des oisillons après leurs éclosions, ce qu'il n'avait pu accomplir jusqu'à présent. Il était donc très absorbé dans sa recherche lorsqu'il entendit un

— Bonjour ! héla Patterson, son Samsung entre les doigts.

L'appel le fit sursauter. Contrarié par la venue de l'étranger, il rechigna à répondre.

— Je suis un amoureux des volatiles. Pensez-vous que je trouverai bientôt des nids d'Alouette ? celle des vignes ? J'ai hâte de les photographier.

La question suscita l'intérêt de Schmitt qui se tourna vers son interlocuteur.

— Bonjour. Romain Schmitt.

— John Patterson.

— Vos nids seront là début mars, pas avant, si personne ne les détruit.

— Qui oserait les détruire ?

— Ceux qui les écrasent lorsqu'ils besognent sans éprouver de scrupules.

— Quelle horreur ! Comment peut-on agir ainsi ! s'indigna faussement Patterson.

— Je suis comme vous : indigné ! offusqué et en colère ! Les mots ne sont pas assez forts pour exprimer ce que je ressens quand je constate les dégâts causés ! Excusez. Je m'emporte dès que j'aborde le sujet.

— Inadmissible ! Impensable ! Une espèce protégée !

— Ma mère me rabâchait les oreilles avec cette triste constatation, mais, à son époque, il n'y avait pas de machine agricole détruisant la faune et la flore.

— Elle revendiquait ?

— Elle luttait avec peu de moyens. Bon, aujourd'hui, elle lutte contre la perte de mémoire. Le médecin parle de sénilité ou d'un début d'Alzheimer.

— Combien ?

— 89.

— Et toujours chez elle ?

— Non, dans une maison pour vieux non loin d'ici. J'ai encore trois ans à travailler avant la retraite et je m'inquiéterai à la savoir seule chez moi. Je ne peux continuellement m'occuper d'elle. J'ai aussi mes activités.

— Je vous comprends. Moi-même, je n'aurais pas envisagé cette solution avec mon métier de représentant toujours par monts et par vaux, argumenta Patterson avec un air affligé, désireux de connaître le sien. Elle est morte en novembre. Alzheimer. Cela vaut mieux pour elle.

— Condoléances, répondit Schmitt. Il n'avait pas mordu à l'hameçon.

— Merci pour l'info. Je ne manquerai pas de revenir dans deux mois. Puisque vous me semblez connaître la région, y aurait-il une association ornithologique par ici ?

— Pas à ma connaissance, mais vous pouvez intégrer notre clan de passionnés. Nous échangeons par WhatsApp Messenger. Souhaitez-vous nous rejoindre ?

— Je serai ravi de communiquer avec vous. Voici mes coordonnées.

— Une intervention dans les murs de la maison de retraite où séjourne ma mère, cela vous tenterait-il ? demanda Schmitt après avoir lu la carte de visite. Ceux qui y séjournent apprécient le bon vin. Ils seront enchantés de boire autre chose que la piquette servie à leur table.

— Si le directeur est d'accord.

— L'animateur. Les intervenants sont imputés à son budget annuel.

— Ma prestation ne sera pas facturée, seules les bouteilles seront comptées au prix que je les paye. Cela sera ma contribution compensatoire à mon intégration à votre groupe.

— Dans ce cas, l'idée soumise sera certainement retenue. En tant que bénévole, j'influencerai la décision.

— Vous donnez aussi de votre personne ; dans quel domaine ?

— Les jeux de société le dimanche, avec d'autres. Je gère les parties de dames qui exigent un minimum de concentration, les règles variant au gré de l'humeur. Pour ne citer que l'une d'entre elles abolie sur notre territoire, mais acceptée sur d'autres sols, la très contestée : « souffler n'est pas joué », qui, à l'origine, sanctionnait le distrait et le néophyte. J'adapte suivant les participants. J'excuse l'enfant qui déplace ses pions avec un geste équivoque lors des rencontres plurigénérationnelles, posant un doigt innocent tout en grignotant la case voisine, le relevant puis le replaçant sur sa case initiale, simulacre de danse sur le plateau de jeu. J'excuse aussi le vieillard qui confond la droite et la gauche, l'avant et l'arrière, part dans toutes les diagonales tel une boussole affolée ayant perdu le nord. En revanche, je n'excuse pas le perturbateur de la partie qui conseille à voix haute, frisant la remontrance, prenant à témoin l'entourage de la faute commise par l'aïeul. Panique à bord d'un vaisseau qui tangue ; jetez-le à la mer, et le calme revient. Une partie de dames est source de plaisirs, quoique… Le jeu meuble les silences ponctuant la visite hebdomadaire des familles. Vous savez, les journées d'un résident se ressemblent, il n'a rien à dire. C'est une vieillesse passée dans une chambre et rythmée par les repas. L'homme n'a plus envie de parler. À quoi bon. La longévité est une porteuse d'espoir, entretenue par une médication à outrance alors que tout être qui naît est un condamné à mort, ne l'oublions pas. Le résident attend la délivrance ; il guette la faucheuse qui tarde à se présenter au chevet de son lit ; c'est aussi long qu'un jour sans fin.

— Il y a la descendance qui rend visite comme vous. Patterson flattait sans vergogne.

— À tour de rôle, les enfants, les petits-enfants, les neveux, les nièces, se dévouent. L'ascendant a oublié leurs prénoms ; ils les appellent petiots, petiotes ; c'est « L'espoir des Neshov » que Radge a su décrire dans son roman.

— Gagner attise les tensions, rétorqua Patterson, supputant des conflits familiaux dans le récit qu'il ne connaissait pas.

— Perdre aussi.

— La vie n'est qu'un jeu et la mort marche main dans la main avec la vie.

L'expression du visage de Romain Schmitt se métamorphosa. La gravité remplaça la cordialité, la mémoire assaillie par les contrôles houleux effectués dans les entreprises et les menaces de mort formulées à son encontre. Parfois, il jalousait l'Alzheimer de la vieillesse qui effacerait l'ire des contrevenants.

— Sur ce, je vais y aller, articula Patterson, brisant un silence gênant. Au plaisir de vous revoir, dit-il sur un ton mielleux.

— Au plaisir, répéta Schmitt.

Patterson était confiant. Il avait réussi à sympathiser avec l'ennemi ; Perrat serait aux anges lorsqu'il lui raconterait l'entrevue, sitôt rentré chez lui.

*

Deux fois par an, milieu de semaine, revenait la période des soldes. Il y avait pléthore de choix dans toutes les catégories : habillement, culture, électroménager, informatique, high-tech, bricolage, etc. De quoi satisfaire tout un chacun selon sa bourse. Mais les nombreuses promotions couvrant les mois de l'année rendaient ces jours-là beaucoup moins attractifs qu'auparavant.

Des stocks de marchandises stagnaient dans les réserves avant d'être mis sur le devant de la scène, espérant trouver preneur avec une baisse de prix alléchante, sauf que la frénésie frisant l'hystérie avait peu à peu disparu des commerces et de la grande distribution ; l'achat compulsif avait rendu les armes devant les offres du Web.

Cependant, quelques irréductibles, adolescents ou septuagénaires, s'évertuaient encore à repérer les bonnes affaires, la veille ou l'avant-veille, et se précipitaient à l'ouverture des boutiques le jour J, la carte bleue s'enflammant dans les terminaux. En fin d'après-midi, on les croisait sur les trottoirs affichant une satisfaction victorieuse sur leurs visages, les bras chargés de paquets, le porte-monnaie craquant sous l'accumulation des facturettes, heureux d'avoir été soulagé des euros économisés pour l'occasion et d'avoir perpétué la tradition.

Dès qu'il eut franchi le seuil du magasin de son ami caviste à Vitry le François, Jacques Bacheler, Patterson fut assailli par un flot de sollicitation de la part de la fille du patron.

— Please ! Help-me ! supplia Amarande les mains jointes. C'est aujourd'hui qu'elles démarrent.

— Qui ça ? questionna Patterson avec un air hébété.

— Les soldes, pardi ! s'exclama le père Jacques. Emmène-la à Reims, je n'en peux plus de l'entendre depuis ce matin, neuf heures, qu'elle a raté son bus. Elle trépigne dans la boutique. Je la revois à six ans devant le marchand de barbe à papa à la fête foraine. Nous discuterons ce soir avant que tu ne partes. Je t'ai déjà préparé le bon de commande des grands crus et premiers crus. Tiens, prends-le, tu y jettes un œil et nous voyons tout ça ce soir pendant le dîner ; il faut que j'augmente mes ventes. Les fêtes n'ont pas été à la hauteur de mes attentes, mis à part le champagne qui coule à flots durant cette période.

Dans le feu de la revendication, tous avaient oublié le rituel « bonjour » de bienvenue.

— Je viens à peine d'arriver et tu m'obliges à repartir, jeune fille, objecta Patterson.

— Demain, toutes les bonnes affaires auront été liquidées, argumenta Amarande.

— Elle voulait s'inscrire sur le site blablacar, ajouta Jacques. J'ai usé de mon droit de veto paternel. Avec tous les tordus rencontrés sur cette terre, et à quinze ans, jolie comme elle est, ils me l'embarqueraient va savoir où. Je savais que tu venais, alors je lui ai dit de patienter. Consentirais-tu à embarquer dans ton carrosse, preux chevalier, cette demoiselle en détresse ? se moqua le père.

— Si tel est son vœu le plus cher, ses désirs sont des ordres, répliqua Patterson, réponse appuyée par un clin d'œil amusé.

— Merci ! merci ! merci !

Amarande lui sauta au cou et claqua deux bises sonores sur ses deux joues.

— Alors, que deviens-tu depuis la dernière fois que je suis venu ? questionna Patterson, actionnant le bip d'ouverture des portières.

— J'ai rencontré un mec bien, mais tu ne le dis pas à mon père, ce sera notre secret. Il serait malade de savoir que je fréquente quelqu'un de plus âgé que moi, confia-t-elle après avoir bouclé la ceinture de sécurité.

— Combien ? Patterson démarra.

— 25.

— Ah ! quand même, siffla-t-il. Il fait quoi dans la vie ce charmant jeune homme ?

— Il est étudiant, master en lettres modernes, deuxième année. Il a commencé par la fac de psycho pendant deux ans, mais cela ne correspondait pas au cursus qu'il voulait et il a changé son orientation. Remarque que le côté psy l'aidera plus tard à communiquer avec les élèves ; il veut être prof.

— Il sait quel âge tu as ?

— Ce n'est pas la différence d'âge qui est importante dans un couple, l'important est l'amour entre deux êtres, justifia Amarande d'une voix persuasive. Et il m'aide à progresser dans la poésie. Tu veux que je te récite les trois que j'ai écrits depuis que j'ai une relation avec lui ?

— Vas-y, je t'écoute. *Elle n'est pas lucide, aveuglée par ses sentiments d'adolescente innocente. Vas-y, jeune fille, comble l'heure du trajet.*

— « De vos diatribes, je n'ai que faire.

Bonnes gens, je n'ai pas à vous plaire.

Trois fois sur le métier, il a remis l'ouvrage.

Le tisserand des mots défile la bobine au gré de son humeur.

Rêveur, il s'envole vers des contrées lointaines.

Il égrène les phrases comme autant de brindilles emportées par le vent.

Morose, il soupire, il s'ennuie, le fil casse.

Il fait, défait, refait.

Rien à dire, il se tait.

Coléreux, il s'énerve, entortille les paragraphes devant tant d'impuissance à écrire

Un roman,

Qui ne l'écoute pas,

Qui s'oppose à lui-même et finit par le vaincre.

Joyeux, il savoure le fruit d'un labeur mérité,

D'un message à transmettre,

De ses nuits blanches à la lueur d'une chandelle,

La plume dans l'encrier regorgeant de mots.

Ah, mon pauvre ami,

Te serais-tu trompé ?

Qui le dit ?

Qui le sait ?

À qui plaire ou déplaire,

Que nous importent les paroles, l'ouvrage,

Mal fait, bien fait, refait,
Ici-bas admiré, décrié, ignoré,
Amoureuses, amoureux, des belles lettres,
Ne compte que l'envie et l'ardeur à le faire. »

— Très inspiré par l'amour que tu portes à cet homme. Au fait, quel est son nom ? tu ne me l'as pas dit.

— Hervé Delacol. Attends, je n'ai pas fini.

« J'ai le choix !
J'ai le choix de pousser un cri désespéré pour
Grandir là où je désire vivre,
Lutter contre toute forme d'autoritarisme qui prive l'individu des libertés acquises,
Porter fièrement le drapeau d'un idéal humanitaire exempt de sévices appelés barbarie, torture, guerre, terrorisme…
Objecter ceux qui haïssent la terre, la détruisant au travers de leurs actes,
Réfuter les paroles prononcées à demi-mot sans témoin.
J'ai le choix de sauter dans les flaques mensongères et de vous éclabousser.
J'ai le choix d'être ce que je suis,
De penser librement dans le respect des valeurs morales universelles,
D'aimer et d'être aimé en retour, sans contrainte, en décelant les subterfuges, en ajoutant foi aux promesses,
De pratiquer, d'inventer, d'imaginer, de seconder, de travailler, d'aider…
J'ai le choix de croire que, dans les prochaines décennies, j'aurais encore le choix. »

— Il semblerait que ton Hervé influence ta plume. Serais-tu une revendicatrice des droits fondamentaux ?

— Tu exagères toujours, John. Tu es comme Papa, se récria Amarande. Écoute le dernier texte. Il est plus solennel.

— Je suis tout ouïe.

— « Oublier la seconde,
Oublier la minute,
Oublier l'heure, oublier le temps,
Oublier la voyelle,
Oublier la consonne,
Oublier la phrase,
Oublier la lettre,
Celle que tu as laissée,

Celle que j'ai vue lorsque je suis entrée dans la chambre. Elle gisait par terre ; elle avait dû glisser de la commode avec le courant d'air ; elle avait volé à tire d'aile à travers la pièce telle un papillon butinant le damier rouge et or du tapis. Je l'ai ramassée, et j'ai lu ce que tu aurais souhaité me dire et que tu n'as jamais osé prononcer, une vérité qui échappe à mon entendement.

Je l'ai relue une fois, deux fois, une infinité de fois jusqu'à ce que mes yeux larmoient à force de lire entre les lignes et d'essayer de saisir le sens des mots. Ton envie de partir, de voguer vers l'inconnu, vers ce monde où je ne suis pas, où je suis juste à côté de là où tu vas être, où tu es désormais sans moi, un monde dans lequel tu n'as plus peur d'exister, un monde sans rire et sans larmes, un monde sans souffrance, un monde parallèle au mien.

J'ose enfin te regarder dans un brouillard de larmes. Je vois la main ; je distingue les doigts qui ont écrit la lettre que j'ai finie par lâcher ; je vois le verre que tu as bu et la boîte vide de comprimés, et j'attrape le téléphone sur la table de chevet.

L'espoir est mince, si mince qu'il est à peine perceptible ; il est comme un souffle de vie auquel je veux croire un instant, encore une minute, encore une seconde. J'appuie sur le 1 et le 5.

J'écoute les bruits provenant de la rue par la fenêtre que je viens d'ouvrir. »

Pas gai, celui-ci.

— Tu ne dis rien. Tu aimes ?

— J'étais attentif aux panneaux qui indiquent une déviation pour cause de travaux dans cinq kilomètres. Les trois sont bien, tu es douée.

Amarande se redressa sous l'éloge.

— Et tu ne sais pas tout. Hervé m'a conseillé de m'inscrire à un concours d'éloquence. Il affirme que cela m'aidera à construire des rimes riches. Entendre ce qu'on a couché sur le papier permet de ressentir la musicalité des mots comme dans un haïku où tout est dit dans trois petits vers de quelques syllabes. Il faudra que j'essaye après la micronouvelle que j'aurai écrite si je passe le concours.

— Pourquoi micro ?

Amarande combla le reste du parcours en expliquant au néophyte les nuances entre nouvelle, micronouvelle, prose, récit poétique et théâtre.

Patterson écoutait d'une oreille distraite. Il était concentré sur son agenda de rentrée avec une pensée mauvaise tournée vers cet Hervé Delacol. Devait-il trahir le secret ?

Venait de pénétrer dans le fast-food un couple d'un autre âge, franchissant le seuil avec autant de volonté que pour franchir le pont-levis de la modernité.

Lui, octogénaire avancé, un visage déformé par une profonde cicatrice sur la joue gauche, une casquette enfoncée sur un crâne dégarni qui effleurait d'épais sourcils grisonnants, des traits marqués par le travail de la terre, un dos voûté d'avoir trop bêché le sol, avançait dans une tenue campagnarde qui semblait fuir l'air de la ville.

Elle, la soixantaine passée depuis longtemps, ronde comme une meule de foin oubliée pendant l'été pourrissant des gelées hivernales, emboîtait le pas à son homme, silencieuse.

Deux vieillards issus du siècle dernier, projetés dans une civilisation où ils s'étonnaient encore d'avoir pu y trouver une place.

Et quelle place ! Ascensionnelle !

Celle que le commun des mortels leur enviait, celle qui attirait la convoitise des mécréants et des jeunes loups aux dents acérées rayant le parquet des parvenus, celle que les gens jalousaient sur leur passage, chuchotant qu'ils étaient « arrivés ». Des mots qui sonnaient dans les bouches comme une prière implorant le ciel de la vénalité.

Eux, indifférents. Deux petits vieux à l'allure insignifiante.

Ils s'affaissèrent sur la banquette d'un blanc immaculé en face du comptoir tout en laissant tomber leur pelisse en un froissement d'ailes de chauve-souris. D'un geste solennel, lui, chez qui on pressentait un patriarcat ancestral, récupéra dans la poche intérieure de son pardessus râpé à la couleur aussi sombre qu'un ciel de décembre les précieux feuillets que l'expert-comptable lui avait confiés la veille. Il se racla la gorge.

Alors, sur un ton bourru de celui qui ne savait pas déclamer, le berger appela les brebis d'une voix éraillée par la cigarette tôt matin et attendit qu'elles arrivassent. Il attendit son troupeau, cette jeunesse qui viendrait l'entourer dans un instant, car il allait sous peu, lui, le patron incontesté, distribuer les fiches de paye à ses employés du mois sous l'œil attendri de son épouse.

Patterson observa, intrigué, la scène se jouant devant ses yeux, puis, écœuré devant l'obséquiosité des salariés, particulièrement la gent masculine à donner du « Monsieur », détourna le regard. Lui aussi attendait ; il attendait son compagnon de vol galeriste, un verre de Coca-Cola à moitié vide posé sur la table, le journal local récupéré sur le présentoir ouvert à la rubrique culturelle, histoire d'alimenter la conversation à venir. Il ne comprenait pas pourquoi il éprouvait un tel attachement envers ce dandy d'un autre siècle. À ses côtés, il éprouvait une sécurité jusqu'alors inconnue pendant plus de trente ans. L'homme rencontré comblait-il de par sa convivialité spontanée le vide de la cellule familiale ? Assurément. Il avait la sensation d'avoir rencontré son alter ego ; Vuilleminin avait accepté d'emblée la rencontre dans un établissement où il devait se rendre rarement, confirmant la réciprocité des sentiments. Sur ces entrefaites, celui que Patterson attendait entra. Il était vêtu d'un élégant costume de couleur gris chiné signé Emporio Armani laissant entrevoir une chemise d'un bleu électrique, une écharpe marine autour du cou. Ce dernier contourna la queue formée par des adolescents bruyants agglutinés devant l'écran tactile des commandes.

Au lieu de tendre une main conventionnelle au-dessus de la table à un Patterson ayant repoussé la chaise, Vuilleminin s'approcha sur la gauche et l'enlaça chaleureusement. L'accolade confirma le ressenti éprouvé précédemment.

— Mon ami, quelle joie de te revoir !

— Plaisir partagé. Je ne savais pas si tu serais disponible ce midi.

— Toujours pour les personnes importantes à mes yeux lorsque je réside à Reims.

L'idée que le galeriste fut homosexuel traversa tel un éclair le faciès du représentant.

— Grand Dieu, non ! s'esclaffa Vuilleminin. Ton visage a trahi tes émotions. As-tu déjà commandé ?

— Pas encore. Je craignais que tu n'apprécies pas l'endroit.

— Dans ce cas, dépêchons-nous avant que le lieu ne soit bondé ; et rassure-toi, je mange avec autant de satisfaction des hamburgers accompagnés de frites huileuses ou un canard laqué dans un restaurant chinois. Ils me rappellent ceux de New York. Y es-tu allé ? questionna Vuilleminin tapotant l'écran avec virtuosité ; il avait pris la direction des opérations, l'habitude d'agir avec l'âme d'un solitaire.

— Non.

— Il faudra que je te fasse découvrir cette ville qui ne dort jamais. Nous irons lors de la prochaine exposition au MoMA si tu es disponible.

— MoMA ?

— The Museum of Modern Art à Manhattan. On s'y restaure, lit, et achète des souvenirs. Une journée ne suffit pas à parcourir le musée, c'est pourquoi je privilégie les expositions temporaires et comble ensuite ma soif de peinture et de sculpture au sein des œuvres permanentes, précisa Vuilleminin, enregistrant sa carte Gold malgré les protestations de Patterson.

— C'est moi qui t'invite à venir me rejoindre et c'est toi qui paies la note.

— Frais de restauration, mon ami. Le comptable se demandera si je suis devenu maboul. Un client dans un tel endroit. J'enjoliverai ton patronyme d'un titre de lord qui le fera pâlir.

— Tu ne l'apprécies guère.

— Le terme est juste, mon ami, mais ses compétences compensent son attitude. Il est imbattable dans les transferts de fonds indétectables, précisa Vuilleminin sur le ton de la confidence, s'essuyant les doigts sur une des serviettes jetables mises à la disposition de la clientèle dans une panière. Café ?

— Ailleurs. Je connais un troquet tenu par un Italien à deux pas d'ici qui te prépare un expresso exceptionnel ; il te transporte vers Rome, Florence, Venise…

— Tu m'allèches. J'ai hâte de découvrir ton estaminet.

Un quart d'heure après, le duo était confortablement installé sur une banquette pourpre. Des haut-parleurs diffusaient faiblement la radio de la ville. Le générique du présentateur Caprona fut lancé à quatorze heures pile.

— Fameux ! Tu avais raison. J'enregistre l'adresse dans mon smartphone. Vuilleminin joignit le geste à la parole.

Patterson savourait le breuvage, songeant au retour sur Vitry le François.

— Il me vient une idée. Pourquoi ne contacterais-tu pas cet animateur radiophonique que nous entendons ? Il défend le milieu culturel, avec ou sans invité, pendant une heure d'émission et le vin appartient au patrimoine français.

— Je réfléchirai à cette opportunité.

— Je fais appel à lui à chacun de mes vernissages puisqu'il n'hésite pas à se déplacer pour un direct. Publicité gratuite pour la galerie et pour lui-même. Ce jeune trentenaire aime être vu du beau monde, il vise France 3 Reims et cible tout ce qui pourra lui ouvrir la voie de la promotion.

— Je pourrais suggérer les coteaux de Chablis et les producteurs bios qui ont le vent en poupe, lui parler aussi d'œnologie et d'œnotourisme.

— Je lui téléphone tout de suite. Il aura mon message sur son répondeur.

Une minute trente-deux secondes suffirent à indiquer les coordonnées de Patterson et le motif de l'appel.

— Contracter des habitudes, le seul échec, dixit Oscar Wilde.

— Celui du portrait ? J'ai un vague souvenir de cet auteur. Parmi les écrivains publiant à cette période, j'ai préféré Conan Doyle et son détective privé Sherlock Holmes.

— L'engouement pour le crime.

— La résolution de l'enquête.

— Le puzzle à reconstituer.

— Les désirs profonds d'un meurtrier, les mobiles, les prémices des investigations avec des indices peu révélateurs comparés à ceux d'aujourd'hui épaulés par la technologie.

— Nous pourrions discourir des heures sur le sujet, mais je dois bientôt ouvrir la galerie, mon ami.

— Je te raccompagne. Ma voiture est garée au fast-food.

— J'ai sur l'étagère du bureau un livre qui devait te plaire : « Le bourreau de Gaudi » de Aro Sainz de la Mazda, un roman policier reliant plusieurs meurtres à son architecture ; une épopée criminelle dans les rues de Barcelone.

— Je le lirai avec attention, déclara Patterson, libérant la place de parking.

150 mètres avant d'arriver, la sonnerie du téléphone portable du conducteur retentit dans la poche de sa veste. Il gara la Citroën sur un emplacement livraison et décrocha.

Vuilleminin descendit de la voiture après avoir tapé amicalement sur l'épaule droite de son ami. Il lui fit le signe représentatif avec le pouce et l'annulaire qu'il téléphonerait dans la soirée.

*

Vendredi. Strasbourg. L'horloge avait sonné la demie de quatre heures. Les yeux ensommeillés, il repoussa les draps, se leva et les rabattit sur la couche. Les vêtements

58

étaient sur la chaise paillée dans l'angle droit de la chambre, à côté de la commode. Il enfila le pantalon de toile grossière, entoura sa bedaine avec la ceinture de flanelle, revêtit la chemise de coton et le gilet de laine qu'il ôterait tout à l'heure, chaussa ses godillots. Il jeta un coup d'œil sur sa femme endormie et sortit de la pièce. Le pas lourd, il évita de faire craquer le parquet et descendit l'escalier lentement, la main glissant sur la rampe de bois.

Essoufflé par l'effort, dans la cuisine, il s'appuya sur le rebord de la table – il n'était plus de première jeunesse, il frôlait les soixante-huit ans – et alluma le gaz sous la cafetière émaillée d'une belle teinte bleu lavande que Marthe, son épouse depuis plus de trente années, avait préparée la veille au soir. Au lieu de guetter le chuintement, il poussa la porte de communication avec le four. Il avait déjà entassé les brindilles et le petit bois sur les feuilles de papier journal froissé. Il craqua l'allumette et contempla les flammes timides s'élevant dans le foyer. Il jugea le rougeoiement, ajouta des bûches, puis se pencha sur le pétrin, testa la levée de la pâte, et retourna dans la cuisine.

Il ouvrit l'armoire offerte par les beaux-parents le jour du mariage et s'empara du vieux bol ébréché, celui que Marthe voulait jeter et que lui ne souhaitait pas, car ce vieux bol avait gardé les empreintes du compagnonnage, celles de son Tour de France commencé à quatorze ans et fini à vingt, six ans d'apprentissage avant de maîtriser le métier. Les souvenirs affluèrent comme à chaque fois qu'il tenait entre ses doigts noueux la faïence ocre jaune. Il souffla sur le breuvage chaud, et, avec précision, il traça La Croix et coupa la tranche de pain qu'il mangea sans beurre ni confiture afin de conserver le goût inégalable de la tâche accomplie dans la bouche. Il mâcha doucement, il savoura le fruit de son travail entre deux gorgées. Lorsqu'il eut fini de mastiquer, il suça son index droit et ramassa les miettes sur la table, termina de boire, se leva, posa le bol dans l'évier en grès, et quitta la pièce.

Avec le rouable, il poussa les morceaux de bois calcinés sur la sole tiède vers les parois, regarda le tas de bûches posées au sol, choisit cinq d'entre elles de taille moyenne et les posa contre celles qui n'étaient que braises. À ce moment-là, seulement, il joignit les mains et récita la prière de l'artisan apprise il y avait si longtemps.

« Apprends-moi, Seigneur, à bien user du temps que tu me donnes pour travailler et à bien l'employer sans rien en perdre. Apprends-moi à tirer profit des erreurs passées sans tomber dans le scrupule qui ronge. Apprends-moi à prévoir le plan sans me tourmenter, à imaginer l'œuvre sans me désoler si elle jaillit autrement. Apprends-moi à unir la hâte et la lenteur, la sérénité et la ferveur, le zèle et la paix. Aide-moi au départ de l'ouvrage, là où je suis le plus faible. Aide-moi au cœur du labeur à tenir serré le fil de l'attention. Et surtout, comble toi-même les vides de mon œuvre, Seigneur, dans tout labeur de mes mains laisse une grâce de Toi pour parler aux autres et un défaut de moi pour me parler à moi-même. Garde en moi l'espérance de la perfection, sans quoi je perdrais cœur. Garde-moi dans l'impuissance de la perfection, sans quoi je me perdrais d'orgueil. Purifie mon regard : quand je fais mal, il n'est pas sûr que ce soit mal et quand je fais bien, il n'est pas sûr que ce soit bien. Seigneur, ne me laisse jamais oublier que tout savoir est vain sauf là où il y a travail. Et tout travail est vide sauf là où il y a amour. Et que tout amour est creux qui ne me lie moi-même aux autres et à Toi. Seigneur, enseigne-moi à prier avec mes mains, mes bras et toutes mes forces. Rappelle-moi que l'ouvrage de mes mains t'appartient et qu'il m'appartient de te le rendre en le donnant. Que si je fais par goût du profit, comme un fruit oublié je pourrirai à l'automne. Que si je fais pour plaire aux autres, comme la fleur de l'herbe, je fanerai au soir. Mais si je fais pour l'amour du bien, je demeurerai dans le bien. Et le temps de faire bien et à ta gloire, c'est tout de suite. »

En bras de chemise, il préleva une quantité de pâte, tronçonna, malaxa le pâton, forma la miche, la posa sur la pelle, l'incisa, l'enfourna, et recommença encore et encore. Il ferma la petite porte métallique. Il s'épongea le front avec le torchon qu'il avait oublié de déposer dans la panière à linge sale la veille au soir. Il se reposa quelques minutes et répéta les gestes inlassablement jusqu'aux premières lueurs du jour, la sueur coulant le long du dos courbé sur le dur labeur. Il avait chaud.

Dehors, le gel glaçait les sangs. Le gueux avait le regard hasardeux et la parole absente. Il traînait ses hardes au détour des ruelles sur les pavés humides, homme sans avenir. Harassé, les traits tirés par une âme mourante, il avait reniflé le fumet des logis et dégusté des plats imaginaires aux portes verrouillées ; il s'était réchauffé à l'inaccessible feu de cheminée derrière les fenêtres des bourgeois. Il allait, poussé par la faim qui le tenaillait – il n'avait rien mangé depuis douze heures au moins ; il avait perdu le compte. Il approcha.

Un volet claqua à l'étage. Marthe était réveillée. Elle descendit voir son homme, habillée de propre avec sa robe grise et son pull tricoté au cours de l'été en prévision des froides journées d'hiver, ses bas de laine noirs, ses pieds dans des souliers fourrés. Francis Klein était assis derrière le comptoir sur le tabouret branlant qu'il aurait dû réparer, qui patienterait encore un peu. Il somnolait, la tiède chaleur s'échappant du four l'enveloppait. Les pains à la croûte dorée formaient plusieurs pyramides sur la longue table, une simple planche de chêne posée sur des tréteaux métalliques.

Marthe tourna la clé dans la serrure et entrebâilla la porte vers l'extérieur. Dans la rue, le gueux répondit présent au rendez-vous matinal. Il se faufila à l'intérieur. Elle lui tendit une boule plus grosse que les autres ; c'était la sienne, son unique repas. Il inclina le buste, accepta l'offrande, remercia du bout des lèvres, avança vers le tas de bois proche du four, s'assit par terre, cala son dos contre le mur en pierre jointoyée, tira la couverture laissée à son attention ; des copeaux tombèrent sur lui, confettis de pacotille.

Il mordit dans la miche, savoura chaque morceau jusqu'à la fin. La tiédeur de la sole pénétra ses vieux os et l'engourdit. Il s'endormit. Il souriait. Il rêvait d'un printemps ensoleillé et d'un été qui n'aurait pas de fin. Lorsqu'il se réveilla, il alla s'adosser sur le trottoir entre la vitrine de la boulangerie et les volets clos d'une quincaillerie ayant perdu son quincaillier. Il mendierait là un moment, un bonnet de laine posé par terre à ses pieds, un livre entre les doigts ; en lisant, il poursuivrait son rêve.

Bientôt midi. Patterson aperçut le mendiant, haussa les épaules et poussa la porte. Il repéra deux tables avec deux chaises proches des toilettes. Sur le mur était accrochée, au-dessus d'elles, une ardoise sur laquelle était écrit à la craie blanche : sandwich + dessert 4,50 €. Sachant qu'il avait roulé depuis Reims sans une halte, plus de trois heures à accélérer pour arriver à l'hôtel avant le déjeuner, hôtel proche du centre-ville où il avait retenu une chambre dont le prix dépassait celui réclamé par son ancienne logeuse décédée dont la maison avait été fermée par les héritiers et la vente confiée à une agence immobilière, il s'écroula sur la chaise plastique qui lui parut être un moelleux fauteuil. Il attendit que le client fût sorti pour passer commande. De loin, il vit Marthe couper la baguette en deux, beurrer les morceaux, ajouter une tranche de jambon avec quatre cornichons en complément. Elle posa le sandwich sur une feuille de papier absorbant qu'elle lui amena avec simplicité, une certaine noblesse dans le bras tendu. Suivirent la part de tarte aux pommes et la carafe d'eau fraîche avec un verre. Le ventre criant famine, il mordit dans la tranche de pain. Passé l'étonnement, il se régalait de ce frugal repas. Il s'était attendu à de la nourriture sous cellophane et il mâchait une épaisse tranche de jambon cuit à l'os avec une délectation qui réjouissait Marthe. Chaque bouchée requinquait son moral dans les chaussettes depuis qu'il avait eu de sombres pensées sur l'autoroute. Son avenir était aussi vide qu'un trou noir absorbant sa joie de vivre. Il avait eu le malheur de comparer le déroulement de sa vie à celui de son père : voiture, boulot, voiture, et maison, boulot, maison. Il avait jugé que cela n'avait aucun sens. Échappatoire d'un quotidien privé de jouissance. Il but une gorgée et attaqua le dessert. Cuillère en l'air, il remarqua que l'homme dehors lisait dans l'indifférence totale du froid qui sévissait ; à peine hochait-il la tête lorsqu'une pièce atterrissait dans le bonnet tricoté par Marthe, mais ça, il l'ignorait. Quand il eut terminé, il s'enquit des horaires d'ouverture auprès de celle qui le dévisageait, lisant la lassitude sur les traits de cet homme qui lui parlait gravement. Il paya.

Marthe ne put lui promettre qu'elle lui garderait une place pendant les trois jours qu'il allait séjourner dans la ville, mais elle ferait son possible pour le satisfaire.

Patterson pensait avoir trouvé un refuge, cette incertitude le blessa. Il quitta le lieu désemparé. Il commença par la tournée des restaurateurs, fantôme de la combativité commerciale. Marcher serait un exutoire.

*

Une révolution s'était amorcée il y avait trente ans dans l'esprit de deux doctorants Milanais avant de se déployer sur tous les continents. La panique engendra un tollé chez les libraires français lors de son implantation. La liseuse numérique, pratique et peu encombrante, tuerait le livre en quelques décennies et ce dernier serait définitivement relégué aux oubliettes par la lecture sur les tablettes et les smartphones. Les commerçants pessimistes calculèrent le stock des invendus qu'il faudrait envoyer au pilon par manque d'acheteur. Quant aux lecteurs avec leurs bibliothèques saturées par la déferlante éditoriale chaque automne, ils adoptèrent, soulagés, cette technologie résolvant leur boulimie littéraire qui permettait un stockage d'une moyenne de deux cents e-books suivant le modèle proposé à la vente, laquelle fut aussi plébiscitée par la mouvance écologique contre la déforestation assortie du slogan « moins de papier = des arbres pour la planète », rayant du registre des revendications le fait qu'à l'inverse du livre, le partage s'avérait quasiment impossible.

Parmi les amoureux de la feuille imprimée, il existait quelques personnes s'adonnant aux deux pratiques ; n'ayant pu trancher dans ce choix cornélien, Annie Tosero était l'une d'entre elles. Elle butinait, ce samedi, milieu de l'après-midi, dans le rayon de la grande surface, le caddie vide abandonné contre la tête de gondole lorsqu'un homme la bouscula. Elle lui lança un regard accablant de reproches.

— Oh, pardon, bredouilla Patterson, nettoyant les verres de ses lunettes avec son pull-over, un sourire charmeur en guise d'excuses.

— Ça ira pour cette fois, grommela Tosero, une fausse blonde aux yeux verts lui arrivant à l'épaule malgré les six centimètres de talons de ses bottes, reboutonnant son Trench de teinte marine afin de cacher un jean moulant dévoilant une culotte de cheval. Elle s'empara de la pile de livres qu'elle avait sélectionnés avant l'interruption de sa recherche.

— Vous lisez autant ?

— Membre d'un club de lecture. *De quoi je me mêle.*

— Qui consiste ?

— Réunion, choix, proposition, discussion, partage. *Lourd, le quinquagénaire.*

— Dans ce cas, j'ose vous demander de me conseiller. Un ami m'a donné à lire « Le bourreau de Gaudi », mais je crains de caler avant de l'avoir terminé. Je démarre cette activité de loisirs et, à mon âge, trop de pages rebutent, y compris dans un petit format.

— Laissez-moi réfléchir. En tant que professeur de lettres modernes

— Représentant en vins et spiritueux.

— Si vous me coupez, je ne peux pas me concentrer.

— Excusez.

— Vous continuez, rabroua Tosero.

Patterson remonta l'horloge du temps jusqu'à retrouver ses souvenirs d'école, assis dans la salle de Français du collège Jules Ferry. Le professeur parlait avec des tournures de phrases d'académicien, utilisant un langage châtié où l'intonation donnait de la force au texte prononcé, le buste droit, debout derrière le bureau, toisant la salle de classe. Il vantait le style de l'écrivain, soulignait la syntaxe, attirait l'attention des élèves sur les paronymes, valorisait les préfixes employés avec l'identification du radical, de même que l'origine linguistique du mot. Le cours paraissait ennuyeux aux cartésiens, mais, aux poètes, il révélait le rythme et l'image, cette harmonie des lignes qu'ils aspiraient à écrire. Ils étaient fiévreux à l'idée de coucher leurs pensées sur le vélin, d'ébaucher le squelette de leur future création, de briller auprès de leur enseignant ayant su leur insuffler la vocation, ce professeur, adulé par un lectorat anonyme, publiant sous un nom de plume.

— Vous m'écoutez ! s'impatienta Tosero.

— Avec ces annonces publicitaires me crevant les tympans, j'ai mal compris le titre conseillé, justifia Patterson, l'air contrit.

— Je vous disais que le mieux serait de commencer par les classiques : Hercule Poirot de Agatha Christie ou Maigret de Simenon. Élisabeth George que j'affectionne particulièrement ou Anne Perry sont des ouvrages plus ardus, à envisager par la suite. Il faut vous familiariser avec le roman policier par un bouquin de 250 à 300 pages maximum sinon le découragement vous guettera. Les deux premiers auteurs rentrent dans ce critère de sélection personnelle.

— J'ai vu des séries télévisées à l'hôtel

— Comme Caroline. À l'hôtel, soupira Tosero.

— C'est vous qui m'interrompez maintenant.

— Tiens, vous avez raison. C'était une réflexion sans importance.

— À ce que je devine dans vos yeux, elle ne l'est pas, Madame le Professeur.

— Annie Tosero, 48 ans, qui s'est fait larguer la semaine dernière par sa moitié de 36, Caroline Gayot.

— John Patterson, de quatre ans votre aîné, célibataire, jamais marié, pas d'enfant.

— La solitude ne m'attire guère. Surtout après douze années à vivre sous le même toit avec une charmante compagne jusqu'à la rupture.

— D'où les livres.

— Une évasion salutaire.

— J'achète lequel ?

— Celui-ci. « Destination inconnue » de Agatha Christie. Il devrait vous plaire. Guerre froide, communisme, fission nucléaire, sont les ingrédients du récit.

— Et vous ? Les 10 ? s'étonna Patterson, calculant leur montant approximatif.

— N'y songez même pas. Je consulte, je mémorise les titres et les auteurs et, ce soir, je me connecterai sur le site de la bibliothèque et je les réserverai suivant leur disponibilité.

— Dans la négative ?

— D'occasion de préférence. Version numérique concernant les publications récentes si les adhérentes du club ne les ont pas acquises. Elles sont adeptes du livre neuf avec son odeur et ses pages qui craquent sous les doigts, sa reliure et son visuel de couverture.

— Je vous laisse à votre choix, coupa Patterson. Tenez, prenez ma carte de visite. Si vous éprouvez le besoin d'échanger, n'hésitez pas.

Annie Tosero n'osa pas refuser le bristol bien qu'elle se demandât quelle mouche avait piqué cet inconnu à la prévenance déplacée. Elle le regarda prendre la direction du rayon traiteur, âme solitaire qu'elle ne comprenait que trop.

Cinq jours à l'hôtel avaient grevé les finances. L'humeur de Patterson s'accordait au gris du ciel, au gris des façades et des toitures peuplant les villages traversés, routes départementale et nationale confondues, ayant boycotté l'autoroute par économie, ne manquait plus qu'un enterrement pour compléter le tableau sombre du voyage qui le menait vers Mouthe dont la réputation était d'être le plus froid de l'hexagone avec des températures avoisinant les moins trente degrés Celsius les nuits l'hiver. Là-bas, il se savait attendu. Là-bas, il oublierait ses désagréments pendant les trois jours qu'il y passerait.

Sauf que depuis le week-end, celui qui l'attendait, Philippe Pilleton, baignait dans une nostalgie égoïste.

Le samedi, il y avait eu l'anniversaire de Hippolyte fêtant ses quatre-vingts ans entouré de la famille et des proches. Des années qu'il était veuf, le père Hippolyte. Il portait son veuvage depuis quarante-trois ans telle une croix aussi légère qu'une plume. Il n'avait jamais connu une autre femme, assumant pieusement la fidélité, loyal envers l'amour de sa vie pulvérisée au-dessus des nuages au cours du vol Bologne Palerme un 27 juin 1980 à 21 heures. Il avait guetté l'appel téléphonique confirmant l'arrivée à se ronger les ongles jusqu'au sang, puis il avait fini par aller se coucher et avait cherché le sommeil dans l'angoissant silence. À 7 heures du matin, la radio avait crachoté la foudroyante nouvelle au bulletin d'informations. La joie des retrouvailles, samedi, avait balayé le passé. Hippolyte avait soufflé ses bougies, entouré du fils qu'il avait élevé seul, de la bru enceinte du troisième, la belle Marie qui avait vingt ans de moins que son rejeton, qui avait l'âge de l'épouse fauchée en plein vol à trente-cinq ans, des petits enfants Benjamin, neuf ans, et Caroline quatre, et des amis, ceux du village où il coulait les jours heureux d'une retraite qu'il estimait avoir méritée. Philippe repensait à la nappe blanche recouvrant la longue table – le fils avait ajouté des rallonges – en dépliant la sienne, les assiettes garnies, le rosé circulant de mains en mains et l'eau gazeuse qui aidait à digérer et roter de satisfaction. Il était heureux, le père Hippolyte ; les yeux malicieux répondaient aux plaisanteries des uns et aux vannes des autres, sans s'apercevoir que, dans la rangée, une personne avait la tristesse dans le cœur. À six sièges de lui, une séparation telle un mur indestructible, Madeleine tendait le cou pour admirer l'octogénaire. Elle tournait lentement la cuiller pour faire fondre le sucre dans le café que la bru avait versé dans la tasse. Elle regrettait sa jeunesse et ce ventre stérile qu'elle avait gardé intact, une illusion d'amour, une flamme qui ne s'éteindrait pas, une flamme qu'elle avait nourrie d'espoir après le drame, une flamme ravivée par l'invitation à la danse, alimentée par cette chimère qui la dévasterait plus tard, ce bonheur fugace qu'elle entretiendrait jusqu'à sa mort.

Le dimanche, il avait assisté à la messe comme un devoir envers la famille venue de loin. Il s'était assis sur un banc proche de la porte fermée qu'il avait hâte d'ouvrir. Pourtant, il avait l'expression contemplative du chrétien enviant le grand-père entouré par les deux enfants, lui, l'athée par conviction piochant dans la poche de son veston les bonbons qui disparaissaient dans sa bouche, poussés par un index, suçant le sucre comme d'autres suçaient l'hostie, à chacun son plaisir. Un plaisir en amenant un autre, il songea au plaisir qu'il avait à chiner avec son vieil ami l'après-midi dominical. Tous les deux arpentaient les allées à l'affût d'une pépite. Ils évitaient les brocanteurs et jetaient leur dévolu sur le particulier qui ignorait la valeur du trésor qu'il s'apprêtait à vendre. Ils se penchaient sur l'objet à tour de rôle, cherchaient l'estampille, tapotaient d'un doigt connaisseur, le posaient et le reprenaient, puis s'éloignaient. Ils allaient d'un étal à un autre d'un pas nonchalant, soucieux du repérage jusqu'à l'instant crucial où, las d'être resté immobile, un exposant emballait sa marchandise, provoquant la réaction en chaîne des départs précipités. Alors, ils s'élançaient, réfrénant leur précipitation, sur l'objet convoité, baissaient le prix que le vendeur, pétri d'amertume par ce dimanche gâché, n'aurait pas marchandé de toute façon. C'était le bon vieux temps révolu. Il soupira.

Patterson traversa enfin un Mouthe désert à l'approche de midi. Dans un quart d'heure, il arriverait à destination et chasserait ses idées noires grâce aux ragots rapportés par son logeur, plus bénéfiques qu'un antidépresseur ou qu'un anxiolytique.

La Citroën emprunta le chemin jadis goudronné par la municipalité, une faveur accordée à cet ancien conseiller municipal, présentant aujourd'hui nids-de-poule, mottes et cailloux. Le véhicule cahota jusqu'à la cour de la ferme dans le même état d'abandon : feuilles mortes en voie de décomposition et touffes d'herbes gelées.

Patterson leva instinctivement la tête vers la cheminée. La fumée s'échappant du conduit prouvait la présence de l'hôte. Il coupa le moteur, attrapa son bagage et toqua à la porte qui réclamait la rénovation comme l'ensemble du bâtiment trop grand une personne, et les terres louées ne rapportaient guère.

— Entre ! C'est ouvert !

Le vieux Pilleton s'activait aux fourneaux. La cuisinière à bois de la mère ronflait dans la cuisine. Égal à lui-même, l'ancien agriculteur portait la sempiternelle chemise à carreaux blanc et noir, le pantalon de velours côtelé gris foncé et le gilet noir, les pieds dans les charentaises. La mine joviale reflétait un voile de tristesse dans le regard qui surprit le visiteur.

— Fais comme chez toi, petit. Ta chambre est prête. Les draps sont propres. Je n'allais pas les laisser sur le lit plus d'un mois.

— Vous auriez pu, grand-père Pilleton.

— Ta ! ta ! ta ! Il faut bien que la Jocelyne gagne son salaire. Elle n'a pas grand travail avec moi. Un homme seul ne salit pas sa bicoque. Dépêche-toi, petit, qu'on passe à table avant que le poulet n'accroche au cul de la cocotte.

Patterson monta à l'étage. Il aéra la pièce le temps de ranger ses affaires dans la commode, l'odeur de javel piquant les narines, une initiative de Jocelyne pour chasser les odeurs de vieillesse qui blanchissait le parquet devant être, de ce fait, ciré chaque trimestre. Il suspendit les chemises dans l'armoire et descendit.

Une bouteille entamée de côtes du Jura, un chardonnay AOP, trônait sur la table. Les verres à pied sortis du placard avaient déjà été remplis. Ils jouxtaient les assiettes de Sarreguemines et les couverts inox au manche travaillé. Cette attention avait tout de suite conquis Patterson qui n'avait plus changé de logis depuis.

La volaille mijotée accompagnée de cèpes et de pommes de terre vapeur glissait dans l'œsophage avec le vin.

Philippe Pilleton posa sa fourchette.

— Tu vois, petit, cet anniversaire, je crains qu'il ne soit le dernier.

— Ne dites pas ça. Dans votre région, on vit plus vieux qu'à la ville, grand-père Pilleton.

— Une grippe mal soignée, une bronchite qui persiste, et, hop, le mal t'emporte et te voilà embarqué dans la charrette des morts.

— Parions que vous serez centenaire.

— Si tu le dis, petit, mais je vieillis. La roue tourne plus vite qu'à vingt ans. Qui aurait su que j'aurais besoin d'aide pour tenir la maison ? même la mère y arrivait encore à mon âge.

— Le ménage, les femmes s'y connaissent mieux que nous, grand-père Pilleton. *Surtout les mâles de ta génération qui se contentaient de mettre les pieds sous la table, de râler quand le plat était froid et le linge pas lavé, qui n'hésitaient pas à jouer du poing sous l'effet de l'ivresse.*

— Ça, c'est vrai, petit. Buvons un coup avec le morbier. Tu vas me goûter celui-ci, c'est du bon.

— Je continue à l'eau, grand-père Pilleton. Je dois faire un saut à Château Chalon et pousser jusqu'à L'Étoile ensuite pour m'approvisionner en vin jaune.

— Le « clavelin » destiné à une clientèle huppée.

— Exact, grand-père Pilleton. Soixante-cinq centilitres ravissant les acheteurs bourguignons qui s'enorgueilliront devant leurs amis, soi-disant connaisseurs, de posséder dans leurs caves un cépage méconnu d'eux.

— Alors, je n'insiste pas, petit. Finis au moins ton verre avec le fromage. Un café et je te laisse partir faire ton tour. Tu rentreras moins tard. Tu me raconteras.

— Comme toujours, grand-père Pilleton, conclut Patterson, levant son verre.

*

Patterson avait dormi comme une souche.

Il se tassa dans le fauteuil, la main gauche frotta le tissu bleu nuit – dehors, il commençait à pleuvoir –, allongea ses jambes, et déplia le journal qu'il avait récupéré sur une des tables dans l'espace autorisé à la gloutonnerie de la bibliothèque municipale de Pontarlier. Il chercha la page des petites annonces, traquant le concurrent nouvellement installé sur le marché. Il avait déjà bouclé les commandes des supermarchés avant 10 heures et s'octroyait une pause.

— Vous en avez pour longtemps ? questionna une femme aux cheveux courts frisant la soixantaine avec la voix cassée d'une grosse fumeuse aux dents jaunies, la colère dans la profondeur des prunelles.

— Possible, répondit Patterson sur le même ton.

— J'm'en va tirer un café à la machine, annonça-t-elle, contrariée, comme si c'était le scoop du siècle.

Séverine Davals posa son manteau doudoune et le livre emprunté sur le fauteuil face à celui qui avait osé, remonta son pantalon élastiqué, retroussa les manches de son gilet long, et se dirigea vers le distributeur de boissons chaudes, chaloupant du postérieur.

Patterson suivit le bloc de chair qui se déplaçait, un cabas fouettant la hanche de l'obèse. *Les gros, c'est comme les péchés du Bon Dieu, plus tu les as accumulés couches après couches, plus tu pèses, tu peines à les transporter, ahanent comme un con vers le Golgotha.*

Un gobelet solidement tenu par une main boudinée, Séverine Davals revint tel un conquistador prêt à en découdre pour chasser l'intrus qui lui avait volé sa lecture matinale. Elle s'affala sur le siège, coinça le gobelet entre ses cuisses, et fourragea dans son sac. Elle extirpa de celui-ci les boîtes de médicaments récupérés à la pharmacie avant d'arriver.

Un, deux, trois, en avant la musique ; c'était la valse des cachetons dans le creux de la main. Trois le matin au petit-déjeuner entre deux tartines, un bol de céréales, un fruit, un yogourt, et un mug de thé. Deux à midi avalés avec un grand verre d'eau pour faire passer la pilule du diagnostic posé par le rhumatologue, la jeunesse derrière soi et les maux devant. Un seul le soir pris entre la soupe et le fromage garant d'une nuit exempte de douleur, la garantie d'un réveil reposé, le visage détendu, le corps frais et dispos pour fournir le travail à accomplir. Et le quatrième ? Il attendrait jusqu'au lever sur la table de la cuisine avec le verre vide et la carafe d'eau fraîche qui tiédirait au cours de la nuit. Il tranquilliserait l'esprit inquiet, soucieux de tenir son rôle nocturne. Il était celui que nul ne prononçait, celui qu'on cachait au prescripteur, car il était le cadeau fourni par l'amie, le collègue, la voisine ; l'automédication, le médecin, il n'aimait pas, il refusait la tambouille des molécules, à vos risques et périls Messieurs Mesdames, il n'était pas responsable des conséquences, fin de la partie. Quant à la patiente, elle se moquait des prévisions dangereuses, elle ne voulait pas souffrir, elle voulait tuer dans l'œuf la douleur arthrosique qui paralysait l'envie d'avoir toujours vingt ans.

Les comprimés disparurent l'un après l'autre dans la cavité buccale, déglutis d'une manière fort bruyante histoire de rappeler à l'ordre le liseur. Séverine Davals claqua la langue à la dernière gorgée et, impuissante face à l'impassibilité de son voisin, attrapa « Crimes de sang » de Pierre Bellemare. Elle consulta la table des matières avant d'engager la lecture.

— Eh ben, dites donc, y en a qui ont de ses idées, commenta-t-elle.

Patterson eut le malheur de relever la tête.

— Voulez savoir ce qu'il en est, hein ?

Hochement signifiant « je m'en fous » mal interprété.

— Un saligaud qui a commandité le meurtre de sa femme.

Yeux au ciel réitérant la pensée « qu'est-ce que tu veux que cela me fasse, le boudin. »

— Et vous savez pourquoi ? dites un peu pour voir ? allez-y, dites.

Silence.

— Et bien, j'm'en va vous le dire. Il avait pas l'intention de payer la pension alimentaire. Voyez un peu le bonhomme. Il préfère zigouiller sa bonne femme avant que le juge tamponne les papiers du divorce.

Moi aussi, je me tamponne de ce que tu racontes.

— Tout dans la poche et pas un kopeck pour la dame. Vous en pensez quoi, vous ?

— Rien, répondit Patterson, repliant le journal après avoir relevé une adresse à exploiter, quotidien que la femme lui arracha des mains.

— Remarquez que c'est pas chez nous que les gens feraient ça.

Patterson se leva, ramassa sa mallette et quitta le lieu. Il perçut le fin mot de l'histoire avant la sortie.

— C'était à Rio !

Patterson avait décidé de visiter Malbuisson avant de rentrer, une station estivale dominant le lac de Saint-Point apprécié pour son calme, sa verdure, et le bleu transparent de son eau très pure, un lieu dont le développement touristique prenait de l'ampleur. Dès qu'il était entré dans le snack, il avait remarqué la belle rouquine ôtant son trench en cuir beige, effaçant d'un coup le paysage bucolique arrosé par les averses successives. Cette dernière quitta sa place pour commander au serveur un expresso. Sur la table demeuraient un carnet à spirales et le premier polar guérisseur de l'écrivaine Natacha Calestrémé « Le testament des abeilles », titre qu'il avait lu sur la tranche en se tordant le cou. Il étudia la demoiselle le temps d'obtenir sa bière pression. Quelques taches de rousseur sur les pommettes, des yeux verts, la peau laiteuse d'un visage sublimé par la coupe au carré de la chevelure, une silhouette mince dans un pantalon noir rentré dans des cuissardes de la même couleur et un pull gris chiné à torsades. *Sexy. Dommage que des ridules envahissent ce joli minois de trentenaire.* Servi, il s'installa à une table offrant une vue imprenable sur celle de la jeune femme. Lorsqu'elle revint s'asseoir, il sut qu'il avait eu du flair : il pouvait détailler ses faits et gestes sans être pris en flagrant délit d'espionnage ou de voyeur, cela dépendait de l'interprétation.

Évelyne Bornia posa la tasse et ajouta une pincée de sucre du sachet pour diminuer l'amertume du breuvage. *Pourquoi ai-je accepté ? Je me pose encore la question. Je dois remuer la cuiller avec innocence si je veux rester dans ce troquet du trou du cul du monde où l'odeur âcre m'irrite la gorge. Je ne sais pas quelle matière agresse l'air, mais elle est tenace. J'ai l'impression que la fumée de cigarettes s'est incrustée dans les murs au temps où les fumeurs étaient les rois dans l'établissement ; ce relent semble indélogeable et je crains qu'il ne reste accroché à mes frusques. La pluie ayant remplacé les ondées matinales ne la chasse pas. « Une brève et si le papier vaut la peine d'être lu avec intérêt, une colonne » dixit le rédacteur en chef. Je n'ose pas espérer la page entière, la Une encore moins. « Il paraîtrait que ça barde là-bas, des rumeurs qui valent peut-être le déplacement. Il faut vérifier de visu, cela te changera du courrier du cœur. » il est certain que le récit sera différent de ma prose habituelle dégoulinante de conseils mielleux que je n'applique pas. Il va falloir donner le ton aux mots, trouver la justesse de la phrase, éviter la blessure verbale qui vexe et stoppe les confidences ; tirer les vers du nez, quoi. Sauf qu'il faudrait que l'estaminet fasse salle comble et il est désespérément vide, à mon grand désarroi, excepté celui qui vient de pénétrer. Les minutes s'égrènent et je crains d'échouer face à l'absentéisme villageois. Où sont les citoyens ? Dois-je m'adresser au serveur qui m'ignore depuis que je suis assise et me snobe en tant qu'étrangère au pays ? serveur qui, je n'en mettrai pas ma main au feu, doit être le patron. Il essuie d'un geste machinal un verre à pied depuis mon arrivée sans obtenir l'éclat escompté, du moins je le présume avec le temps qu'il met à l'astiquer si j'émets l'interruption de la tireuse. Il me semble que, lui aussi, attend. Va-t-il se produire l'évènement du siècle dans ce bled paumé ? Je finis par douter de « l'extraordinaire mission » confiée ; une honteuse duperie conviendrait mieux à la réalité du moment.*

Patterson la vit lever la main et réclamer au serveur un autre café comme un pilier de bar quémandant un autre ballon de rouge au comptoir.

Deuxième expresso.

Première gorgée de la seconde tournée. Évelyne Bornia poussa le livre et s'empara du carnet. Un stylo-bille était coincé dans la spirale. Elle ne l'avait pas ouvert, il lui fallait l'ouvrir, noter des idées afin d'avoir l'attitude normale d'un consommateur devant le regard suspicieux du serveur s'activant toujours à essuyer son verre. Elle crayonna plus qu'elle n'écrivit. Elle s'évadait, elle notait des destinations de voyage pour ses prochains congés : printemps, été, automne, hiver, les quatre saisons à la campagne, la montagne ou la mer, du Vivaldi dans les doigts. Elle sursauta au bruit entendu. Le verre reluisant comme un sou neuf avait tapé le zinc, posé sans aucune délicatesse, trahissant l'impatience du taiseux. Elle leva les yeux vers lui, suivit la direction de son regard et aperçut un groupe d'hommes traversant la place se dirigeant droit vers eux. La porte ouverte avec fracas la sidéra. La violence du geste montrait l'énervement de celui qui avait tourné la poignée. Ils furent d'abord cinq à entrer, puis deux autres les rejoignirent, sortis de nulle part.

— Alors ?

— Rien. Le point mort. Mets-nous sept noirs serrés. Il faut que nous tenions jusqu'à la nuit et plus si nous n'obtenons pas gain de cause.

— Et Gilbert ?

— Il a fermé sa gueule comme les autres.

— Payer sa cotisation pour des gens qui baissent leur froc, c'est se foutre de nous.

— Ouais, t'as raison Paul. L'an prochain, il ne faudra pas me la réclamer.

Et les six collègues approuvèrent, vociférèrent, parlementèrent sur l'action de poursuivre, crachant les mots, tapant du poing sur un comptoir qui avait déjà subi moult contestations.

Évelyne Bornia entrevit une issue à la pige. Le café bu, elle touilla dans le vide et nota des bribes de conversation dans l'indifférence totale des ouvriers révoltés, seul l'homme à la bière se complaisait dans ce spectacle. Un mot revenait souvent. *Ces sept-là fomentent une conduite mauvaise qui me paraît inconcevable tellement elle est surréaliste dans un endroit pareil. Mais, je ne suis pas eux, je ne suis pas concernée par leurs revendications.* Elle écouta, écrivit, touilla et retouilla. Et puisque sa présence indifférait les interlocuteurs, elle sortit l'ordinateur portable de la sacoche posée sur la chaise à côté d'elle. *Je tiens l'accroche : « Le syndicalisme en perdition ! »* Les paragraphes s'enchaînèrent, tapant sur le clavier avant que les phrases ne s'envolassent dans le brouhaha qui emplissait peu à peu la salle. *« La crise économique qui sévit depuis quelques années a fait basculer les acteurs des entreprises dans une autre dimension : celle où l'humain ne semble plus avoir sa place face à la productivité et la compétitivité à outrance. La robotisation assure un haut rendement industriel, mais elle ne remplacera pas la main de l'ouvrier et son œil aguerri. Audace créatrice. Il s'en fallut de peu que l'industrie broie la capacité à penser autrement, tapie dans les replis du savoir, surgissant avant la descente aux enfers du taylorisme. Loin des avancées ouvrières du siècle passé, le monde du travail se referme lentement sur une solidarité de droits exclusifs où le syndicalisme ne fait plus rêver à un monde meilleur. Les relations humaines, seraient-elles, aujourd'hui, un vecteur de négativité ? Les faits semblent leur porter une certaine crédibilité dans nos campagnes, là où la vision positive de l'entreprise*

D'autres personnes, femmes et hommes, franchirent le seuil du snack-bar. Ils avaient le Verbe Contestataire. Ils contredisaient les décisions prises sans leur consentement, refusant de s'allier aux sept pris à partie.

Évelyne Bornia capta au milieu du vacarme : « c'est trop risqué, cette histoire s'envenime, ça va trop loin maintenant. » Les mots prononcés en guise d'apaisement échouèrent d'une façon lamentable. Elle comprit que les sept ne reculeraient pas, réfractaires aux conciliations, indéboulonnables dans leur position. Ils avaient promis et une promesse était sacrée en ces temps de révolte. Ils avaient l'intention de s'enfermer dans un des bureaux avec le Directeur des Ressources Humaines à défaut de choper le Président-Directeur Général, propriétaire de cette usine créée depuis quatre ans et source de revenus du canton, qui avait agrandi les locaux, doublé la production sans avoir engagé un nombre suffisant d'ouvriers face à la nouvelle charge de travail, des gens d'ailleurs, revendiquaient les sept, qui n'avait pas investi dans les filtres de traitement recommandés par l'organisme environnemental en charge du dossier n'ayant pas imposé d'exigence, une incompréhension débattue dans les chaumières. Le triste constat était cette odeur tenace amplifiée par l'agrandissement, cette nuisance subie poussée par le vent du

Nord tout au long de l'année, responsable de la chute du prix de l'immobilier, de l'exode rurale vers la ville à plus d'une heure de route, la fuite vers un habitat exempt de senteur nauséabonde. Elle eut envie de crier « Tournée générale ! », car elle entrevoyait le scoop qui la propulserait vers un éditorial national, son but. Elle devait expédier la pige tout de suite avant qu'un journaliste ne lui soufflât ce fait divers à la progression inattendue que tous avaient dédaigné à la rédaction. Elle appuya sur la touche.

Premier round.

Évelyne Bornia se leva, Patterson aussi, transporta la tasse avec sous-tasse et cuiller jusqu'au serveur, lui se dirigea vers la porte, remontant le col de sa veste, prêt à affronter cette pluie jusqu'au parking, s'engouffrer dans la voiture et rentrer au bercail, les pensées ballottées par les essuie-glaces. Elle réclama à nouveau un café très, très, serré, sous l'œil interrogateur du taiseux, car elle aussi serait à son poste, présente au second round, gonflée à bloc pour une nuit blanche à relayer l'information. La gloire au bout du clavier.

Le raisonnement du grand-père Pilleton avait-il une faille non décelable ? Telle était la question qui trottait dans la tête de Patterson roulant vers Mouthe, ce mercredi, après avoir quitté les terres de Nicolas Vanier implanté dans la région de L'Étoile avec cent cinquante ares de vignes fournissant un vin de paille issu de l'agriculture biologique, un défi pour ce jeune producteur ayant confié au représentant vingt cartons de la production passée sans comptabiliser les dix achetés, consentement arraché avec la promesse de nombreuses commandes chez ses cavistes et pendant le salon de Mulhouse auquel il participerait le mois prochain.

Ladite question était une souris dans un labyrinthe aux cloisons de livres et d'écrans de téléviseurs cherchant une issue salvatrice. D'accord : l'augmentation des matières premières ayant entraîné celles des prix de vente avait poussé les personnes vers les bibliothèques. D'accord : les gens adoraient les séries télévisées, particulièrement celles d'outre atlantique comme Les experts Miami, NCIS, ou Castle pour ne citer qu'elles tellement le choix était vaste. D'accord : la prose et le théâtre emballaient moins que le roman ; là, il avait raconté au grand-père les poèmes récités par une Amarande qui faisait exception. D'accord pour ce besoin d'évasion, mais pourquoi privilégier le genre policier et le drame plutôt que la comédie et l'amour. À son arrivée, il n'adhérait toujours pas à l'analyse du vieux.

Le fumet de la saucisse de Morteau cuisinée avec des lentilles du Puy à la tomate chatouilla les narines de Patterson et la voix de Pilleton ses oreilles.

— Ah, te voilà enfin. Tu tombes à pic, petit, c'est prêt. Jette un œil sur le canard avant, dit-il, lui tendant le journal. Il parle de ce que tu as assisté hier.

— Exact, grand-père Pilleton. Ça correspond.

— Je ne m'étais pas trompé, petit. C'est bien la fameuse journaliste la femme que tu m'as décrite. Ici, on ne l'aime pas. Enfin, quand je dis on, cela veut dire nous, les anciens, qui ne comprenons pas pourquoi elle met de l'huile sur le feu avec ses articles à charge au lieu d'apaiser les conflits avec ses mots.

— Le sang accapare l'attention. Même vous, grand-père Pilleton, vous aimez les sombres histoires de la deuxième guerre mondiale. J'ai lu une quatrième de couverture pour vous emprunter un bouquin ; pas gai le récit de Philippe Grimbert « Un secret » ou « Les papillons noirs » de Gabriel Katz.

— Ce n'est pas le sujet. Nous avons partagé nos opinions hier soir.

— Exact, mais admettez que la violence nourrit l'imprimeur et l'éditeur.

— Ah ça, tu as raison, petit, pour avoir les projecteurs sur elle, elle s'y connaît la bougresse. Elle est sur tous les fronts pour avoir de l'avancement et se délecte quand ça barde. Je remarque que tu te ranges à mes côtés, parfois.

— Elle cherche la notoriété.

— À ce qu'il se dit dans son dos, elle vise haut, elle vise la « Capitale ».

— L'ambition du pigiste, le stress positif qui valorise le moi.

— Qu'elle y aille, on ne la regrettera pas. Le tout est qu'elle n'envenime pas les choses avec ses phrases. La fonction publique projette une grève au printemps, elle va se régaler. Et toi, petit, te régales-tu ?

— Vous feriez le buzz sur la toile avec votre cuisine, grand-père Pilleton, et je vous le prouve, je me ressers.

— À la bonne heure ! Tu sais que lorsque je chassais, les copains raffolaient de ce plat. Je l'apportais déjà cuisiné et la tribu s'attablait à midi la salive sur les lèvres. On l'arrosait avec la bouteille apportée par le Gilbert. Il était membre d'un club d'œnologie à Gray. Tu te rends compte, deux heures de route pour apprendre comment boire. Faut-il être bête quand même. Je ne dis pas ça pour toi, petit, toi, c'est ton métier, c'est différent. Peut-être que l'association existe toujours, il faudrait voir, pour toi, ce serait un débouché, parce que le Gilbert, il se vantait un peu avec son club. Après, c'était la panse remplie que nous repartions dans la forêt. Ah, c'était le bon temps, maintenant il reste l'Hippolyte, moi, et nos souvenirs qu'on se raconte encore au bistrot. Ah, nos parties de belote de jadis ressemblaient à celles de Pagnol avec Panisse, César, Monsieur Brun et

Escartefigue. Un verre vide devant chaque joueur, le tapis vert recouvrant la table, les cartes formant un tas devant chaque équipe, l'hésitation à poser le bout de carton illustré parce qu'on a perdu le compte des carreaux, des trèfles, des piques et des cœurs, le silence rompu devant le doute avant de dévoiler la carte et de gagner le pli, ramasser les jetons distribués durant la partie et désigner le duo vainqueur de ce tournoi amical. Je me souviens des félicitations de Lucien qui offrait la dernière tournée avant que nous partions, chacun chez soi devant son poste, tout un programme. Et nous revenions le lendemain. C'était le rituel des jours de la semaine excepté le jour de fermeture. Nous n'avions que ça pour occuper le temps à la retraite. Le Lucien, il était plus âgé que nous quatre qui nous fréquentions depuis l'école primaire, il est passé de l'autre côté le premier. Ah, oui, c'était le bon temps. Qu'est-ce que je vais devenir quand l'Hippolyte y passera, lui aussi ?

Patterson n'avait pas de réponse.

La pluie n'avait pas cessé une minute durant le trajet Mouthe Chichée. Patterson était épuisé lorsqu'il stoppa devant chez lui, à 18 heures, et quand il aperçut dans le rétroviseur la lampe torche sous le parapluie aux couleurs du drapeau espagnol, il fulmina dans l'habitacle, prêt à repartir vers un lieu où la tranquillité régnerait sur le commun des mortels, loin des enquiquineuses.

Bon sang, il y a des soirs où j'envie Amélie et sa vie de recluse. La Tournier brave la flotte et je connais d'avance sa requête : les courses à Auchan. C'est à croire qu'elle passe ses journées derrière ses carreaux. Et moi, comme un con, je n'oserai pas lui dire NON.

Madeleine Tournier rapetissa sous son abri jaune et rouge lorsqu'elle cogna à la porte d'entrée et Patterson prit un malin plaisir à la laisser poireauter sous le filet d'eau s'échappant de la gouttière qu'il aurait dû réparer pendant l'été, un trou s'étant formé au niveau du raccord entre le PVC et le zinc, comme quoi n'était pas couvreur qui se vantait de l'être.

Tu déroges au planning, Madeleine. Tu as le trouillomètre à zéro à l'idée que je file à l'anglaise demain. Et arrête de tambouriner, tu agresses mes tympans.

— J'arrive !

Un chien mouillé, tel était la ressemblance avec ce qu'il voyait : des mèches grises gouttant sur un chandail.

Il n'y a pas que la gouttière qui fuit, le pébroque aussi.

— Bonsoir Madeleine, besoin de quelque chose ?

— Bonsoir John, pas trop fatigué ? demanda Madeleine Tournier, les lèvres pincées par la gêne.

Pour aborder le sujet, tu aurais pu trouver mieux.

— Ça va, ça va. L'agacement scanda la répétition.

— Possible, demain, de m'emmener au supermarché au lieu de vendredi ? si cela ne vous dérange pas.

Pourquoi tu me le demandes alors ?

— Vous avez de la chance, Madeleine, je suis là, mais, maintenant, j'ai de quoi occuper ma soirée. Je viens juste de rentrer. Je vous abandonne. ASAP Madeleine.

La bouche de la grand-mère resta ouverte sur un « oh » et une porte fermée sans ménagement tandis que le propriétaire des lieux jouissait de la voir franchir le portillon derrière le voilage de la fenêtre de sa cuisine.

Il n'y a pas que les vieux qui savent zieuter. Je lui parlerai des chats demain, ils lui tiendront compagnie et moi, j'aurai la paix. Bon, au boulot, il n'y a pas un instant à perdre. Un : téléphoner à Amélie. Deux : joindre l'animateur de la radio à Reims. Trois : naviguer sur Internet pour trouver ce club d'œnologie à Gray, ou un autre plus proche de Mouthe.

*

Un cavalier de 52 ans habillé de pied en cap d'un jean et d'un duffle-coat dansait la rumba avec une cavalière de 83 disparaissant sous un long manteau de laine noire tombant jusqu'aux chevilles. Accrochée au chariot métallique comme à une bouée de sauvetage, Madeleine Tournier cirait le carrelage de la grande surface avec la semelle de ses chaussures paramédicales au tissu extensible, tirée par la force du poignet de Patterson.

Le voisin emmenait l'attelage vers le rayon animalerie tandis que la voisine résistait, désireuse de se diriger vers celui des fromages à la découpe, la file d'attente ayant diminué de façon spectaculaire avec l'arrivée d'un assistant aux bras de lutteur, une présence requise beuglée dans un micro, maniant le couteau à l'image d'un boucher, sa fonction derrière une vitre en temps normal, venu renforcer la novice embauchée récemment, urgentissime conséquence de l'apprentissage.

— Qu'est-ce que nous faisons ici, mon petit John ?

— On se procure le minimum assurant la survie d'un félin, répliqua-t-il avec la conviction d'un « on » spécifiant un « nous ».

— Vous avez un chat maintenant ! Ce n'est pas raisonnable avec votre métier. La pauvre bête sera souvent seule.

— Pas vraiment, répondit-il, courbant l'échine pour attraper un sac de litière premier prix au pouvoir absorbant incomparable et neutralisation des odeurs selon le fabricant. Il opéra de même avec un de croquettes à base de bœuf, de poulet et de légumes assurant une excellente digestion, une maîtrise du poids, et un tonus musculaire, de la qualité pour trois fois rien.

— Sept kilos et demi de nourriture pour un seul animal, vous le gâtez, John. Il deviendra obèse, votre chat si vous persistez à ce rythme. J'ai vu un reportage à la télévision où un vétérinaire préconisait de diminuer les rations journalières conseillées sur les sacs pour les chats stérilisés. Les mâles grossissent après leur castration. Le maître doit être vigilant au bien-être de son animal, clamait le vétérinaire. Le vôtre, c'est un mâle ou une femelle ?

Patterson ne se souvenait pas des noms que lui avait dictés la mère Durieux, mais quelle importance puisqu'il refilerait la garde des matous à Madeleine. La méfiance l'emporta. Il échangea le gros contre deux ne pesant seulement que deux kilogrammes l'un.

— Mâle, je crois, dit-il sans préciser le nombre.

— Castré ?

— Certainement.

— C'est mieux, il ne courra pas après les chattes au printemps. Il ne rentrera pas chez vous les oreilles mordues et le corps ensanglanté. Vous avez choisi un vétérinaire ? Et une assurance ?

— J'y songe.

— L'assurance est indispensable. Les frais d'un animal de compagnie sont trop considérables, quelles que soient l'espèce et la race. Vous aurez vite fait de rentabiliser la somme dépensée tous les mois. Le paiement mensuel, c'est pratique ; une petite somme débitée sans s'en rendre compte. Depuis ma retraite, j'ai mensualisé les factures, cela équilibre mon budget. Vous m'écoutez ?

— Oui, oui.

Patterson stationnait devant les gadgets censés amuser les bêtes à poils et à plumes. Il tendit la main droite pour décrocher de son support une sorte de canne à pêche avec une plume colorée au bout. Madeleine arrêta son geste avec la brutalité liée à son âge, bloquant son bras avec le sien.

— N'achetez pas ça, malheureux ! C'est une honte de vendre un objet pareil quand on peut le fabriquer soi-même avec un morceau de bois, une ficelle et un bouchon. Des bouchons, ce n'est pas ce qui vous manque avec vos bouteilles, mon petit John, et le bois, il n'y a qu'à se baisser pour le ramasser par chez nous. Cela nous fera l'occasion d'une promenade. Nous glanerons sur le sentier comme autant de ma jeunesse et nous

— Que lui prendre alors ? interrompit John.

— Un grattoir. Cela évitera que votre chat laboure le canapé avec ses griffes.

Aussitôt dit, aussitôt fait. Une planche à gratter fabriquée avec du carton recyclé atterrit sur le dessus des victuailles.

— Ah, ben voilà, il y a de nouveau la queue au rayon fromagerie, maugréa Madeleine. Il aurait fallu y aller avant.

— Nous avons la matinée devant nous, Madeleine.

— La matinée, la matinée, il est déjà onze heures passées. Que mangerons-nous à midi ?

— Du surgelé.

— Encore ! Ce n'est pas bon pour la santé !

— Une fois par mois, Madeleine, rétorqua Patterson. À votre âge, vous pouvez vous le permettre. *J'en bouffe tous les jours ou presque et je ne suis pas mort.*

— De toute façon, je n'aurais pas le temps de cuisiner à la maison. Je me faufile dans la queue pendant que vous y allez. Là-bas, je me gèle trop, c'est mauvais pour mes vieux os. Laissez-moi le caddie, ne vous encombrez pas avec.

Patterson s'éloigna. Comment convaincre sa voisine de garder les chats de Durieux ? Son diabolique plan aboutirait-il ? Lorsqu'il revint, Madeleine avait les coudes sur l'avant du caddie ; elle était en train de lire la composition de l'alimentation féline. *Elle s'intéresse. C'est bon signe.*

— Qu'est-ce que vous rapportez ?

— Moules farcies et frites.

— Faites voir, demanda-t-elle, suspicieuse.

Patterson ouvrit le sac isotherme.

— Une marque correcte. Parmi les plats industriels, il faut toujours choisir le meilleur et ne pas lésiner sur quelques euros de plus ; ils font la différence. Ah, c'est à moi.

Madeleine énuméra sa liste à l'employée : un morceau de comté, une portion de brie bien crémeux, une tranche de bleu d'Auvergne pas trop épaisse, et deux chèvres secs à se casser les dents dessus. Ils seront accompagnés par un verre de vin blanc sec amené par le petit, pensa-t-elle. Elle rangea avec précaution les quatre emballages dans le compartiment réservé aux bouteilles.

— Vous savez que vous avez les mêmes dans le rayon, Madeleine.

— Question de goût, mon petit John.

— Si vous le dites, capitula-t-il.

Madeleine lui lança un regard furibond qui lui fit détourner le sien. Comment pouvait-il la contredire concernant l'authenticité du produit ?

Patterson se plia aux quatre volontés de sa voisine jusqu'à la caisse. Profil bas sinon échec cuisant garanti de ce qu'il avait envisagé.

Après avoir aidé à ranger les aliments sucrés et salés dans les placards, le frais et les légumes dans le réfrigérateur hormis le filet de pommes de terre et celui d'oignons, il restait dans le coffre les trois achats destinés au soi-disant chat.

Entre deux succions de coquilles et trois frites avalées, Patterson aborda les deux sujets source d'inquiétude de Madeleine : la solitude et ses absences répétées depuis que la pandémie du Covid 19 était derrière eux. Il amena, de manière fort habile, l'idée de lui confier le félin lorsqu'il partirait, ajoutant au discours fort argumenté que le félin ne serait pas confronté au dépaysement, qu'il serait moins contraignant qu'un chien, et qu'elle ne serait plus seule.

— Au sujet de la litière, ne soyez pas inquiète, Madeleine, je trouverai un bac assez grand pour contenir l'intégralité du sac, ce qui pourvoira aux besoins d'une dizaine de jours minimum sachant que je l'habituerai à crotter dans le jardin.

Ce dernier argument leva l'indécision flottant dans l'esprit de Madeleine. Elle imagina la scène, le chat lové dans son giron, tous deux confortablement installés dans son fauteuil, ronronnant sous ses caresses au coin du feu.

— Comment optimiser la dépense engendrée par la coiffure qui embellira ton visage pendant quelques jours, car le fait est acté, tu sais, reconnu par nous les fidèles clientes, qu'au premier shampoing et séchage à la maison, le résultat frisera le désespoir tant le reflet que le miroir te renverra sera aux antipodes des espérances de la réussite ? Je soumets à ton appréciation plusieurs options. Un : tu accapares un maximum de magazines féminins et tu les gardes jalousement sur tes genoux avec des pupilles lançant des éclairs à celle qui oserait te les emprunter pour les feuilleter un petit quart d'heure, quart d'heure qui s'éternisera malgré ton obstination à les récupérer. Deux : tu tends l'oreille vers les sièges occupés afin d'être au courant des derniers faits divers ce qui t'épargnera l'achat de la presse locale, n'hésitant pas à pencher légèrement le buste vers la droite ou vers la gauche, et, surtout, très important, tu n'oublies pas de continuer à tourner les pages d'une des revues dont tu as pris possession à ton arrivée avec un geste convaincant malgré tes efforts d'écoute. Trois : avoir connaissance des ragots est utile, mais plus difficile à gérer, car ton rendez-vous doit coïncider avec celui de Madame Radio Trottoir qui s'exprime toujours d'une voix forte dans l'unique but de capter l'attention d'un entourage pas forcément enclin à médire, et si l'absence de Madame est confirmée par la patronne, « oh, vous l'avez ratée de peu, elle est venue ce matin », il te faut engager la conversation et maintenir le rythme soutenu des réponses afin de susciter l'intérêt de ton interlocutrice. Quatre : avoir la certitude que tu seras détendu lorsque tu rentreras chez toi est simple ; tu exiges l'unique fauteuil massant de coiffure prétextant un lumbago survenu la veille, tu dénigres les deux autres antédiluviens scellés au sol devant les bacs à shampoing, et tu ignores l'apprentie lavant avec énergie les cheveux de la cliente d'à côté souffrant des vertèbres cervicales par l'inconfort dû à sa position pendant que toi, la chanceuse, tu vogues sur un océan de douceur, attendant ton tour. Cinq : le café à accepter ou pas dépend de ta quantité d'heures que ton corps exige dans les bras de Morphée pour péter la forme ; à l'ouverture du salon, nul risque de perturbation, tu ajusteras les doses de caféine dans la journée ; à 14 heures, tu supprimes celui de ton déjeuner et le tour est joué ; au cours de l'après-midi ou la soirée, c'est à toi de trancher si tu as l'intention d'imiter les noctambules adeptes de la nuit blanche. Six : les jours pluvieux ou venteux, doit-on renoncer à la coupe et à la couleur faiseuses de miracles ? car tu as eu l'expérience de la moindre goutte d'eau provoquant la frisure et du zef détruisant la chevelure domptée ; ressembleras-tu à une échevelée vivant à la préhistoire ? le choix t'appartient. Les explications te conviennent-elles, John ?

    — C'est-à-dire qu'on aurait pu essayer, insista-t-il.

    — Non. Il eut été sage de me prévenir au lieu d'arriver à l'improviste.

    — Tu pourrais avertir que tu es retardée.

— Non. Je ne décalerais pas le rendez-vous de 16 heures. Tu m'as regardée, j'effraierai un enfant dans le noir.

— Tu exagères, Amélie, grimaça Patterson.

— Tu me retardes à palabrer. Je dois partir ; il est 15 heures 35.

— J'ai résolu ton problème des chats de Durieux, argumenta-t-il dans l'espoir d'ébranler le bloc de glace.

— Ce n'est pas encore le cas d'après ce que tu m'as avoué tout à l'heure au téléphone. Ils ne sont pas chez toi, que je sache. Ce chantage est ridicule, s'agaça Amélie.

— Je t'accompagne dans ce cas.

— Chez ma coiffeuse !

— Elle coiffe aussi les hommes, si je ne m'abuse. Tu me véhicules. Je reste garer chez toi.

— Tu m'énerves à un point que je capitule. Finis de boire ton café et mets la tasse dans le lave-vaisselle pendant que j'enfile mon manteau.

— ASAP, conclut Patterson, se frottant les mains. *La soirée est sauvée.*

À Chichée, un voyant rouge clignotait dans le noir.

Une semaine de repos à savourer sans modération. Beau comme un prince, la tignasse blonde rafraîchie, Patterson avait lézardé tout le week-end et s'apprêtait à appuyer sur l'interphone, un rien indécis. Le ton enjoué transporté par les ondes leva les doutes.

« Être toujours seul que de ne le pouvoir jamais l'être. » Montaigne avait-il tort lorsqu'il le clamait ? Telle avait été l'angoissante question de Maryse Durieux à son réveil. La solitude boulottait l'âme, ogresse de notre société. Le présentateur l'avait annoncé à la télévision. Le médecin l'avait soutenu dans son cabinet : lorsqu'une personne s'isolait, la morosité grignotait les neurones ; chez les jeunes ou chez les vieux, elle tissait sa toile, araignée meublant le jour et la nuit, surtout la nuit, capturant l'insomnie à combattre par le somnifère prescrit, dépendance de la proie, un prélude suivi par l'antidépresseur, car, diagnostic approuvé par les scientifiques, diminuer les heures de sommeil provoquait la glissade vers le sentiment négatif de l'image de soi. L'éloignement serait donc la cause de tous nos maux et la guérison dépendrait de notre rapport au monde. Ne pas couper le lien social sans tomber dans un excès de sollicitude. Échanger sans imposer. Rompre le vide par l'activité jusqu'à être saturé de rendez-vous obligatoires infligés par soi-même. « Le médecin se trompe » contesta Durieux. « Le remède n'est pas celui qu'il préconise. » Elle décréta approfondir son analyse pendant les prochains six jours.

— Cela ne vous gêne pas, vous êtes sûr, Monsieur Patterson, sinon je cherche une personne disponible dans mes relations. Au club, il y avait Josette qui les adorait, mais, depuis que je ne le fréquente plus, elle est peut-être morte, elle aussi. À nos âges, les connaissances pourrissent sous la terre aussi vite que les feuilles d'automne au-dessus.

— Puisque je vous répète que je ne suis pas full cette semaine. *On ne va pas y passer la nuit. J'embarque les bestioles ASAP et je me tire de la puanteur ambiante avant de m'évanouir. Bon sang, même fringues, même pantoufles. On dit que les vieux se négligent, j'ai l'exemple sous les yeux.*

— C'est très aimable à vous, susurra Durieux dans le salon. Asseyez-vous, ne restez pas debout, vous avez passé l'âge de grandir. Je vais chercher les cages de transport dans ma chambre.

Et me couvrir de poils, non merci. J'ai déjà donné, je passe mon tour. Un livre sur le fauteuil attira son regard.

— Connaissez-vous l'autrice ? questionna Durieux, essoufflée d'avoir porté les deux cages sur dix mètres.

— Non. *Avec un titre pareil « Le chat qui lisait à l'envers », qui peut lire un tel ouvrage mise à part une vieille cinglée comme elle.*

— Lilian Jackson Braun. Elle met à l'honneur le siamois KaoKung dans tous ses romans. Il aide son maître à résoudre des enquêtes. Il griffe les objets pour attirer l'attention, il renifle quand il éprouve de la suspicion envers quelqu'un, il se frotte contre vos chevilles pour réclamer un service, il montre les dents lorsqu'il désapprouve, il fait tomber un livre de la bibliothèque pour orienter son maître vers une nouvelle piste, et quand il se gratte, malheur à vous, cela signifie dans son langage corporel « allez au diable ». Exactement ce que je vous disais l'autre jour. Les chats sont si intuitifs, si attachants, ils ne leur manquent que la parole. Vous désirez en lire un, je possède tous ceux qui ont été traduits. Elle souleva le plaid sur l'accoudoir.

— Tenez, prenez-le, vous me le ramènerez samedi. Je viens de le terminer.

Patterson lut la couverture. *Le chat qui sniffait de la colle, ça promet.*

— Seulement deux caisses pour cinq, répliqua Patterson, glissant l'offrande dans la poche intérieure de sa veste, pressé de terminer la corvée. *Ils seront à l'étroit.*

— Ils ont l'habitude. Chipie, Boswell, et Hodge ensemble ; KaoKung et Noiraude dans l'autre. Attendez, je vous aide à les installer.

— Ne vous donnez pas cette peine, il faut qu'il s'accoutume à une personne étrangère. Il poussa le premier lot à l'intérieur d'une cage, les doigts enfouis dans les poils des arrière-trains, et réitéra l'opération.

— Amélie les réceptionnera chez vous ? s'inquiéta Durieux.

— Bien sûr, mentit Patterson.

— Ah, c'est bien, c'est une brave fille, je suis rassurée ; ils ne seront pas traumatisés par le changement.

— Ils s'accommoderont à la longue.

— Ils font un heureux.

— Exactly. *De qui elle parle, cette folle !*

Patterson empoigna les deux cages, prêt à déguerpir.

— Monsieur Patterson, vous oubliez la litière, postillonna Durieux.

Il recula d'un bond.

— Elle est dans la cuisine. Venez, suivez-moi.

Maryse Durieux trottina dans le couloir, Patterson suivit à trois mètres derrière.

— Dans deux minutes, elle sera propre, précisa Durieux, la pelle à crotte dans la main.

— Inutile, j'avais prévu. J'ai tout le nécessaire à la maison : le bac, la litière parfumée, et la pelle. *Merde ! Oublié de l'acheter.*

— Vous êtes sûr ? Cela ne me dérange pas de la nettoyer, vous en aurez deux, ce sera plus commode.

— J'ai des caisses plastiques me servant au transport des marchandises. Elles seront parfaites si besoin. *Ça déborde et ça pue, c'est une infection ; pas question de l'emmener.* Il est temps que j'y aille, Madame Durieux, Amélie m'attend. *Et un bobard, un !*

— Dans ce sac, vous avez leurs carnets de santé, leurs médicaments, les pipettes contre les puces, le vermifuge, les coordonnées du vétérinaire, et un sac de croquettes.

— J'ai, affirma Patterson. Il posa une cage, ôta la nourriture, mit le sac à l'épaule, et la reprit.

— Vous n'auriez pas dû dépenser autant pour eux.

— Moins de tracas pour nous deux, conclut Patterson, chargé comme un baudet.

— Au revoir, mes chéris. Soyez sages.

La voix était chevrotante. Durieux referma la porte, les yeux humides. Elle fonça vers le salon et colla son nez à la vitre. Trop tard. La Citroën quittait le parking. Son visage se rembrunit aussitôt dans la pièce silencieuse. Elle ouvrit le tiroir du vaisselier et sortit le dossier d'hospitalisation.

Silence aussi dans l'habitacle. Les chats somnolaient. Le conducteur songeait à la deuxième partie de son plan : convaincre sa voisine.

*

Romain Schmitt consulta son smartphone. 9 heures 30. Aucun signe de vie.

— Tu vois, maman, puisque nous avons le temps avant ta toilette, je vais te raconter mon histoire, celle d'après ton départ. Parfois le chat du voisin qui loge dans la maison de Barnabé depuis que celui-ci vit chez sa fille, un vieux qui rend service à la famille, qui est censé éloigner les voleurs ce dont je doute étant donné son âge avancé dévoilé par son physique, me donne des envies de meurtre. Au premier abord, il paraît blanc comme neige, mais ne t'y trompe pas, c'est un Siamois grassouillet au caractère sournois avec des actes malveillants dont j'ai été le principal témoin depuis le printemps. Je l'ai si souvent vu, arborant avec fierté ses moustaches ensanglantées, une plume coincée entre deux dents pointues, remuant la tête lorsqu'il essaye de la décrocher avec ses griffes, se pourléchant les babines avec un air provocateur à mon encontre après avoir dégluti le dernier morceau d'un petit être inoffensif. Et chaque matin, aux alentours de sept heures trente, je l'observe avant de partir travailler par la fenêtre de la cuisine, il effectue son ignoble rituel : ce fourbe prend un malin plaisir à terroriser la faune par sa présence. Tout d'abord, il lustre son pelage, puis il étire ses membres et arrache sans ménagement le brin d'herbe pris dans les poils de ses pattes arrière. De nouveau, il lèche sa fourrure et lorsqu'il estime que sa toilette est terminée, il part explorer les six ares du domaine confié à son maître composé d'essences diverses et de parterres de fleurs odorantes aux nuances variées offrant autant de caches à cette sale bestiole. Ayant perdu leurs pétales et leur feuillage, en ce moment, avec les branches nues et l'herbe rase, la faune est vulnérable. Il jauge ; il estime ses chances de réussite quant au crime qu'il s'apprête à accomplir. Lorsqu'il revient bredouille de son exploration et mécontent de n'avoir pu satisfaire sa soif de massacre, il envisage d'attendre sa proie au point d'eau – logique implacable, chacun sait que les animaux ont besoin de s'abreuver. La fontaine, une pierre de Massangis sculptée d'un seul bloc est un appât apaisant. Elle a été placée sur la terrasse volontairement. Souviens-toi, maman, elle n'était pas là auparavant, la complicité du vieux n'a pas de limites. Le murmure aquatique participe à la concentration du criminel.

Il fixe l'objet en forme de vasque, les yeux en amande avec une intense gourmandise, ignorant le charmant glouglou. Je guette son apparition dès potron-minet, quand je ne travaille pas, et je l'observe, sauf aujourd'hui puisque je suis avec toi. Le sait-il seulement ? Je ne saurais point te le dire ; l'animal est si vicieux que je le crois capable de feindre l'indifférence. Je remarque le mouvement de la queue balayant l'air ; il se prépare à attaquer, tapi derrière un arbre, bandant ses muscles. Je cherche du regard la prochaine victime et je l'aperçois, innocent rouge-gorge grattant la terre à la recherche d'un ver. En une fraction de seconde, le Siamois saute et le voilà qui revient victorieux, l'oiseau mort dans sa gueule, tête pendante, corps ballotté de droite à gauche. Le spectacle m'est insoutenable, tu me connais, maman. Les nerfs à fleur de peau, je bois mon café de travers, manque de m'étouffer, peste contre le félin en rangeant ma tasse dans le lave-vaisselle, et je sors. De toute façon, il est temps de commencer ma journée et de quitter mon observatoire. J'œuvre à mes tâches quotidiennes du week-end, écoutant le chant mélodieux d'une mésange en écho aux autres gazouillis me remerciant des graines déposées dans les trois mangeoires à leur attention ; il leur faut survivre au rigoureux hiver. Et c'est à son tour de m'espionner. Il se pavane derrière la clôture qui sépare les 1 000 m2 de mon terrain convoité avec son terrain de chasse plus petit. Il a le port altier et la queue en panache. Il va, il vient, et j'ai beau lui crier : « Va-t'en ! Rentre dans ta maison ! » il continue à me narguer, poussant même le vice à passer l'une de ses pattes à travers les trous du grillage. Bien sûr, me conseillerais-tu, il faudrait que j'aborde le voisin concernant l'attitude de son animal de compagnie, mais le vieux n'inspire pas la sympathie, jamais un bonjour ni un bonsoir, un adepte du « chacun chez soi » qui, soit dit en passant, me convient à la perfection. Je pourrais aussi adopter un chien, me suggérerais-tu, la SPA regorge de chiens aux yeux larmoyants qui ne demandent qu'à être adoptés sauf que chien et chat ne font pas bon ménage. J'ouïs déjà l'affrontement bestial des deux quadrupèdes aboyant et feulant de chaque côté de la clôture, et le ramassage des crottes sur la pelouse, non merci, cette solution ne me convient pas. Les heures s'écoulant, je surveille le Siamois du coin de l'œil, car, tu le sais, j'estime être un protecteur des volatiles en tant que membre de la Ligue pour la Protection des Oiseaux, tout de même, ce n'est pas rien. Cette surveillance m'épuise. Je tremble à l'idée du désastre qu'il pourrait occasionner en pénétrant chez moi, saccageant les nichoirs, tuant les parents, dévorant les oisillons ; je le redoute, mais il faut bien que je m'absente pour traiter les dossiers, cette pile sur mon bureau qui ne cesse de s'élever vers le plafond. Alors, j'ai mûrement réfléchi aux conséquences des forfaits ; il est hors de question qu'il tue sur mes terres. J'ai pris une résolution ferme et sans appel il y a quinze jours : ne pas être confronté à cet acte destructeur chez moi. Un face-à-face décisif. Pour parfaire mon plan, j'ai étudié le comportement de l'animal durant une semaine et consigné scrupuleusement les allées et venues de ce prédateur avide de sang chaud à plumes avançant d'un pas chaloupé, élaboration d'une stratégie lorsque je rentrais en fin d'après-midi. Cinq jours de préparation et j'étais enfin prêt. Avant-hier, samedi, je me suis levé aux aurores, te rends-tu compte de l'importance de la mission. J'ai installé une mangeoire fabriquée dans mon atelier avec des chutes d'épicéa avant que le chat ne sorte par la chatière. J'ai raboté et poncé le bois, geste répété avec un rythme lent et régulier libérant de cette manière une agréable odeur de sciure, tombant comme des flocons de neige ayant pris la teinte des blés mûrs avant la moisson. À l'intérieur de la mangeoire, j'ai placé un oiseau siffleur mécanique au chant si mélodieux qu'il ne pourrait pas résister à la tentation de vouloir le croquer ; je l'espérais de toute ma perfidie, car je n'avais pas lésiné à la dépense quant à la beauté du leurre. Puis j'ai fixé le piège sous un pommier au sommet d'un piquet d'environ 1 m 20, pas plus haut, les rondeurs du Siamois exigent la facilité à l'atteindre. Sur la branche, au-dessus, j'ai accroché à l'aide d'une corde un banal filet de couleur verte semblable à ceux posés dans les vergers par les arboriculteurs afin de protéger les fruits d'éventuels coups de bec, lequel filet avait été plié au préalable d'une manière savante, ce qui n'a pas été facile, tu peux me croire. L'approche du félin a été héroïque. J'aurais aimé que tu sois là, admirant le spectacle. Après quelques minutes d'incertitude, ne me voyant pas, il s'est enhardi à grimper dans le chêne contigu de nos propriétés et a franchi la ligne de non-retour. Dissimulé derrière un buisson touffu aux feuilles persistantes dans une posture inconfortable, j'étais prêt à faire fonctionner le piège, les doigts tellement crispés que mes phalanges blanchissaient à vue d'œil, le lien tendu comme un arc. Je patientai, j'admirai le courage de la bête à s'aventurer sur un sol ennemi. Il s'approcha de l'objet convoité, regarda autour de lui, urina à la base du piquet, signifiant par ce jet qu'il était dorénavant chez lui. Là, je le vois qui s'élance et… et c'était raté, maman ! Quel dommage que tu ne fusses pas à mes côtés. Le sportif à quatre pattes était passé à côté du poteau. Le voltigeur avait roulé cul par-dessus tête sur la pelouse humide. Je me suis retenu de rire à gorge déployée. Deuxième essai. Le regarder valait le détour. Recul. Dos rond. Évaluation de l'épreuve à réussir. Extension des membres inférieurs, les moustaches au vent, une détente qui claque comme un fouet trop mou et hop, il s'éleva dans les airs tel un écureuil, écarta les pattes avant en signe d'amour, accusa le choc, museau aplati contre l'écorce rugueuse, récompense de la prouesse qui lui râpa le nez. Je ne respirai plus pendant qu'il se hissait vers les hauteurs, un centimètre après l'autre, plantant ses griffes acérées dans le bois. Après de rudes efforts, il s'agrippa enfin à la plate-forme de la mangeoire et parvint à glisser la tête à l'intérieur de l'orifice piégeur que j'avais volontairement agrandi après avoir étudié les dimensions standardisées que j'avais jugées beaucoup trop étroites. Sur-le-champ, imagine la scène, maman, je libérai les deux mètres carrés de mailles et me précipitai avant qu'il ne s'échappât, car Patapouf, c'est son nom, j'ai oublié de te le préciser, a de la vigueur. Il se débattit, miaulant de plus en plus fort ; des miaulements si aigus que je craignis l'arrivée expresse du voisin, ce qui se produisit aussitôt qu'il les eut perçus. Il sortit en trombe sur la terrasse par la baie ouverte. Je l'aperçus, visage cramoisi qui s'époumonait, gesticulait, arrachait les quelques cheveux qu'ils lui restent sur le crâne. Un quart de tour sur la droite et je le vis qui s'élança. J'entendis le vieux portail rouillé grincer sur ses gonds, une antiquité à l'image du locataire. Il allait arriver, ce n'était qu'une question de minutes, juste le temps de se ruer jusque chez moi. Je perdis mes moyens et peinai à libérer ma proie avec mes doigts tremblants comme des feuilles mortes sous le vent automnal. Mon cœur s'emballa comme un cheval fou au galop, moi, le fonctionnaire inébranlable. Le Siamois, loin d'être un chat dépourvu d'intelligence, cracha et chercha à me griffer ; c'était la vengeance du sort subi. Les pattes emmaillotées dans le filet, le fourbe changea la tessiture de son miaulement. Après avoir beaucoup feulé, il employa un ton à un tel degré suppliant qu'il aurait fait chavirer la plus belle âme en ce monde, surtout celle de son maître, ce vieillard à l'index appuyé sur ma sonnette, signe de protestation. J'actionnai l'ouverture du portillon et tendis le paquet-cadeau au pelage hirsute à l'homme vêtu d'un bleu de travail maculé de taches. Je me surpris à essayer de deviner la provenance de ces dernières : cuisine, jardinage, bricolage… le choix était immense et j'y renonçai. Je te décris le personnage. Tu m'écoutes, maman ?

Madame Schmitt tourna la tête vers le fils, cet homme perdu dans les limbes de ses souvenirs, lesquels peinèrent à remonter à la surface de sa mémoire.

— Monsieur Tarin a le visage ridé et la peau hâlée des marins ayant affronté les océans tempétueux, je détiens l'info du facteur. Ses paupières sont tombantes, mais elles dissimulent un regard vif dont je me suis toujours méfié. Il a un dos tatoué – les bras aussi, je l'ai vu torse nu – et voûté par la répétition du maniement des cordages et par celle des voiles qu'il a dû hisser. Ses mains accueillirent avec délicatesse un Patapouf à la fierté chiffonnée. Ses doigts noueux cherchèrent à le délivrer ; la certitude de ne pas y arriver se lisait sur ses traits. Il sortit de sa poche un opinel et coupa les mailles sans blesser le Siamois, agité tel un diable sortant de sa boîte lorsqu'il me regarda. L'orgueil du chat était blessé, le mien, son pendant, à être pris la main dans le sac. Les récriminations fusèrent à notre encontre. C'était la première fois que Monsieur Tarin m'adressait la parole et qu'il réprimandait son animal de compagnie. Il grommela de furieuses invectives en le ramenant, usant de cette voix doucereuse entendue de nombreuses fois. Tous les deux s'éloignèrent peu à peu. Bon débarras ! Certes, les explications étaient injustifiées devant l'acte accompli, me diras-tu, mais elles résultent de la complicité sournoise de deux fautifs. Ne dit-on pas que la peur et l'envie engendrent les plus vils dessins ? et il fallait que l'arrogance patapoufienne cesse, quel que soit le prix à payer. Ce matin, maman, je n'ai pas vu le chat sur la terrasse. Hier, non plus. La leçon a été comprise. Le vieux a passé son dimanche à poser un brise-vent contre la clôture.

Deux coups discrets à la porte de la chambre.

— C'est à vous, Madame Schmitt. Va falloir nous la laisser à nos bons soins, Monsieur Schmitt. Nous ne sommes pas en avance avec ma collègue, il est bientôt onze heures.

Une bise sur le front. Deuxième étage. Ouverture des portes de l'ascenseur. Guillaume Vaillant à l'intérieur.

— Bonjour Monsieur Schmitt, je vous cherchais. Venez, descendons ensemble. J'ai rencontré votre ami le représentant. Nous avons convenu d'une date avec la directrice. Une offre pareille ne se refuse pas.

Serrement de mains à l'accueil.

Sur le parking, Patterson notait sur son agenda la date retenue. Un bras levé dans sa direction attira son attention. Il baissa la vitre.

— Je vous attendais chez ma mère, râla Schmitt.

— J'ai été happé dès mon entrée par l'animateur qui m'a conduit jusqu'au bureau de sa hiérarchie. Je suis en mode projet maintenant. Des détails à régler, la routine. Et comment se porte votre maman ?

— Elle flotte, répondit Schmitt d'un ton radouci.

— Du moment qu'elle ne souffre pas. La souffrance, il n'y a rien de pire.

— « Si un homme voit qu'il peut vivre plus commodément suspendu au gibet qu'assis à sa table, il agira en insensé en ne se pendant pas ; de même, qui verrait clairement qu'il peut jouir d'une vie ou d'une essence meilleure en commettant des crimes qu'en s'attachant à la vertu, il serait insensé lui aussi s'il s'abstenait de commettre des crimes. Car, au regard d'une nature humaine aussi pervertie, les crimes seraient vertu. » Spinoza.

« Quel rapport ? Drôle de type » pensa Patterson. Il remonta la vitre et démarra, abandonnant Schmitt à sa philosophie. Il le contacterait plus tard via WhatsApp lorsque celui-ci aurait les idées claires.

∗

Cinq jours à se morfondre, à chercher un sens à l'existence, à discuter avec la grand-mère Tournier autour d'un plat de pâtes, les chats se frottant contre ses jambes, épuisant les sujets relatifs à la vieillesse : le club du troisième âge, le jardin, le potager, l'aide ménagère avant la maison de retraite, la lecture du journal, particulièrement la rubrique nécrologique, s'apitoyant sur les connaissances décédées avant que son tour ne vînt. Moral à zéro pour le reste de la journée.

Cinq jours à essayer de comprendre la signification des phrases de Schmitt dont il n'avait retenu que la fin : « les crimes seraient vertu. » Qu'y avait-il de vertueux à commettre un crime ? Où se situait le rapport au mal si le mal n'était pas dans un état ou dans une essence, mais dans la comparaison d'états qui ne valait pas plus qu'une comparaison d'essence ? Où était la frontière du basculement ? Passage réel d'un état à un autre. Disparition de l'état antérieur.

Sur Internet, Patterson avait lu de Spinoza : « Si je deviens plus imparfait que je n'étais auparavant, je serai devenu pire dans la mesure où je serai moins parfait », ce qui avait compliqué un peu plus sa compréhension du texte.

La visite prévue à 15 heures chez Maryse Durieux, ce dimanche, n'avait pas amélioré son humeur. Elle l'avait accueilli sans aucune chaleur. Sa morosité avait ponctué un dialogue qu'il avait abrégé avant de sombrer avec elle.

16 heures 30. Chichée.

Patterson se claquemura.

Affalé dans le canapé du salon, il chercha une réponse à sa crise existentielle dans le verre de vin rouge qu'il se servit, un Saint Émilion Moulin Saint Georges, un grand cru

103

de plus de trente années qu'il avait conservé dans la cave pour les grandes occasions, mais, occasion, il n'y avait jamais, alors…

Les deux verres suivants ne contribuèrent pas à calmer l'image dépréciative qu'il avait de lui-même. Devait-il consulter ? Il se leva, récupéra le bottin d'avant la suppression des pages jaunes, se rassit, et but jusqu'à la lie son tourment, hésitant entre psychanalyste et psychiatre. Au quatrième verre, il remit au lendemain sa décision, attrapa la télécommande et ronfla comme un sonneur devant une émission de téléréalité.

FÉVRIER

« Les idées, il faut les noter tout de suite, sinon, elles s'envolent, elles transportent les mots, monarque allant poser les phrases dans un autre pays », tel était le conseil avisé prêché dans l'amphithéâtre par l'enseignant. Il était concis et pouvait convenir autant à l'écrivain reconnu par ses pairs qu'au disciple. Article, chapitre, slogan, appartenaient à l'univers de l'écriture, du papier et de l'encre, de la machine à écrire et de l'ordinateur, de l'information locale à la mondialisation, du fait divers au roman. Ce n'était qu'un agencement de lettres fourni par l'alphabet couché sur un mur, une pancarte, une affiche, un panneau informatif, un carnet, un cahier, une feuille volante ; il traduisait la pensée, libérait la parole, rendait visible l'invisible.

Piedro Caprona avait saisi le concept. Il notait pour ne pas oublier, ne pas être accaparé par des préoccupations inutiles. Il notait pour enclencher le processus de création, appliquant la consigne sur les parpaings face à sa modeste demeure. Il habitait un logis si proche du ciel que s'il tendait la main, il aurait décroché les étoiles, les aurait kidnappées afin d'illuminer la pièce qui lui servait à la fois de chambre à coucher, de salon, de salle à manger, et de bureau ; il dépliait le clic-clac après avoir poussé la table basse lorsqu'il recevait, une kitchenette, des caissons équipés d'électroménagers et de tiroirs ; il n'y avait que la salle d'eau avec toilettes qui avait été aménagée dans un cagibi, une pudibonderie du propriétaire dans l'unique but d'aligner le loyer exorbitant sur la location d'un studio dans le centre-ville.

Pendant son congé hebdomadaire, les jours pluvieux, il écoutait les larmes du ciel mourant sur le Velux, et les jours venteux, le souffle de la bourrasque rugissant sous la toiture ; il lisait « Escale à Gibraltar » de Gérard de Villiers, son livre de chevet du moment – il collectionnait les SAS des années quatre-vingt, une publication dans laquelle l'espionnage avait la priorité, s'identifiant à un James Bond des ondes radiophoniques –, arrêtait sa lecture et parcourait ses notes ; il restait cloîtré. Mais les jours ensoleillés, il tirait la chaise du bureau, grimpait dessus, ouvrait la fenêtre de toit, et admirait la phrase qu'il avait écrite sur le mur.

7 heures, un lundi.

À la lueur du réverbère, il contemplait les floconneuses boules blanches voletant dans la lumière orangée lorsqu'il vit un passant arrêté devant sa prose « Peu me chaut », ce verbe chaloir ressuscité grâce à l'anglaise. Il claqua la porte d'entrée, dévala les six étages, traversa la rue, et stoppa, essoufflé, à côté de celui qui déchiffrait l'œuvre absconse. Il tenta une approche verbale. L'autre pivota, dévisagea l'inconnu, haussa les épaules, dodelina du chef, digéra ce qu'il examinait depuis plusieurs minutes, mima la compréhension, et poursuivit son chemin.

Piedro Caprona était satisfait. Il avait conquis l'âme d'un philosophe qui s'ignorait. Il secoua son sweat-shirt enneigé sur le seuil de l'immeuble, essuya les semelles de ses baskets sur le paillasson devant sa porte, entra et se servit un mug de café chaud. Il avait le corps froid et l'esprit bouillonnant. Défilèrent des phrases qu'il coucha sur un carnet format 9 x 14 cm à petits carreaux. Trente minutes plus tard, il attrapa au vol l'autobus de la ligne 3.

8 heures 25. Siège de la radio Reims 3, clin d'œil à France 3, la rivale sur certaines émissions, les ondes ne pouvant rivaliser avec les images sur tous les sujets.

— Salut Piedro.

— Salut Béa, des appels depuis vendredi ?

— Sur ta table, un post-it avec le journal.

— OK, merci, je fonce. Une bouffe à midi, cela te dit ?

— Ça marche.

C'étaient ces petites attentions qui attachaient Piedro à son poste, un lien tenace qu'il fustigeait par la suite, cette fidélisation aux revenus d'une centaine d'euros au-dessus du smic. Il consulta son agenda. Son rendez-vous de neuf heures ne tarderait pas à arriver. Il avait vingt minutes pour rendre à sa table un aspect convenable. Le SMS de Béatrice l'arrêta dans son élan.

Patterson s'invita avant la permission d'entrer, peu habitué à endosser le rôle d'un subalterne. Contraste entre le trentenaire vêtu d'une tenue de jogger gris souris arborant le logo Puma et le cinquantenaire au pull à col roulé sous un duffle-coat, jean et derbys aux pieds. *Moi aussi, j'aime courir, mais jamais je n'imposerai une image aussi affligeante à mes collègues.* Néanmoins, il accepta la main tendue.

Ils débattirent sur deux périodes : avant le salon du mois d'avril ou celui de novembre. Patterson optait pour le printemps propice aux festivités et aux mariages, Caprona préférait l'automne, un prélude aux achats avec les fêtes de fin d'année. L'animateur radio s'inclina avec l'air sournois de celui qui mènerait la danse ; c'était son heure d'audience, nul ne lui volerait son public. Ils s'accordèrent sur un appel téléphonique fin mars afin de finaliser le projet, des sourires narquois sur leurs figures.

Désappointement. Déception. Déconvenue. Tous les synonymes correspondaient à l'humeur de Patterson : à force de travailler n'importe quel jour de la semaine, il avait oublié le jour de la fermeture de la galerie. Devant le rideau de fer baissé, l'évidence lui avait sauté à la figure ; la disponibilité de son nouvel ami Vuilleminin envers les acheteurs potentiels du dimanche nécessitait le repos du lundi et du mardi matin. Comment avait-il pu négliger ce détail ? une faute de débutant, lui qui, dans les fiches de ses clients, margeait leurs absences à l'encre rouge. Mais Antony n'était pas un client d'où cette erreur fatale qui le condamnait à dîner seul.

D'un pas rapide évitant la glissade sur les trois centimètres de flocons accumulés sur les trottoirs, il regagna le parking souterrain. Avant de démarrer, il assura sa prochaine visite par la consultation des horaires sur son Samsung. Bien lui en prit, la plupart des commerçants ayant opté pour le lundi comme jour de repos hebdomadaire, Jacques Bacheler ne dérogeait pas à la règle : ouverture de la cave à vins à 14 heures, un constat inespéré. Il fit contre mauvaise fortune bon cœur et prit la direction de Vitry le François, résigné. En chemin, l'étude comportementale du genre humain racontée par Antony lui revint en mémoire. Il décida de mener sa propre enquête. Il lui fallut trouver un lieu aux personnalités diverses frisant le cosmopolitisme. Une cafétéria fit l'affaire.

A 13 heures 30, il avait terminé son analyse : dans les assiettes, les frites arrivaient vainqueurs suivies de près par les potatoes ce qui revenait au même, de la pomme de terre baignant dans de l'huile végétale, le steak haché surpassait le poisson qu'il fût pané ou poché, la pâtisserie était le dessert choisi par excellence, la boisson, le soda, une préférence incontestée ; résumé : du gras et du sucre à volonté. Il avait aussi scindé les consommateurs en trois catégories : la première était celle des accros aux smartphones, les plus nombreux, ignorant leurs voisins de tablée, la deuxième était celle des liseurs et, à la couleur noire de la couverture, il les avait soupçonnés d'avoir un penchant pour le morbide, la troisième était celle de la convivialité, mais, là, les adeptes manquaient à l'appel, cinq doigts suffisaient à les compter. Il se devait d'approfondir avant de tirer une conclusion.

14 heures.

— Quelles nouvelles John ?

— Un vin de paille bio d'un jeune producteur dans le Jura, Nicolas Vanier. Retiens ce nom, car, dans trois ou quatre ans, seuls quelques privilégiés aligneront les billets que vaudront ses bouteilles. J'ai de quoi satisfaire ton gosier, claironna Patterson, exhibant l'une d'entre elles.

Ploc ! Un dé à coudre dans un verre à porto, une robe orangée teignant le verre, de délicats parfums de mirabelles, de dattes et de coings surprenant les narines.

— Demande encore à mûrir.

— Liquoreux dans un an ou deux entreposés dans une cave à douze degrés.

— Je testerai sur les amateurs de bio la bouteille entamée. J'ai besoin de renflouer les finances après le passage des soldes avec la môme ! s'esclaffa Bacheler. Avec la mère, nous la gâtons trop, nous ne savons pas lui résister.

— Fille unique. Normal.

— Et comme dit la mère, deux fois par an, ce n'est pas la mort.

— Amarande a passé son concours ? Elle m'avait récité des poèmes sur le trajet. J'ai trouvé qu'elle avait une diction correcte avec les intonations bien placées, mais je ne suis pas un spécialiste.

— Nous attendons le résultat début mai. Si elle est recalée, elle sera dévastée. D'ici là, elle suit l'évolution du classement régional avant le national.

— Sinon, elle concourra l'an prochain. Elle est jeune, elle a le temps. Dans l'échec naît la réussite.

— Une constatation digne d'un philosophe. La patience et une ado font rarement bon ménage ; elles provoquent des frictions aux étincelles ravageuses. Eh, bonjour Madame Da Silva ! Que vous faut-il aujourd'hui ?

— Messieurs, répondit-elle, secouant son manteau. Un château Gazin et un château Seguin.

— Deux Bordeaux donc. Pour les années, les mêmes que la dernière fois ?

— Oui.

— Quoi d'autre ?

— C'est tout. Elle nettoya sa paire de lunettes embuées. Avec ce temps, je n'allais pas me charger au risque de me rompre le cou. On ne sait pas si le sol est gelé dessous. Si Lemaître désire autre chose, il n'a qu'à venir lui-même avec la voiture.

— Justement, dites-lui de ma part de faire un saut jusqu'ici. J'ai rentré un nouveau blanc. Tenez, goûtez, vous pourrez lui vanter les qualités du vin. Bacheler poussa un verre à liqueur doublé d'un clin d'œil à Patterson.

— Pas mauvais, confirma Maria Da Silva, entrechoquant les deux Bordeaux dans son cabas lorsqu'elle les rangea. Je ne manquerai pas de lui faire la commission.

Ils la regardèrent s'éloigner, cinquantenaire frissonnant dans son manteau couleur saumon lui arrivant à mi-cuisses, la marche hésitante dans ses bottines fourrées. Elle traversa au feu rouge à la lenteur d'un escargot et entra chez le buraliste.

— Une brave femme, cette Madame Da Silva. Elle est la femme de ménage et la cuisinière d'un flic à la retraite qui écrit des polars. Des histoires à raconter, cela ne doit pas lui manquer avec ce qu'il a dû voir dans son métier, mais il exagère, il exploite sa gentillesse. Il sait qu'elle garde son petit-fils après les cours, alors il profite de sa sortie pour lui donner une liste de courses.

— Parfois, il faut savoir dire non.

— Plus facile à dire qu'à faire. Elle tient à son travail. Elle a du mérite. Elle a élevé seule sa fille et habite une maison aussi spacieuse qu'un garage pouvant contenir trois voitures comme celle que possède son patron, mais c'est chez elle comme elle le revendique, avec un bout de jardin où poussent ses légumes l'été.

— Tu sembles bien la connaître.

— Une habituée ; ça crée des liens. Lui passe à la boutique quand la commande est importante, deux ou trois cartons de six, et si nous nous y mettions aux nôtres de commandes. As-tu calculé les marges de ton Vanier ?

— Je t'explique comment j'ai envisagé le partenariat avec lui.

— Je t'écoute et retiens, d'ores et déjà, qu'il me faudra d'autres du Jura et aussi de l'Alsace.

Au printemps, le jardin public est un ravissement. Les fleurs s'épanouissent, les oiseaux gazouillent dans les branches, les promeneurs déambulent, les enfants jouent dans les allées, pigeons et moineaux picorent les miettes des goûters. Sur les bancs roucoulent les amoureux jusqu'au soir, somnolent les anciens, la casquette enfoncée jusqu'aux oreilles pour ces messieurs tandis que ces dames privilégient les places ombragées, refusant le chapeau porté par leurs aïeules, et bientôt, je serais comme eux, à mes pieds fourmilleront une multitude d'insectes. Le renouveau fait écho à l'espérance dans le cœur des hommes. Que demandait de plus ? la nature pourvoit. Aujourd'hui, la traversée s'avère périlleuse, une épreuve à surmonter, mais elle a le mérite de m'éloigner du trafic routier dangereux, de l'accident causé par l'inattention d'un conducteur pressé qui me clouera au lit pour des jours et des jours, pas besoin de ça et du manque à gagner. Il y a quand même un avantage à retenir de cette neige tardive, il y a peu de voitures, le corps respire un air moins pollué. Cet univers ouaté me rappelle celui des promenades sous la frondaison des sapinières sauf qu'il manque le feuillage au décor. Ici, les arbres dénudés peinent à s'habiller de blanc, mais les chiens ne pisseront pas sur leurs troncs et je n'aurais pas besoin d'esquiver leurs maudites laisses rétractables de cinq mètres de long. Pas de trottinette électrique qui me foncera dessus non plus, ni de bicyclette bien que le timbre de la sonnette fasse partie du charme de l'endroit et il me faut reconnaître que je suis d'accord avec l'écrivain. La tondeuse remisée de l'employé municipal sera remplacée par les pelles, et le ballon de foot bondira à nouveau sur la terre mise à nu, bonnets, gants, joues rosies et goutte au nez des gosses. Est-ce que j'ai eu raison de rallonger le trajet avec le poids du sac qui m'allonge le bras ? Si je flâne encore, il n'y aura plus de pain et je devrais me contenter de ce que la boulangère me proposera, sans parler du goûter du petit que je n'ai pas eu le temps de préparer avec la liste de Lemaître. Celui-là, si je m'écoutais, je l'enverrais au diable Vauvert voir si j'y suis. C'est quand même plus facile de manier le stylo-plume que le balai-brosse ou la cuillère en bois, d'ordonner que de s'atteler à la tâche. C'est beau d'écrire « faut-il travailler pour vivre ou vivre pour travailler ? » La réponse, je la lui dirai lorsque je toucherai ma retraite et que je resterai chez moi. Enfin, en attendant… soit prudente, ma vieille Maria, ne te casse pas la guibole, tu es encore utile au monde.

*

17 heures.
Pourvu que cela ne soit qu'une giboulée de mars et non une tempête et un blizzard pareils à ceux de décembre, les routes deviendraient impraticables, le sablage et le déneigement ne suffiraient pas. Je risquerai d'être coincé à Strasbourg plusieurs jours au lieu de deux avant de retourner à Reims et la maison, sans compter que je manquerai le salon de Mulhouse.

De sombres pensées qui avortèrent au fur et à mesure des kilomètres parcourus jusqu'à son arrivée à l'hôtel dans le quartier européen vers 20 heures 30. La panique s'estompa avec la cessation des flocons aussi brutale que son apparition.

Ce mardi matin, le temps était froid et gris, un temps conforme à la saison avec son verglas menaçant.

9 heures 30.

Trente minutes avant l'ouverture, privilège des représentants.

Patterson se couvrit le crâne avec le capuchon de son manteau et noua l'écharpe assortie achetée à Noël, un cashmere à 120 euros, une folie qu'il ne regrettait pas avec la température ressentie aujourd'hui. Il avançait vers le Parc des Expositions, laissant derrière lui les maisons à colombages aux toits d'un blanc immaculé. Combler un vide. Les idées noires avaient ressurgi, écrasant le peu d'optimisme qui l'habitait encore, après la conversation qu'il avait eue avec le SDF avant de pénétrer dans la boulangerie. « Dans la rue, les gens se croisent et s'ignorent. Certains doublent avec un hochement de tête en guise de remerciement envers la personne ayant eu la délicatesse de déplacer son corps et de ralentir son pas, alors que d'autres occupent tout l'espace, le trottoir leur appartient et ils ne dérogeront pas à leurs habitudes. Dans la rue, il y a les fonceurs, les nonchalants, les rêveurs, les désœuvrés et les normaux, des gens comme vous et moi. Dans la rue, se côtoient la drogue, la violence, le vol, la police, les délinquants et les malfaiteurs, question de dosage du délit. Dans la rue, il ne fait pas bon s'y promener à la nuit tombée, la mort rôde au détour du chemin, elle attend son tour. Dans la rue, il y a les affamés et les gavés, les rieurs et les tristes, les riches et les pauvres, les beaux parleurs et les taiseux. Mais la rue des grandes villes ne ressemble pas à celle des villages. Dans laquelle des deux, aimeriez-vous circuler ? » Il n'avait pas répondu. Le SDF avait enchaîné : « Sur une île, peut-on imaginer qu'il existe une autre terre au-delà des mers ? Si l'île est grande, toute l'île est la terre. Elle rend prisonnier l'homme de son état insulaire ; il se sent protégé de l'envahisseur et fier de la force que représente cet isolement. Je lis les livres que les gens du quartier me donnent. Le récit de celui-ci ressemble à mon parcours de vie, la lente descente vers le rien. Ironique les recettes de cuisine à la fin du bouquin lorsque vous ne possédez pas de quoi cuisiner. Il faudra que je les montre à la boulangère ou à son mari. 700 pages à lire. Les gens croient que les gros livres m'occuperont plus longtemps ; c'est une erreur, j'ai le temps. »

À l'intérieur, il passait d'un producteur local à un autre, entassait les dépliants dans sa mallette avec l'intention de les trier plus tard, promettait de revenir avant seize heures avec le diable et de charger les bouteilles destinées à la dégustation selon l'engagement signé dans les caisses plastiques empilées dans la Citroën.

13 heures. Las d'avoir arpenté les allées, d'avoir harangué les indécis, il s'octroya un répit devant une assiette de choucroute garnie.

13 heures 45. Le nombre de visiteurs augmenta de façon considérable, étrangers et strasbourgeois affluaient. Il se mêla à la foule avant de partir, client parmi tant d'autres, et se heurta à Annie Tosero, l'adhérente du club de lecture.

— Décidément, nos rencontres aboutiront toujours à des heurts, ironisa Tosero.

— Il semblerait effectivement que le destin soit un tamponneur. Comment vous portez-vous depuis votre rupture ?

— Excellente mémoire, tiqua Tosero.

— C'est mon métier.

— Ou vous vous rappelez la prof de lettres qui vous a orienté dans votre achat de livre. Quelle est la tendance du salon ?

— Surtout du local. Le café des retrouvailles, cela vous dit-il ?

— Volontiers. Ce sera à vous de me conseiller. J'aurais aimé arriver plus tôt, mais la météo a accéléré les travaux sur le boulevard Tauler. Le panneau routier de la Direction départementale des Territoires indiquait une circulation alternée. Avec ce temps, tout le monde a pris sa voiture. Malgré l'information communiquée en amont, il y a toujours un conducteur ou une conductrice avec l'impatience chevillée au corps qui commande le klaxon et mène la danse, une cascade sonore désagréable. Moteur au ralenti. Première, seconde, point mort. Rotation des secondes sous le feu tricolore, décompte des minutes. Première, seconde, point mort. Quelques dizaines de mètres dans la cacophonie environnante. Enfin, je suis aux premières loges pour jouir du spectacle. Par solidarité envers ces ouvriers bravant ce froid qui vous glace les os, j'enclenche la soufflerie avant de dégager la voie. Quel réflexe idiot. Je riais encore de ma bêtise lorsque nous nous sommes cognés.

— Un instinct primaire. La chaleur qui réconforte. Le feu néandertalien.

— Assurément. Et ce café, nous le prenons ?

— ASAP. Go.

À 16 heures 30, Patterson avait terminé de trier les flyers avec un critère sélectif qui lui était propre dans sa voiture. Il les avait classés selon la marge décroissante de ces gros fournisseurs inondant le marché, ne pouvant refuser leurs conditions. Demain, il ne faudrait pas se fourvoyer, la démarche consisterait à convaincre sur le salon de Mulhouse les viticulteurs bios, chasser la méfiance, citer l'exemple de Vanier, une preuve qui appuierait ses propos ; le classement serait sans conteste différent.

*

L'enthousiasme du début était retombé comme un soufflé au bout d'une heure. Patterson avait la sensation d'avoir jeté ses convictions dans l'eau, que les ronds provoqués n'avaient pas atteint les rives sur lesquelles s'étaient retranchés les viticulteurs, que l'accalmie aquatique avait mis fin aux discussions. Il quitta le salon de Mulhouse à 10 heures 15, vaincu par l'inertie des agriculteurs bios, un record aussi aigre qu'un mauvais vin. Libérer la chambre avant de payer une nuitée supplémentaire devint la priorité, espérant que Tosero accéderait à sa demande de chambre d'hôte. Il engagea la Citroën sur l'autoroute A 35, fonça à l'hôtel après une heure trente de trajet et reprit l'autoroute direction Chichée. Six heures après, il franchit le seuil de son domicile, épuisé et mécontent de sa prestation. L'échec modifiait la rentabilité planifiée des ventes ; un bilan prévisionnel à la baisse ne plairait pas à son banquier, son compte courant rougirait à long terme s'il ne redressait pas la barre de ses finances avant de puiser dans l'épargne.

Sonnerie du téléphone fixe. Regard sur l'écran.

La voisine. Une fois n'est pas coutume, son intrusion est bienvenue. Mettre les pieds sous la table est exactement ce qu'il me faut ce soir.

— Mon petit John, j'ai pensé qu'avec ce froid, une soupe, vous ragaillardirez. C'est un velouté de châtaignes avec des champignons de Paris, une nouvelle recette testée hier.

— Je suis rentré un jour avant la date et je n'avais rien prévu pour dîner, donc, votre invitation ne se refuse pas, Madeleine. Il sortit aussitôt et entra chez sa voisine sans sonner.

— C'est toujours un plaisir d'être avec vous, mon petit John. Vous m'avez manqué.

— Seulement trois jours, Madeleine.

— Une éternité sans mes compagnons à quatre pattes.

— Les chats vous manquent, Madeleine ?

— Je n'étais plus seule. J'étais responsable d'eux, cela occupait ma journée.

— Ne soupirez pas ainsi, Madeleine. Demain, je demanderai à Madame Durieux si nous pouvons les garder de nouveau.

— Cinq, c'était beaucoup. Un seul suffirait à combler la solitude.

— Si un seul vous suffit, pourquoi ne pas adopter ?

— Vous croyez qu'à mon âge, je peux ?

— Demain, je me renseignerai. Avec Internet, j'aurai les adresses des associations cherchant des foyers où placer leurs félins recueillis, et celles des refuges.

— Je jetterai un œil sur les annonces du journal ; dimanche, lundi et mardi n'ont pas fini au feu.

— Voilà des décisions constructives. Mangeons, Madeleine, avant que votre velouté ne soit froid.

— Vous avez raison, mon petit John, mangeons. Demain, nous aurons des choses à nous raconter. Qu'est-ce que je serais sans vous ? Vous êtes comme un petit-fils pour moi, se livra Madeleine, les yeux humides.

*

— Je vous expose le fruit de mes recherches, Madeleine. SPA ou associations, le problème demeure entier : le budget consacré aux besoins de l'animal. J'énumère.

— Je vous écoute, mon petit John.

— Voici la to do list. Primo : l'indispensable. Deux gamelles inoxydables.

— J'ai.

— Le griffoir.

— J'ai.

— Le bac à crottes et sa pelle.

— J'ai. C'est vous qui les aviez achetés au supermarché.

— La caisse de transport.

— À acheter.

— Comptons large, dans les 25 euros si je me souviens du prix.

— Je le note dans la liste des prochaines courses.

— Pour le toilettage, la brosse et le peigne.

— Je n'ai plus, nous les avons rendus à Madame Durieux.

— On dit 15. Les jouets.

— J'ai des vieux chiffons. Avec la machine à coudre, je fabriquerai une balle.

— La vieille New Home à pédale ?

— Elle fonctionne toujours. Je me sers d'elle de temps en temps.

— On verra. Le couchage.

— Dépense inutile, l'animal dormira sur le fauteuil, le canapé, mes genoux, le lit, la

— J'ai compris l'idée, coupa Patterson. Secundo : la nourriture. Est-ce qu'il reste des croquettes dans le paquet, Madeleine ?

— Très peu.

— À prévoir donc. Le premier prix est aux environs de 12 euros le sac de 7,5 kilogrammes ; j'ai consulté sur le drive. J'arrondis à 15 le montant suivant la voracité de l'animal. Combien ont consommé les cinq chats, Madeleine ?

— Un sac et demi bon poids, mais nous avions acheté un petit modèle de 2 kilogrammes.

— Cela nous fait 3 000 à 5 pour 6 jours. Je divise, cela donne 600 que je multiplie par 5 et j'obtiens 3 la dose nécessaire pour un mois, soit 6 euros auxquels il faut ajouter la litière.

— Je n'ai pas surveillé, mon petit John, répondit Madeleine d'un ton fautif. Ils étaient si contents de se dégourdir les pattes à l'extérieur malgré le froid, je leur ouvrais la porte dès qu'ils réclamaient à sortir. Forcément, ils salissaient moins.

— Je retiens deux sacs à deux euros l'un, du discount.

— J'écris combien ?

— 10. Tertio : la santé. Deux options. Soit le paiement comptant à chaque visite des frais sachant qu'une consultation vétérinaire est comprise entre 30 et 40 euros, plus la vaccination antirabique, et 60 l'identification par une puce implantée sous la peau.

— Avec les traitements contre les puces ?

— Je ne crois pas que cela soit compris dans la consultation et un collier de supermarché coûtera moins cher.

— Combien ?

— Avec 7 cela suffira.

— J'ajoute 7.

— Deuxième option : une assurance couvrant tous les frais de vétérinaire : les radios, les vaccins, etc. Le prix varie de 5 à 28 euros suivant la couverture choisie.

— C'est comme pour les humains, alors.

— Exact, Madeleine.

— Je note le tarif le plus élevé, 28 par an qu'il faudra diviser par 12.

— Non, par mois, Madeleine ! Par mois !

— Ah, quand même ! C'est une somme !

— 28 multipliés par 12, 336.

— Si c'est pour avoir l'esprit tranquille, va pour 28. On ne sait pas ce que demain sera, je peux être malade et que vous fûtes obligé de l'emmener, mon petit John, mais vous n'aurez pas à avancer les sous, je serai moins gênée à vous le demander.

— Continuons. *Je n'avais pas prévu l'éventualité.*

— J'additionne ?

— Allez-y, Madeleine. Calculez le budget par mois, sauf caisse, jouet, brosse et peigne qui sont en sus.

— Le résultat est 45.

— Avec l'assurance, la somme vous convient-elle ?

— Oui. Ah, zut, j'ai compté le collier antipuces.

— Gardez, ce sera pour les frais augmentés comme le vermifuge à donner tous les trois ou six mois. Maintenant, débattons sur la question de la race et de l'âge de l'animal. Avez-vous des préférences, Madeleine ?

— Heu… non.

— J'explique : une femelle est normalement plus douce et plus câline qu'un mâle ; un chaton devra apprendre la propreté et être stérilisé.

— Ça coûte cher ?

— 150, mais si vous avez opté pour le contrat, nous vérifierons, lors de la signature, à ce que la stérilisation soit incluse.

— C'est vrai ; j'avais déjà oublié le contrat d'assurance.

— Et l'adoption n'est pas gratuite. À la SPA ou ailleurs, la somme réclamée avoisine les 180. La différence est qu'à la SPA, il y a des chats vieux qu'ils indiquent SOS dans les annonces, et ils sont en partie pris en charge.

— Vieux, beaucoup ?

— Jusqu'à treize ans.

— Il sera souvent malade, ce sera une charge supplémentaire.

— Possible. Et de votre côté, Madeleine ?

— Les annonces proposent surtout des animaux de 4 à 6 mois, non stérilisés, non pucés, et non vaccinés.

— La totale. Des naissances au cours de l'été. Que décidez-vous, Madeleine ?

— Le particulier ne m'inspire pas confiance. Je n'aimerais pas ramener des puces à la maison. J'opte pour vos solutions.

— ASAP. Nous allons commencer les visites. Il ne faut pas se presser, Madeleine, prenez le temps de la réflexion.

— Soyez rassuré, mon petit John, j'ai mûrement réfléchi depuis hier soir. Je focaliserai mon attention sur ceux âgés de plus d'un an et moins de sept. La bête sera propre et moins turbulente.

— Sage résolution. Vous désirez commencer les ballades quand ?

— Cette après-midi, est-ce faisable, mon petit John ?

— Je rentre chez moi, j'implémente et je reviens dans la foulée avec l'itinéraire.

— Je prépare à manger un petit quelque chose et nous partirons après.

— Volontiers. ASAP, Madeleine.

— À tout à l'heure, mon petit John. *Quel homme charmant, si tous les gens se comportaient à son image, le monde irait mieux.*

Fastidieuse fut la présentation des vins à Dijon, à Montbard, à Avalon, à Auxerre, à Troyes, excepté celui de Vanier, le seul selon lui qui valait le déplacement. Et cet itinéraire inchangeable afin de contenter ces clients exigeants grignotant à chaque passage sa marge bénéficiaire. Lui aussi subissait la hausse des prix comme le reste de la population, mais, face à la menace concurrentielle, il avait courbé l'échine et rangé son orgueil dans sa poche et le mouchoir par-dessus.

Aurait-il dû suivre les conseils de son père ? vouer son temps à l'œnologie ? avait-il perdu la passion qui l'animait dans sa fougueuse jeunesse, cet amour aveugle pour le vin ?

Tant d'interrogations ressassées dans la tête pendant six jours avaient influencé le bagou, les commandes avaient baissé et la diminution avait contribué à miner le moral un peu plus. Patterson s'enfonçait.

Il eut beau lutter, ces pensées le poursuivirent de façon si terrible que, même conduisant à travers la campagne enneigée par endroits pour son rendez-vous dominical chez Amélie, elles continuèrent à accaparer son triste esprit. Dans un virage avant d'arriver à destination, la Citroën fit une embardée. Il redressa la trajectoire sous le regard courroucé de la conductrice roulant sur la voie de gauche. Il eut le temps d'apercevoir le caducée d'une infirmière.

— La vache, John ! La tronche que tu as aujourd'hui ! tu ressembles à un spectre !

— J'ai failli emboutir la voiture d'une infirmière.

— Ah, mince. Des dégâts ?

— Non. La chaussée devait être gelée, je n'étais pas très attentif, j'ai dérapé.

— Au moins, elle aura pu poursuivre sa tournée.

Patterson ne perçut pas le ton contrarié de la remarque.

— Elle venait de chez toi ?

— C'est une amie. Elle avait un patient dans le coin. Un petit coucou en passant, un café, et elle est repartie.

— Un sacerdoce, cette profession.

— Mot approprié puisqu'à l'origine, la fonction de soignants était réservée aux religieux.

— Travailler un dimanche.

— Comme nous tous, et à la vue de tes traits tirés, ce n'est pas la joie en ce moment. Tu veux que nous en parlions ?

— Je veux bien. J'ai interrompu ta lecture ?

— « Petites filles perdues » de Angela Marsons. Le sujet est intéressant. Deux gamines voisines kidnappées, et pour sauver leur enfant, les parents doivent surenchérir. Le kidnappeur a fixé un montant de départ de la rançon.

— Attends. Tu veux dire que la vie du gosse dépend de la plus grosse enchère !

— C'est le deal. Plus c'est haut, plus tu as des chances de gagner et de sauver ton môme. Je ne connais pas la fin, je n'ai lu qu'un tiers du roman.

— Elle est malsaine, ton histoire.

— Pas plus que les thèmes « sexe et argent » qui régissent les sociétés, racontés dans les bouquins. Ils s'insinuent dans tous les domaines : économiques, politiques, du bas de l'échelle jusqu'au sommet garantissant une ascension sociale fulgurante. Je suis bien placée pour le savoir ; les confidences sur l'oreiller trahissent les vils secrets. On conspue la manière par principe. Il n'y a qu'à lire les journaux, des articles à foison à longueur d'année. Le sexe flirtant avec la drogue, vice rejeté doté d'une économie parallèle. L'argent, gouverneur hors norme des temps modernes, avilissant l'homme éloigné autant qu'il peut du pacte social de Rousseau. L'individualisme n'obéit qu'à ses propres lois. Le besoin de posséder. La soumission. À choisir, je préfère le thriller plutôt qu'être confronté à mon quotidien dans mes lectures. 50 nuances de Grey, ce n'est pas pour moi. Et toi ?

— Moi ?

— Oui. Comment vas-tu ?

— Assertivité en berne.

— Raconte pour expurger l'image négative de soi.

— Ce sera long. De sombres pensées pourrissent mes journées, je n'ai plus le punch, commença Patterson.

S'épancher avait été bénéfique. Amélie avait écouté avec la patience d'un psy. Une initiative salutaire. Les câlins au placard. La parole libérée avait chassé la sinistrose. Combien de temps durerait cette béatitude ? nul ne se serait avancé à le pronostiquer. Patterson arriva chez Perrat, mardi matin, détendu. En revanche, son ami avait un faciès pareil au sien les jours précédents. Il portait un jean sale et un pull-over à col roulé dans le même état, avait les cheveux en pétard et des coupures sur les joues dues au rasage.

— Salut, Gilbert.

— Salut.

— Quelque chose te tracasse semble-t-il ? Ce sont les vignes qui souffrent du gel ?

— Non, ça va, les chaufferettes sont allumées. C'est tôt pour démarrer, mais le temps est détraqué. Je rechargerai au fur et à mesure. Plus de boulot, mais là n'est pas le problème. Non, c'est l'autre fouineur.

— Le type de l'Urssaf ?

— Dans le mile. Je l'ai surpris dans une ruine sur le versant ouest. Il était planqué avec une paire de jumelles, lundi dernier.

— Le lundi, il ne bosse pas le matin et parfois la journée entière. Il va voir sa mère à la maison de retraite.

— Je sais, tu me l'as déjà dit, mais je n'ai pas confiance. Ce vautour surveille, sinon pourquoi utiliser une paire de jumelles au lieu du zoom de son appareil photo ? Même nos téléphones portables ont la fonction grossissante.

— Tu penses qu'il est là-bas aujourd'hui ?

— Malgré la neige tombée, crois-moi, cela ne l'empêchera pas de traîner dans le coin bien que les migrateurs ne soient pas revenus. C.Q.F.D. : un prétexte bidon justifiant sa présence qu'il m'a servie sur un plateau, l'enfoiré.

— Tu veux que nous allions à ta ruine ? Tu ne serais plus dans l'incertitude. Je vois bien que la situation te mine. À chaque fois que je viens, tu mets ce sujet sur le tapis.

— Tu as raison ; avec toi à mes côtés, je ne ferai pas le con ; seul, je le boxerai sans le ménager. Il enfila la parka suspendue à un clou dans l'atelier.

Quarante minutes de marche à longer les vignobles avec Perrat vérifiant la combustion de la paraffine.

Ce que le viticulteur appelait une ruine était un édifice ancien à la porte dégradée par les intempéries, avec un toit où des tuiles manquaient et trois murs en pierre attaqués par de vigoureuses ronces.

— Ta ruine n'est pas un lieu engageant, constata Patterson.

— Tu conviendras qu'il faut un motif valable pour se terrer là-dedans tel un coupable.

— No limit à l'espionnage. En revanche, il est absent.

— Dommage, j'aurais aimé le coincer sur le fait. Il se méfie ; propriété privée indique le panneau au départ du domaine.

— Qui n'a de valeur que le nom qu'on lui donne quand on chemine sur le sentier communal.

— je ne vais pas clôturer à cause d'un connard. Que proposes-tu ?

— Je le contacte et je reviens vers toi ASAP.

— Conseille-lui d'arrêter d'emmerder les gens sinon il signe son arrêt de mort.

— C'est excessif ce que tu sous-entends ?

— Chien galeux mérite la cartouche. Rentrons me calmer les nerfs avec un verre.

La randonnée du retour atténuerait-elle cet agacement glissant vers un désir de vengeance ? Patterson ne fut pas convaincu, il textoterait ce soir à Schmitt.

*

19 heures 12 à la pendule au-dessus du comptoir. Patterson avait accepté la rencontre aux alentours de 18 heures avec Schmitt dans un café de la zone piétonne à Auxerre. Il avait déjà consommé une part de quiche au jambon cuit avec une demi-bouteille de Sancerre cuvée 2 020 qu'il avait vidé dans ce verre à moitié plein, absorbé par la teinte jaune pâle du vin trop jeune à son palais connaisseur, et s'apprêtait à quitter les lieux lorsque le bénévole entra, frigorifié.

— Quel froid ! Garçon, un chocolat chaud ! commanda-t-il. Excusez le retard, mon ami, j'ai dû me rendre à la maison de retraite après le travail, je n'avais pas pu assumer ma visite hebdomadaire hier. Un dossier compliqué à régler.

— Un souci ?

— La mère. Une bronchite depuis plusieurs jours. L'antibiothérapie n'est pas très efficace et, à son âge, l'évolution vers une pneumonie nécessiterait une hospitalisation.

— La mort fixe le temps, elle l'arrête sur sa lancée, pris au piège de l'éternité, ce qui amène à constater que le temps est une illusion d'espace dans lequel l'homme évolue jusqu'à l'arrêt fatal.

— Je n'aurais pas su mieux l'exprimer. Quel était le motif de ce rendez-vous urgent, John ?

— Ma voisine qui cherche un dérivatif à sa solitude. Le moral plombé par les regrets, tourné vers le passé. Elle s'ennuie et ne sort guère de chez elle.

— En ce moment, je la comprends.

— Les beaux jours n'ont pas d'influence sur elle ; la motivation n'y est pas.

— Vieillir n'est pas simple aujourd'hui, mais il existe un accueil de jours là où est ma mère. Ce serait une solution envisageable.

— Expliquez-moi dans le détail et je lui rapporterai vos propos.

— Arrivée entre 9 heures et 10 heures, lecture du journal et échanges autour de l'actualité, déjeuner à midi dans la salle à manger commune, et participation aux animations jusqu'à la fin du service, soit 17 heures.

— Existe-t-il une navette pour venir chercher les personnes à domicile ?

— Vous me posez une colle, John, il faudra que je me renseigne.

— Cela me faciliterait grandement la tâche, car je ne pourrais pas être le chauffeur lorsque je serais occupé, n'est-ce pas ?

— Évidemment.

— Je pourrais aussi suggérer cette proposition à un de mes fournisseurs dont la mère décline et n'est pas disponible tout le temps. Il est viticulteur à Chablis, Monsieur Gilbert Perrat. Le connaissez-vous ?

Schmitt porta la tasse à ses lèvres.

— Je ne crois pas.

— Qu'importe. J'ai sa production dans ma cave. Je vous ferai goûter son vin. Lorsque celle-ci était vaillante, elle l'accompagnait dans le vignoble. Figurez-vous qu'elle avait aménagé deux cabanons pour que les vendangeurs puissent se restaurer et se reposer durant la pause du repas. À l'époque, elle avait une énergie à insuffler au paresseux. Brave femme. Depuis, l'un est à l'abandon et les journaliers mangent là où ils se trouvent.

— Aucun patron ne construira un abri pour des gens de passage aujourd'hui. Savez-vous que la plupart d'entre eux sont embauchés illégalement ?

— Non ! s'offusqua Patterson, hypocritement.

— Ce n'est pas un secret dans le service. Sans cesse, nous luttons contre le travail non déclaré, et nous utilisons tous les moyens mis à notre disposition. Contrôler, verbaliser les fraudeurs et récolter les taxes. Nous sommes à l'affût H 24.

— Un métier ingrat qui vous honore, flatta Patterson. *Ne t'avise pas à mettre ton nez dans mes affaires.*

— Si les patrons avaient votre opinion, John, la profession serait aisée à exercer, mais ce n'est pas le cas malheureusement. C'est un fléau pour notre gouvernement.

— Oui, soupira Patterson. Une question, mon ami, concernant notre intérêt ornithologique.

— Dites-moi.

— L'Alouette a-t-elle montré le bout de son bec ?

— Je crains de vous décevoir, John. La Huppe fasciée dont je guette le retour, non plus. En revanche, si vous n'avez pas d'obligation ce week-end, le groupe a l'intention de photographier la faune vivant aux abords de notre proche rivière, « Le Serein », et d'étudier le biotope de l'endroit. La neige ayant partiellement fondu, les photos animalières seront splendides.

— Je vous préciserai sur WhatsApp Messenger, ASAP, ma disponibilité.

— Entendu. J'espère que vous serez des nôtres.

— Laissez, c'est pour moi, protesta Patterson, posant un billet de vingt euros dans la soucoupe.

— À charge de revanche.

L'expression de l'au revoir présageait une future entrevue.

Une demi-heure plus tard, Patterson toqua à la porte de Gilbert, lui relata la conversation, minimisant les détails, car une sourde colère poignait à l'écoute du récit chez son interlocuteur, et prit congé, refusant l'invitation à dîner ; il avait le ventre plein et désirer rentrer. Sur la route, son téléphone portable bipa, il avait un message.

*

Le message de Durieux sur le répondeur rappela à son propriétaire qu'il devait récupérer la chatte de Madeleine réservée à la SPA, promesse pressante à caser dans la semaine, et comme c'était relâche, il serait aisé de l'honorer au cours de l'après-midi.

Ponctuel, Patterson appuya sur l'interphone à 10 heures tapantes et s'annonça d'une voix forte couvrant les pétarades d'un scooter slalomant sur le parking. *Il ne manquerait plus qu'il m'arrache un rétro, ce con !*

Lorsqu'il sortit de l'ascenseur, la porte de Durieux était entrebâillée. Il entra. *Putain !* Patterson jurait rarement, mais la situation l'avait pris de court. *C'est de pire en pire !*

— Je suis là, Monsieur Patterson. Dans la cuisine.

Le ton était plaintif, à peine audible.

L'appelé entra dans la pièce. Ce qu'il vit virait au cauchemar. Des cheveux gras entouraient le visage de Durieux regardant Boswell d'un air attendri – il essayait de grimper sur les genoux de sa maîtresse. Elle avait des cernes autour des yeux aussi violets que la fleur. Les verres de sa paire de lunettes étaient marqués par des traces de doigts. Elle était vêtue d'une blouse identique à celle que portait sa grand-mère lorsqu'il était enfant, mais elle était aussi sale que la vaisselle accumulée dans l'évier, et, comptant les assiettes, il déduisit qu'elle stagnait depuis au moins deux jours, sinon trois. Une poêle graisseuse sur la gazinière tenait compagnie à une casserole remplie d'un bouillon difficilement identifiable comme si les ingrédients le composant avaient été ajoutés cuisson après cuisson. La litière débordante de crottes parfumait la pièce. Des restes de repas jonchaient la table, le sac du véto les écrasant, et sur le carrelage, elles délimitaient les contours de la chaise sur laquelle était assise l'octogénaire.

Maryse Durieux attrapa la bouteille d'eau minérale, remplit le verre posé devant elle, et but une gorgée.

Patterson n'osa approcher et jugea prudent de rester debout.

— Je vous attendais, Monsieur Patterson. J'ai un service à vous demander qui a été mûrement réfléchi. Êtes-vous marié ? demanda-t-elle d'une voix pâteuse.

— Non. *Quelle question idiote !*

— Vous avez raison, le mariage est une institution désuète qui décroît. Il est une convention du siècle passé quand, du temps de ma jeunesse, le célibat était un affront pour la femme et un atout pour l'homme, côté professionnel, j'entends. De nos jours, la cellule familiale a changé. Pourquoi se marier et divorcer par la suite. Le matriarcat assied son pouvoir et le patriarcat bat de l'aile. Je ne dis pas ça pour vous puisque cela ne vous concerne pas.

— Bien sûr. *Quel rapport avec les chats ? La vieille débloque.*

— J'ai eu le résultat de mes analyses histologiques suite à mon hospitalisation depuis la dernière fois que vous êtes venu. Ce n'est pas réjouissant : cancer colorectal à un stade avancé, la vessie est atteinte, des métastases au foie qui se développent. Bref, la Durieux est foutue, bonne pour le cimetière, Monsieur Patterson.

— Il y a l'opération.

— Vous plaisantez, elle ne repousserait l'échéance que de quelques mois et je ne vivrai pas le peu de semaines restantes à subir un anus artificiel et de la merde semi-liquide dans une poche.

— Vu sous cet angle.

— Je remarque que nous parlons le même langage. J'ai donc décidé de vous donner les chats avec un dédommagement de 2000 euros. Je n'ai pas pu retirer plus à la banque, j'aurais éveillé les soupçons du conseiller.

— Pour combien de temps ?

— Toujours.

— Pardon ! Il n'a jamais été convenu entre nous que je garderai définitivement les chats ! s'emporta Patterson.

— Ne haussez pas le ton et laissez-moi terminer. Voyez ces boîtes de comprimés sur la table, cette enveloppe et ce mot, j'ai tout prévu. L'argent est dans l'enveloppe et vous m'assisterez après que j'ai avalé tous les comprimés de Zolpidem et de Temesta. Une boîte entière et une autre à peine entamée me paraissent suffisantes. J'avais triché sur la date de renouvellement de l'ordonnance depuis qu'Amélie avait quitté l'immeuble, ce qui a permis un petit stockage.

— Je ne serai pas le complice de votre mort, Madame Durieux ! coupa Patterson. Je pars.

— Comprenez ma motivation. J'ai écrit un mot. Lisez.

Patterson se pencha. L'écriture sur la feuille ressemblait à des pattes de mouche sur cinq lignes. On était loin de la confession.

— Je ne veux pas souffrir, ni être diminuée et finir par être désorientée et agressive, conséquence des métastases au cerveau. Les enfants hériteront de l'appartement qu'ils vendront avec les meubles, et ils se partageront l'épargne. Je partirai sereine sachant que les chats sont avec vous ; eux, ils ne s'embarrasseront pas avec des animaux, ils les lâcheront dans la nature. Vous êtes mon unique espoir à la réalisation de mon vœu. Vous restez un moment et vous m'accompagnez jusqu'au lit. Cela ne sera que compassion et charité chrétienne.

Durieux commença à éjecter les cachets des blisters.

Patterson pesait le pour et le contre. Il se remémorera les paroles de Schmitt et les vieillards aperçus à la maison de retraite dans leurs fauteuils roulants que les aides soignantes aidaient au petit-déjeuner, essuyant leur bave après chaque bouchée ; était-ce vivre ? il conclut que non et la somme était alléchante. Il se plaça à côté d'elle, prêt à la soutenir dans l'épreuve.

Durieux lui intima de s'occuper des chats, l'index dirigé vers les caisses de transport et la nourriture.

Patterson attrapa Boswell, l'enferma dans la grande et partit à la chasse des quatre autres dans l'appartement. Lorsqu'il revint, il avait Noiraude et KaoKung sous les bras qu'il stimula à entrer dans la petite et repartit chercher Chipie et Hodge. À son retour, il ne restait plus un seul cachet sur la table. Il poussa les deux félins vers Boswell et verrouilla la porte.

Durieux piquait du nez sur la chaise.

— Il est temps d'aller se coucher, Madame Durieux. *Elle avait commencé avant que je n'arrive, elle avait prémédité son geste, d'où la voix. Encore heureux que les cachetons ne soient pas gros avec ce qu'elle a avalé, elle aurait pu s'étrangler. Mais que je suis con !*

— Adieu mes chéris. Vous êtes un homme bon, Monsieur Patterson. Je veillerai sur vous là-haut.

Durieux vacillait.

Patterson l'aida à s'allonger sur le lit défait, tirant sur les couvertures rejetées, la tête reposant sur l'un des deux oreillers.

Il retourna à la cuisine, ferma la porte, enfila les gants de vaisselle, versa doucement tout le contenu du sac de croquettes dans deux gros saladiers trouvés dans un placard, puis remplit à ras bord d'eau fraîche les cinq gamelles préalablement vidées. *Ils auront au moins deux à trois jours de nourriture et les enfants pourvoiront par la suite.*

Après avoir accompli ce qu'il considéra comme étant une bonne action, il libéra les chats et rangea l'enveloppe dans la poche intérieure de son duffle-coat. Avant d'ôter les gants, un doute le titilla. Durieux respirait-elle encore ? et si elle se réveillait après son départ malgré la dose ingurgitée ? Il fonça vers la chambre.

Un souffle l'inquiéta. Il s'empara de l'oreiller disponible et, imitant les criminels dans les films, le posa sur le visage blafard et le maintint appuyé jusqu'à ce que la poitrine cessât de se soulever. Il chercha du regard de quoi vérifier la respiration comme l'usage d'un miroir et ne trouva rien qui put correspondre. Il ôta l'arme de substitution en plume d'oie, le remit à sa place et patienta quelques minutes afin de s'assurer que la vie avait quitté définitivement le corps de Maryse Durieux.

Dans la cuisine, il froissa le mot de la suicidaire qui termina dans la poche de son pantalon, libéra les chats, rangea les caisses à leur emplacement habituel et le carnet du véto dans le tiroir contenant les vermifuges et autres médicaments. N'ayant point pris sa mallette, il était sûr de n'avoir rien oublié.

Par le judas, il acquit la certitude que le couloir était désert. Il sortit avec discrétion et enleva aussitôt les gants qu'il dissimula avant d'atteindre l'ascenseur dans les poches de son manteau qui furent déformées par le volume. Il ne croisa personne jusqu'à sa voiture, signe de l'assentiment divin. Il quitta la place de parking en paix avec lui-même ; il avait secouru une âme en détresse comme un chrétien l'aurait fait ; il pouvait être fier de ses agissements.

Sur le trajet, s'estompa la vision de l'acte. À l'arrivée, il ne songeait qu'aux deux mille euros à dépenser. Il sonna chez la voisine.

— Mon petit John, justement, je pensais à vous pour ma Minette.

— J'avais l'intention de vous proposer d'aller la chercher ASAP, Madeleine. Qu'en pensez-vous ? Le mercredi après-midi, les bénévoles sont présents.

— Vous êtes un amour.

— Cette après-midi vous conviendrait-il ?

— Mais bien sûr, mon petit John. Déjeunons et partons ensuite.

— Pas ce midi, Madeleine, j'ai quelques affaires urgentes à régler. *Surtout vider les poches.* Disons 14 heures.

— Parfait. Je prépare le chéquier. À tout à l'heure, mon petit John.

— ASAP, Madeleine.

Les miaulements continus avaient exacerbé la tolérance des habitants. Les voisins à l'étage de Durieux avaient craqué le lundi matin ; quarante-huit heures qu'ils supportaient les cris des chats affamés. Suivit une avalanche d'appels téléphoniques au secrétariat du syndic qui se dépêcha de relayer l'information. Face aux récriminations insistantes, le syndic de copropriété consentit à venir établir un constat en bonne et due forme envers la propriétaire. Porte close et absence de réponse eurent raison de la patience des personnes ayant pris d'assaut le couloir – tous ceux qui ne travaillaient pas s'étaient donné rendez-vous au troisième – afin d'observer l'efficacité dudit syndic, laquelle justifierait aux yeux de tous les honoraires versés jugés exorbitants. La perplexité et la complexité du problème à résoudre s'emparèrent de l'homme choisi pour administrer l'immeuble. L'inertie fut rompue par le plus téméraire d'entre eux, un vétéran médaillé de la Seconde Guerre mondiale qui brava l'autorité du mandataire et téléphona aux sapeurs-pompiers. Ces derniers, hésitant à défoncer la porte d'entrée de Durieux, appelèrent le commissariat. Tel était le motif qui avait obligé le lieutenant Romain Moissard à quitter son bureau à 8 heures 15 avant d'avoir bu son premier café de la journée, accompagné par son collègue, le capitaine Edmond Levy.

Serrurier parti et badauds repoussés, Moissard put prendre possession des lieux dans le sillage des hommes du feu et de son acolyte. L'odeur les guida vers la pièce surchauffée.

« Je ne m'y ferai jamais » lâcha Moissard, le nez dans la manche de sa parka bleu marine, coude replié sans avoir l'envie de tousser ni d'éternuer. « Comment accélérer la décomposition d'un corps ? allumer le chauffage à fond. »

L'affirmation déclencha des sourires en coin par ceux qui ramassaient sur les belles routes de France les morceaux de chair humaine baignant dans les flaques de sang.

Moissard, 38 ans, 1 m 80 pour 65 kg, imberbe, célibataire, habitait une maison mitoyenne avec des parents intrusifs ce qui freinait de façon considérable sa sexualité, évacuant les visions cauchemardesques comme aujourd'hui dans le sport ; Levy, son clone, la barbe en sus et la maison en moins, préférait assumer son célibat dans un deux-pièces loué à la périphérie de la ville dans lequel il recevait la demoiselle d'un soir de façon régulière.

La constatation évidente de la mort libéra les sapeurs-pompiers, l'enlèvement du corps devant être effectué par l'autorité judiciaire.

— Appelle la SPA, Edmond. Que les bénévoles dégagent les chats d'ici, ils ont assez gueulé tout le week-end, inutile d'exaspérer encore les voisins. Pendant ce temps, je chercherai à joindre Saumier et me mettrai en quête de trouver l'ordonnance du toubib qui a prescrit les médocs.

Après la recherche d'hématomes, d'ecchymoses ou de plaies, après avoir palpé les os à la recherche de fractures données par un objet contendant, le médecin légiste réserva la signature de l'acte de décès, ne levant pas l'obstacle médico-légal avant d'avoir eu confirmation d'un suicide par surdosage d'hypnotiques.

— Saumier, tu es trop pointilleux, râla Moissard. Si tu te donnais la peine de feuilleter le dossier qui était sur la table basse dans le salon – il tendit une chemise cartonnée jaune soleil, tache lumineuse dans une atmosphère morbide – tu aurais agi de même en pareil cas. Morte par non-procrastination.

— Garde tes certitudes pour toi, Moissard, j'ai les miennes et elles me disent de t'accorder ton papier qu'après avoir pratiqué des analyses approfondies, proclama Saumier, un cinquantenaire exigeant. La monture de ses lunettes glissait sur son nez à chaque fois qu'il se penchait, il la remonta en grommelant. Que raconte la lettre ?

— Quelle lettre ?

— Celle écrite par tous les suicidés justifiant leurs gestes. Surtout avec des animaux de compagnie que ta suicidaire n'aurait certainement pas abandonnés quand on voit l'idolâtrie vouée à l'espèce dans l'environnement immédiat.

— Le choc causé par les résultats médicaux a balayé les explications à fournir à l'entourage. Ils datent de samedi, elle gamberge le dimanche et se décide le lendemain. Ta méticulosité légendaire, c'est de la paperasse pour une vieille qui souhaitait mourir chez elle au lieu de subir une ribambelle d'examens dans un hôpital surchargé de boulot. La fin aurait été inéluctablement la même quoique tu penses de mon raisonnement.

— Allez, on enlève, ordonna Saumier aux deux blouses blanches plantées au pied du lit.

— Saumier, tu fais chier !

— Je sais, Moissard, et c'est pour ça que tu m'apprécies.

Après la levée du corps, ce fut le tour des chats avec l'arrivée de la bénévole et ses cinq caisses de transport démontées et emboîtées. À trois humains contre cinq bêtes domestiquées, le combat paraissait inégal, mais les félins surent déployer leur vaillance. Ils mouillèrent le maillot. A la question « vous n'avez pas de la bouffe pour les attirer ? »

posée par Levy, la réponse « dans la précipitation, je n'y ai pas songé » le décontenança. Le capitaine avait précisé à la personne ayant réceptionné l'appel que les chats crevaient la dalle ; c'était explicite, mais chacun avait une notion différente de la clarté d'un message.

Trente minutes sportives avant que le calme n'envahît les pièces débarrassées des intrus hormis les deux policiers.

— Tu as trouvé ? demanda Moissard.

— Non, rien dans la cuisine, que celles du véto. Cela eut été trop simple de les regrouper à un seul endroit.

— Dans le salon salle à manger non plus, je l'aurais vue tout à l'heure. Il reste la chambre et la salle de bains.

— Le premier qui trouve paye le café à l'autre. Tenu ?

— Tenu.

Bruits d'armoire qui grince, de robinet qui coule.

— Qu'est-ce que tu fous, Edmond, tu prends un bain ou quoi ?

— Je me lave les mains après avoir déplacé une bouteille de sirop pégueuse.

— Tu n'as pas les gants ?

— Si, mais ils poissent.

— Bon, il n'y a rien ici non plus. J'arrive.

Pas précipités dans le couloir.

— Tu ne trouverais pas de l'eau à la mer, Edmond. Premier tiroir ouvert et bingo ! Délie les cordons de ta bourse !

— Passe.

Étude minutieuse de l'ordonnance.

— Le compte n'y est pas ; on a plus de boîtes sur la table que prescrites, constata Levy.

— Le toubib fournira les explications.

— Suicide assisté ?

— Va savoir, c'est dans l'air du temps, on l'autorise chez les Suisses. Cas de conscience et contournement de la loi. On y va, il consulte toute la journée. Cela résoudra aussi le problème de la lettre si chère à Saumier.

Brandir une carte de police produisait toujours l'effet escompté, et dans la salle d'attente du généraliste Ludwig Ruffel, elle relégua le patient suivant à la seconde place qui, mû par une curiosité malsaine, ne s'offusqua pas de ce pouvoir abusif sinon comment aurait-il pu justifier sa présence la consultation terminée.

L'entrée fracassante dans le cabinet bouscula la personne sortante et scandalisa le praticien. Choqué par l'attitude policière, il s'assit avec impérialisme derrière son bureau, ajusta sa cravate, croisa les mains sur son agenda et attendit de connaître le motif de cette visite peu courtoise.

Rigide dans son costume, la formulation prononcée fut aux antipodes de ce qu'il avait ouï depuis 9 heures : le décès de Madame Durieux aux évidences troubles réclamait une chronologie sans faille afin de clore le dossier.

Le trouble gagna aussi Ruffel ; il y avait enquête.

— Messieurs, la réponse s'allie à la simplicité, Madame Durieux est

— Était, coupa Moissard.

— Excusez-moi la méprise, était une dame âgée atteinte d'une maladie incurable

— Qui s'opère, contra Levy, surenchérissant sur le lieutenant.

— Permettez-moi d'employer le conditionnel, aurait pu être opérée avec un résultat invalidant. La résection n'aurait pas suffi. Depuis son hospitalisation, lors de ma consultation à son domicile il y a une huitaine, son moral était au plus bas, elle ne dormait plus malgré le traitement que j'ai aussitôt adapté, changeant la médication.

— Dépressive ? questionna Moissard.

— On ne saurait l'être à moins lorsqu'on vit seule, avec des enfants si éloignés. Faut-il que je me rende à son domicile pour signer l'acte de décès ?

— Il y avait les chats, ajouta Levy.

— Eux ne compensent pas un manque affectif ; avis personnel, bien sûr.

— Bien sûr, répéta Moissard. Vous vous êtes rendu chez elle, vous avez constaté son état mental, vous avez écouté ses intentions et favorisé leurs accomplissements avec votre participation.

— Mais de quoi parlez-vous ? s'enquit Ruffel sur la défensive.

— De son ingestion médicamenteuse.

Levy, observateur de la gestuelle « Ruffelienne » appréciait la tournure que prenait l'interrogatoire en omettant le mot suicide.

— 10 mg le soir d'un hypnotique ne sont pas une dose mortelle.

— Sauf lorsqu'elle se transforme en deux boîtes de Temesta et les trois-quarts de Zolpidem, contra Moissard.

Le généraliste resta de marbre bien que sa bienveillance basculât dans l'énervement face aux insinuations. Levy put le lire dans ses yeux.

— Quand avez-vous vu Madame Durieux, Monsieur Ruffel ?

— Je vous l'ai déjà dit, il y a huit jours environ, peut-être dix.

— Où étiez-vous mercredi matin de la semaine dernière ?

— À la maison de retraite pour mes consultations hebdomadaires comme tous les mercredis.

— Quelle heure ?

— De 9 heures à 11 heures 30. Vérifiez, voici les coordonnées, l'infirmière confirmera, souligna-t-il, satisfait de pouvoir enfin contrer le gêneur. Cela vous convient-il afin que je puisse continuer, des patients attendent d'être consultés.

— Tenez-vous à notre disposition. Et au sujet de l'acte de décès, inutile de vous en charger, notre légiste y pourvoira, conclut Moissard, quittant les lieux avec Levy, lequel légiste était en proie à un dilemme intérieur, mais il l'ignorait.

« Fuir la mort pour la vie. Se vautrer dans les miasmes qui se transmettent, qui se propagent d'écolier à écolier. Se réjouir du bambin qui pleure tout son soûl dans le giron de sa mère, inconsolable à la vue de l'aiguille que je planterai dans son corps, la vaccination pour éviter le pire. Accepter les postillons dans la figure, le sourire aux lèvres. Déchausser le pied qui n'a pas été lavé. Sentir l'haleine fétide de cette bouche ouverte, l'abaisse-langue tenu fermement d'une main, la lampe torche de l'autre, et crier « angine » comme le supporter crie « victoire » à la fin du match. Échanger les tiroirs de la morgue renfermant les corps inertes et froids pour des chaises bancales dans une salle d'attente chauffée. Empiler des revues sur une table basse au lieu de haricots sanguinolents sur une servante. Tirer les rideaux pour éviter les rayons ardents au cours de l'été au lieu d'allumer les néons afin d'avoir la clarté nécessaire à l'autopsie. Découper les vêtements pour accéder à la blessure et non la peau d'un cadavre. Panser les plaies et ne plus ouvrir les torses. Être le médecin des vivants, non celui des morts. Avoir le temps de se consacrer à soi sans endosser la culpabilité d'avoir voulu effacer les images. Les gens de la ville disent que je vis au milieu de nulle part, alors que j'habite un lieu enchanteur. Lorsque je contemple la vue qui s'offre à mon regard depuis ma terrasse, je vois les champs de blé labourés à l'automne, les épis de blé verdoyants qui ondulent sous la bise au printemps, les pigeons ramiers picorant les grains oubliés après la moisson, sautillant dans les andains, et le givre blanchissant la terre durant l'hiver. Dans le lointain, j'aperçois le vol en cercles concentriques d'un rapace à la recherche de sa proie à la lisière de la forêt. Tout ce vert envahissant la campagne environnante à longueur de mois, toutes

ces saisons défilant années après années, mon âme s'en nourrit. Au milieu de cette nature loin des constructions urbaines, mon esprit s'émeut, il s'évade ; il rejoint le ciel étoilé les nuits d'insomnie ; les doigts attrapent la plume, la trempent dans l'encrier, tracent les lignes sur la feuille, dessinent les clés, esquissent les rondes, les noires, les croches, posent les soupirs ; ils annotent la portée, donnent naissance à une musique céleste que je jouerai demain, dans un mois, ou jamais, que d'autres s'approprieront et joueront à ma place, une échappatoire à la musique des instruments métalliques de la morgue. Dans la douceur du soir, les paupières closes, j'écoute le silence des vibrations humaines et le bruissement de la nature. Une seconde, une minute, une heure... le temps s'étire. Vénus scintille au-dessus de la cime des arbres, puis le ciel s'illumine. Je contemple le spectacle une seconde, une minute, une heure... les notes m'envahissent. »

Moissard et Levy pénétrèrent dans le saint des saints où Saumier, assis derrière une table, remplissait les cases du sésame sur l'écran d'un ordinateur ; de celui-ci, ils espéraient l'obtention. L'imprimante manifesta sa présence. Moissard arracha la feuille du ventre de la bête.

— Ne fais pas la gueule, Saumier, la prochaine fois, c'est toi qui auras raison d'investiguer.

La lassitude dans le regard poussa les deux policiers vers la sortie.

— Affaire classée, se gaussa Moissard.

— Et rondement menée. Saumier n'affichait pas la volubilité habituelle.

— Trente ans avec des cadavres, ça vous perturbe un homme.

Moissard avait tapé sans le savoir au centre de l'introspection.

Saumier, fils unique, avait hérité de la maison familiale. Il imaginait le retour et ce que les villageois exprimeraient sur son passage. Il inventa un scénario à la troisième personne. *Il est arrivé au chant du coq, celui du père Mathieu qui* fait gueuler les chiens tirant sur les chaînes attachées à leurs niches, des bêtes qui s'apostrophent de rue à rue avec des aboiements à vous glacer le dos en plein été, qui réveillent les citoyens à pester sous les draps à ne pas pouvoir dormir un quart d'heure de plus. C'est un taxi qui l'a déposé début juin à l'entrée du village, aux abords de la ruelle menant aux halles, puisqu'il souhaitait ne pas être vu ; incognito qu'il a dit au chauffeur étonné de ne pas le conduire plus loin. Il avance. Il tire son bagage qui rebondit sur les pavés ; les roulettes émettent une chanson mètre après mètre ; il craint ce bruit qui se mêle aux gueulards. Il transpire en marchant d'un pas pressé. Il ne sait pas si la sueur perlant sur son front, mouillant son col de chemise à la blancheur immaculée et dégoulinant dans son dos est due à la chaleur qu'il sent monter du sol ou à l'angoisse d'être là. Déjà, les auréoles sous les aisselles. Il a traversé la « grand » place, comme on dit chez nous en y mangeant le « e » à ce diable de mot, que les intellectuels oseraient appeler placette sur un ton moqueur. Puis, il a contourné l'église avec la certitude de celui qui connaît le chemin ; cette église avec ses beaux vitraux du seizième dont le maire est si fier, et nous autres aussi, bien qu'on ait jamais mis un pied dans la maison du bon Dieu ; on laisse la bondieuserie aux femmes. Il a continué sa route vers la demeure de la mère qui n'est plus depuis un mois ; le temps a passé ; le saligaud n'a même pas pris la peine de venir lancer une poignée de terre sur le cercueil avant que le fossoyeur ne comble le trou et, nous autres, on trouve qu'il aurait dû, qu'il fallait passer outre la rancune, tout ça, c'est de l'histoire ancienne. Le Bernard, on sait bien qu'il a foutu le camp dès qu'il a fêté ses dix-huit ans à cause du père qui le battait comme plâtre à chaque fois qu'il faisait une connerie avec la bande qu'il fréquentait à l'époque, des mômes inséparables depuis l'école primaire, des copains à la vie à la mort comme on se le promet à cet âge, une promesse vite oubliée quand on est éloigné pour de multiples raisons ; et la mère ne s'interposant pas parce qu'elle avait trop peur de recevoir un coup de son homme, elle aussi, la pauvre, et le bon Dieu qui a exaucé sa prière en le rappelant à lui l'année passée n'a pas suffi à modifier le jugement du fils — mais tout ça, comme on le répète souvent entre nous quand on se retrouve au bistrot le soir après avoir fini notre dure journée de labeur, ce sont des histoires de gosses qui s'éteignent avec les ans. Le feu, il finit toujours par s'étouffer à force d'avoir tout brûlé sur son chemin, et quand il n'y a plus rien à dévorer, il meurt à l'image de la mère, seul, au milieu du rien. Trente ans qu'il n'était pas revenu. La clé est toujours pendue à son clou rouillé sous la soupente de l'appentis à l'abri des regards — le double, par crainte de perdre l'original, que le serrurier de la ville voisine a fabriqué dans sa boutique installée dans la galerie marchande du centre commercial. Qu'y aurait-il à voler dans ce logis après une vie de misère à économiser les sous qu'on a placés sur le livret de la Caisse d'Épargne les mois de richesse pour qu'ils se multiplient comme les pains du Seigneur ? une sécurité contre le chômage et la faim. Des sous, tout le village le sait, ses vieux, ils n'en avaient pas, ou si peu qu'ils ne risquaient pas de les cacher sous la pile de draps ; la mère, elle envoyait des mandats à son fils pour les études quand elle se rendait à la poste — ce n'était un secret pour personne, la guichetière, elle aime parler derrière sa vitre — et le père, interrogé par nous autres chez Maurice lorsqu'il buvait son ballon de blanc sec le dimanche matin pendant que la mère égrenait son chapelet en récitant deux Pater Noster et trois Ave Maria durant la messe en compagnie des ouailles si chères à Monsieur le Curé, faisait semblant d'ignorer la question. Il pousse la lourde porte en chêne qui grince sur ses gonds. L'araignée, mécontente, fuit par l'interstice de deux pierres mal jointoyées ; sa toile est déchirée ; le travail de l'insecte est perdu ; il faudra recommencer ; la proie est délivrée ; mauvaise journée pour l'arachnide. Il pose sa valise dans l'entrée avec délicatesse ; il ne veut pas effrayer l'âme de la maison ; hantent-elles encore les murs les âmes du père et de la mère à avoir vécu là plus de cinq décennies sans se plaindre un seul jour ? Il ôte sa veste et s'éponge avec l'une de ses manches. Il ressent la fraîcheur de l'habitation. Ça sent le renfermé et la cendre froide qui est restée dans l'âtre à attendre la pelle, la balayette et le seau pour être jetée dans le potager situé au fond du jardin. Il revoit la mère qui croyait dur comme fer que la cendre évitait l'invasion des limaces dans ses salades, illusion de la jardinière ; une averse *printanière, la poudre grise disparaissait dans les profondeurs de la terre, et les gastéropodes grignotaient à nouveau les tendres feuilles vertes. Il soupire. Il ouvre une fenêtre et pousse les volets. Un air vivifiant s'engouffre aussitôt. Il se dirige vers une autre. Peu à peu, la clarté du jour pénètre dans les pièces. La maison familiale revit après trente jours d'obscurité. Les pâles rayons d'un soleil voilé par quelques nuages viennent lécher les murs ; ils teintent les meubles d'une belle couleur de miel que ternit un voile de poussière. La peinture des fenêtres s'écaille par endroits ; quelques éclats sur le parquet trahissent la rénovation future. Le papier a jauni ; les photographies encadrées représentant la famille aussi. Les souvenirs affluent ; les bons, mais aussi les mauvais qu'il faudra chasser à forts coups de balai pour qu'ils partent définitivement ; ceux qui font mal, ceux qui vous ont pourri la moitié de votre existence et vous ont obligé à vous éloigner ; à eux de s'enfuir maintenant pour que demain soit synonyme de sérénité. Dans la cuisine, il ouvre la vieille armoire servant de vaisselier depuis des lustres, attrape le bol en faïence qui porte son nom, celui qu'il avait ramené de Bretagne après être allé chez les grands-parents maternels pendant les vacances de Pâques. Un instant nostalgique plane dans la demeure. Il le pose sur la table en Formica gris perle. De la poche de sa veste, il sort le stick de café lyophilisé qu'il avait prévu avant de partir, et verse la poudre dans le bol. Il se penche sous l'évier, vérifie que la bonbonne de gaz Butane est bien opérationnelle — il n'a pas douté une seule seconde qu'elle ne fût point là, fidèle à son poste telle un bon petit soldat, une présence rassurante qui atteste une continuité dans le cours de la vie — allume le chauffe-eau, et tourne le robinet d'eau chaude. De l'index gauche, il vérifie la température ; il approche le bol. C'est prêt. Il va pouvoir boire ce café au goût de l'enfance — la mère ne buvait que du thé et le père se moquait éperdument de la saveur du liquide qu'il avait dans le verre en Pyrex pourvu qu'il y ait de la gnôle dedans, car il n'aimait pas se servir d'un bol qu'il trouvait beaucoup trop gros, il aurait dilué l'alcool, cela aurait été du gâchis, un gaspillage incompréhensible pour un homme attaché à ses racines paysannes. Il contemple le vide autour de lui. Il déglutit et grimace à chaque gorgée. Il savoure le silence. Il hausse les épaules. Il évalue ce qui l'entoure et dodeline de la tête. Aurait-il sous-estimé l'ampleur des travaux ? La tâche sera immense. La besogne occupera les prochains jours et les prochaines nuits. Il lui faudra de l'aide ; d'ailleurs, il a déjà pris rendez-vous avec une entreprise locale, cette dernière viendra dans la matinée chiffrer le chantier. L'envie d'un croissant chaud, comme il avait l'habitude d'en déguster un avant de commencer sa journée, lui tenaille soudain le ventre. Il n'a pas l'intention de changer son rituel matinal. Il sort. D'un pas allègre, il se dirige vers l'unique boulangerie à des lieues à la ronde. Des effluves de pain tout juste cuit affleurent ses narines. La devanture est alléchante avec sa multitude de pâtisseries exposées aux gourmands. Il sait qu'après son achat les mots exprimeront les conjectures avec conviction, car les gens sauront que le fils Saumier est de retour au pays ; ils causeront, mais il sait aussi que la conjoncture lui est favorable. Personne ne se bousculant au portillon pour s'enterrer ici, dans cet endroit isolé perdu au milieu des champs et des bois, loin de tous les attraits modernes qui facilitent le quotidien. « Désert rural » savent si bien dire les politiciens devant les micros des médias. Une année durant que le maire cherchait un remplaçant — il l'a su chez le notaire lorsqu'il a signé les papiers de la succession — alors il a saisi l'opportunité, il finirait sa carrière en lieu et place où tout a commencé. Il mord à pleines dents la viennoiserie dès qu'il est sorti de la boutique. Il s'attarde en mastiquant avec lenteur les délicieuses bouchées tièdes et croustillantes ; il n'a pas voulu attendre. Il entend les murmures dans son dos bien qu'il soit à l'extérieur ; ils sont comme un bourdonnement d'abeilles en train de butiner le temps jadis ; ils confirment son appréhension. Il va. Il s'en retourne chez lui. « Chez lui ». Deux mots insignifiants qui résonnent dans sa tête et qui font écho à son anxiété ; il les raye de sa mémoire en terminant la gourmandise, ce bout de pâte qui a un goût de pas assez. Par soutien amical, certaines personnes oublieront, et celles qui le bouderont, il se promet de les amadouer petit à petit, faute de mieux. De toute façon, fait immuable, l'hiver succède à l'été et le froid apporte les nez qui coulent et les bronches qui sifflent. Ils viendront. Quelles solutions pourraient — ils envisager à part lui ? Ils viendront emplis de leurs réticences mêlées à un brin de curiosité. Ils appuieront sur le bouton au-dessus de la plaque en laiton rutilante comme un sou neuf et il leur ouvrira ; il les soignera tous, sans discrimination, même ces récalcitrants de la dernière heure, lui, Bernard Saumier, fidèle serviteur de Hippocrate à l'aube de ses cinquante-huit printemps, jusqu'à ce que sonne l'âge de la retraite dans ce village qui l'a vu naître. Alors, et seulement à ce moment-là, il passera le flambeau à qui voudra l'empoigner. Il n'est pas trop tard pour concrétiser un rêve. Serai-je plus heureux là-bas qu'ici ? je ne le crois pas, mais être entouré par les objets auxquels je tiens enfouira les regrets de la vente immobilière. Annuler la promesse, excuser l'intention inconcevable pour accomplir ce que j'aurais dû entreprendre là-bas, je le réaliserai ici. Mon « chez lui » est ce havre d'adoption ancré dans des habitudes réconfortantes et nourricières. Demain sera un jour nouveau. Demain, je tirerai un trait sur le passé. Demain j'organiserai l'avenir.*

*

Patterson était encore sous le charme de son escapade consacrée au plaisir.

Cinq jours au pays du Beaujolais. Parti du domicile le jeudi, il avait investi la moitié de la somme offerte par Durieux dans la dégustation et l'acquisition d'une bouteille des meilleurs producteurs visités à chaque étape du périple, Chasselas, Juliénas, Chenas, Moulin à Vent, Villie Morgon et Beaujeu, dans les deux nuits en chambre d'hôte et les trois d'hôtel à Beaujeu sans se soucier du paiement de la note, dans le sandwich, le restaurant ou le fast-food. Durant son voyage, il avait croisé des hommes et des femmes à forte personnalité avec lesquels il avait échangé sur la culture viticole, mais la rencontre qui l'avait marqué était, sans comparaison, celle du Mac Do dans la capitale historique du Beaujolais, le dimanche avant sa visite à La maison du

Terroir. La conversation entre trois jeunes gens atypiques l'avait intrigué. Des gothiques selon leurs vêtements noirs, leurs maquillages à volonté diabolique et leurs bijoux argentés ornant les cheveux, les oreilles, les nez, les cous et les doigts. Il avait ralenti la mastication et tendu le pavillon. Une jeune fille à la peau caramel se démarquait des deux autres blancs comme des cachets d'aspirine. Elle captivait l'auditoire avec son expérience vécue. Elle parlait musique. Il avait écouté.

« — Il bat la mesure. Un rythme régulier troublant le silence qu'impose la leçon qui commencera dans un instant, dès que la partition sera ouverte. Le tempo à acquérir, tout un programme pour la sensibilité de l'organe. Maîtriser l'emballement des doigts à vouloir terminer le morceau, oubliant la durée d'une noire, d'une blanche, de la ronde, sautant à pieds joints sur les croches pour accélérer encore, massacrant la mélodie du compositeur avec la perfidie consciente du geste. Le visage fermé du prof pointe de l'index le métronome. Un rappel à l'ordre devant cette liberté refusée, devant cette incapacité à rester dans les clous, à préférer l'évasion des notes sur la pulsation ignorée. Trente minutes de cours suffisent à inculquer les notions, une heure serait intolérable, le corps ne le supporterait pas, la raison non plus ; la joie d'apprendre, malgré les remontrances silencieuses, deviendrait un supplice. La leçon de piano est terminée. Le soulagement détend les doigts et assouplit le buste. J'ai hâte de rentrer. Et lorsque je suis chez moi, je m'assieds devant l'instrument, je caresse les touches, j'inspire profondément, et je commence à jouer quelques notes. J'appuie sur les blanches, je m'enhardis avec les dièses et les bémols, je compose un air qui sonne une cacophonie mélodieuse dont je suis la seule à comprendre le sens. Je joue sans réfléchir, je laisse mon âme courir sur le clavier et me moque des convenances.

— T'as entièrement raison, Lucile, approuva Franck. Au collège, lorsque la musique dépassait les décibels autorisés par les diktats académiques, le prof nous raisonnait et nous exhortait à faire moins résonner nos instruments dans cette salle mal insonorisée aux échos dérangeants. S'agissant de musique classique, nous, les disciples d'Apollon, Dieu des arts et de la beauté, nous comprenions, mais lorsque le hard-rock s'invitait dans les murs, baisser le volume de l'ampli était inacceptable. Les cordes en acier, bloquées par le capodastre, vibraient sous les médiators celluloïd, nos partitions posées sur les pupitres, nos semelles battant la mesure. Les notes électrisaient nos membres ; ça remuait sur les chaises, attendant notre tour pour s'emparer des guitares électriques, de la batterie, du piano numérique, de la basse. Il nous fallait tout de suite affirmer notre talent. L'impatience gagnait les phalanges frappant les tables comme les baguettes sur la caisse claire et les cymbales. Symbiose du rythme. Le baroud d'honneur. C'était tonitruant à mourir d'allégresse.

— La musique adoucit les mœurs, ajouta Pauline, pas comme ces débiles qui jouent la violence en cramant des bagnoles au nouvel an.

— Attendez que je vous narre l'anecdote de Didier.

— Celui qui se cloître dans sa piaule à l'internat et déserte le CDI ? demanda Lucile.

— Celui-là. Une tendance à l'agoraphobie l'emprisonne. La solitude emplit ses jours, amie fidèle ; l'éloignement est, selon lui, une renaissance. La place de mon village avait changé depuis la veille. Sur l'estrade résonnaient les flonflons et sur la piste ondulaient les corps lascifs sous une myriade de lampions verts, jaunes, rouges et bleus. L'amoureux transi se noyait dans les prunelles d'une dulcinée peu vêtue convoitée par les mâles envieux, et les mains baladeuses espéraient la gaudriole. L'esprit s'évadait au gré des conversations et des bouteilles vidées les unes après les autres. L'alcool embrumait les idées et rosissait les joues. La langue devenait pâteuse et les mots emportés au loin par les notes de musique engourdissaient les phrases des vieillards attablés, assis sur des chaises branlantes, critiquant ces jeunes qui s'agitaient pour un oui, un non, un rien, présageant le désordre à la ville voisine. La bulle fruitée n'était plus qu'amertume. En habit de soirée, le ciel s'est assombri. L'humeur était versatile. Un ordre mal compris pouvait transformer les neurones en bouillie de cervelle, creuser le sillon du mécontentement et s'opposer à la formalité qu'impose la raison. Poing levé, l'amour est tombé dans l'abîme. J'ai perçu le spectre du danger à travers la brume menaçante qui s'étendait d'heure en heure, enveloppait ceux qui demeureraient statufiés jusqu'à l'étouffement. La rage gronda ; elle enfla prête à éclater comme une bulle de savon ; elle balaya les idéaux devant l'inaction. Alors, j'ai fait comme les vieux, je suis rentrée à la maison dare-dare. J'entendis les moteurs ronflant sous les capots et les agitateurs partirent rugir ailleurs. Dans le salon, j'ai encombré la table basse avec des amuse-bouches dans une assiette et des mignardises sucrées dans une autre. J'ai sorti un verre de jus de tomate du réfrigérateur que j'ai assaisonné à ma façon avec du poivre de Sichuan et du gingembre – je vous ferai goûter un de ces quatre. J'ai allumé le poste, rêvant d'un monde meilleur. Une flamme est née dans le ventre d'une poubelle oubliée sur un trottoir par une main coléreuse, a grandi peu à peu, nourrie par l'émeute qui embrasa la rue. Elle se propagea aux voitures renversées jusqu'à l'épuisement des forces présentes. Merveille de la technologie, je regardais en live l'hécatombe qui sévissait loin de chez moi. Un apprenti cinéaste filmait pour la chaîne locale ; il a dû éprouver la sensation d'accomplir un devoir sociétal cette nuit de la Saint Sylvestre, de sortir du néant et d'exister. Et à ce moment, je m'enfonçai dans l'ébahissement, car, devant moi, les traits flous d'un jeune homme survolté se sont précisés. Zoom sur le visage. J'ai discerné dans ce regard fuyant, un caractère indocile et buté qui évoquait à l'envi des récits aux actions meurtrières. Je reconnus l'homme face à la caméra. C'était Didier nous jouant une musique anarchiste, gueulant plus fort que les autres afin d'être entendu ; il était sorti de son isolement.

— Ah le con ! Quand je pense que ce sont nous autres qu'on traite de voyous. Ces gens devraient écouter nos groupes. Du lyrisme et de la mélancolie teintés de poésie romantique, précisa Franck.

— La neige recouvre le sol, et les vallées sont glacées, une nuit profonde enveloppe et occulte le monde ; pourtant, une lumière entraperçue sur le faîte des collines suggère des festins impies et très anciens. La mort est tapie dans les nuages, la peur rôde au cœur de la nuit, car les morts dans leurs suaires saluent la fuite précipitée du soleil, et entonnent des chants sauvages dans les bois, tandis qu'ils dansent autour de l'autel de Yulé, fongueux et blanc. Ce n'est pas une brise terrestre qui fait ondoyer la forêt de chênes, où les branches malsaines se confondent et étouffent en un entrelacs de gui démentiel, il s'agit des forces des ténèbres, surgies des tombes des Druides oubliés.

— Lovecraft, n'est-ce pas ? dit Franck.

— L'horreur de Yulé, tiré des poèmes fantastiques. J'adore !!! »

Il avait noté le nom du poète pour Amarande qu'il ne verrait pas avant un long mois. Il avait consulté l'écran de son smartphone Galaxy 20. 14 heures 30. Il avait quitté à regret l'établissement, ne sachant pas s'il croiserait à nouveau le trio puisqu'il rentrerait à Chichée mardi dans la journée.

Trois heures de trajet et un séjour à son acquis riche de souvenirs. Patterson descendit à la cave ranger les précieuses bouteilles. Les douze degrés s'abattirent sur lui, une douche glaciale, il chut de son nuage. Il éprouva le besoin de lire le journal, de savoir…

*

Patterson revint de Tonnerre aux alentours de 10 heures, l'Yonne Républicaine sous le bras. Il posa le journal sur la table basse du salon. Dans la cuisine, il appuya sur le bouton de la cafetière Nespresso, engagea la capsule intensité 13 dans le logement, patienta le temps de chauffe et appuya de nouveau sur le bouton déclenchant l'écoulement puissant légèrement amer d'inspiration napolitaine grâce à la méthode de torréfaction des grains provenant d'Inde et d'Ouganda. Ce matin, l'épreuve nécessitait une force extérieure encourageante.

La tasse serrée entre ses doigts aurait-elle des vertus talismaniques ? il déglutit une gorgée avant de s'asseoir sur le canapé, se pencha et d'une main fébrile – la gauche tenait la tasse, il était droitier – tourna les pages du quotidien avec une telle lenteur que les secondes s'apparentèrent à des minutes. Il lut en diagonale, piochant les articles comme s'il creusait sa propre tombe. Lorsqu'il survola l'avant-dernière feuille consacrée au programme télévisé, il recommença depuis le début la lecture de manière studieuse. L'approfondissement s'avéra négatif. Rien dans la colonne des faits divers ni dans les brèves, et la rubrique nécrologique ne signalait pas l'enterrement de Maryse Durieux. Deux options possibles : la première, les enfants avaient rapatrié le corps dans la commune du tombeau familial situé hors département ; la seconde, ayant eu connaissance de leur relation avec leur mère, ils n'estimaient pas utile de publier l'avis de décès dans la presse. La constatation fut loin de le tranquilliser ; un contrôle chez la voisine s'imposa. Il franchit le seuil de son domicile puis celui de Madeleine Tournier, légèrement vêtu.

— Oh, mon petit John, venez vous réchauffer auprès du poêle. A-t-on idée de sortir sans manteau avec la température que nous endurons ces jours-ci ! Vous étiez parti ? vos volets étaient fermés.

— Exact, Madeleine. Je suis en mode projet sur les vignobles du Rhône, ceux au sud de la Bourgogne, mais j'élimine d'office le beaujolais nouveau bien que son prix fût attractif.

— Des vacances utiles en quelque sorte.

— Exact. Et vous, Madeleine, comment se comporte le chat depuis mon départ ?

— La Minette est adorable, mon petit John. Avec vous, elle sera farouche parce qu'elle ne vous connaît pas encore. Elle remuera la queue et les oreilles avant de se laisser caresser, mais vous l'apprivoiserez aussi facilement que moi. Elle est très affectueuse, parfois pot de colle. Elle est très sociable et accepte la brosse sans difficulté au point de réclamer à sa manière que je continue si je m'arrête. Elle a beau se lécher le pelage qu'elle a pareil à un Persan, et tirer sur ses poils, elle ne les démêle pas assez, alors c'est sûr qu'elle apprécie le traitement que je lui inflige avec douceur. Je ne vous remercierai jamais assez pour votre aide apportée dans son adoption. Elle a comblé un vide. Elle me suit partout où je vais sans me gêner dans mes déplacements comme certains chats qui avancent entre vos jambes. Je risquerai de trébucher et je plains les personnes qui possèdent un tel animal.

— Faîtes attention malgré tout, Madeleine. *Qui surveillerait la maison quand je ne suis pas là et arroserait le jardin l'été ?*

— Oh non, mon petit John, la Minette n'a jamais ce comportement, soyez rassuré. Elle ronronne sur mes genoux quand je suis dans mon fauteuil, et elle dort autant que moi. Seize heures par jour à son âge. J'étais inquiète pendant votre absence, alors j'ai téléphoné à la SPA et j'ai eu confirmation de ce que j'avais lu dans le calendrier de la poste – un achat prémonitoire, on dirait, quand j'ai donné la pièce à la factrice. Vous savez que je dresse un portrait élogieux de vous quand elle m'apporte mon courrier ; il y a des personnes dans le voisinage qui devrait vous imiter, mon petit John.

Une ride soucieuse creusa le front de Patterson. Le surveillait-on à son insu ?

— Qui, Madeleine ? questionna-t-il afin d'éclaircir le mystère.

— Je ne le sais pas. La factrice me l'a raconté en taisant les noms. Des querelles de voisinage pour la réfection d'une toiture, il paraîtrait. L'entreprise a demandé l'autorisation de passer dans le jardin du voisin afin d'accéder à la partie difficilement accessible, le versant côté voisin, et quand celui qui a autorisé le passage a sollicité l'amélioration de la clôture mitoyenne, le solliciteur du toit a refusé sans fournir d'explications. Cela s'est produit à la sortie du village, loin de chez nous.

Patterson respira un grand coup ; danger écarté.

— Des nouvelles fraîches sur le journal ?

— Un accident mortel sur le contournement d'Auxerre, une dame âgée suicidée chez elle confirmée par le médecin. Elle aurait mieux fait d'avoir un chat comme moi, elle aurait été responsable de quelqu'un. Il y a eu un incendie dans un entrepôt qui n'a pas causé de victime, heureusement, il y a assez de malheurs autour de nous. Des articles sur une centenaire ayant fêté son anniversaire, la politique extérieure avec son lot de guerres et d'attentats terroristes, les conflits d'intérêts des politiciens, l'économie mondiale. Ah, mon petit John, nous vivons une drôle d'époque.

— Exact, Madeleine, répliqua-t-il, soulagé, la mort de Durieux n'ayant provoqué aucun remous. Je les emporterai chez moi pour les consulter.

— Ils ont fini au feu. Voulez-vous lire celui d'aujourd'hui, mon petit John ? vous me le rendrez après.

— Tant pis, mais j'emporte volontiers celui-ci, répondit-il.

Ne pas éveiller les soupçons, car Patterson n'achetait pas le journal d'ordinaire, il le lui empruntait parfois et s'en servait pour une flambée dans la cheminée.

— Avez-vous besoin d'aller à Auchan, Madeleine ? J'ai le temps de vous y amener. J'ai quatre jours à consacrer à la préparation des salons de mars. Prévoyez large, Madeleine, j'aurais 18 jours d'occupations non-stop à partir de lundi et je crains de ne pouvoir être dispo pendant cette période.

— Proposé si gentiment, je ne dis pas non. J'ai deux ou trois idées de jouets pour la Minette.

— Vous la gâtez.

— Les sous, ils n'iront pas dans le cercueil, mon petit John, foi de Madeleine.

— ASAP. Je ferme la maison et nous partons.

— Nous ramènerons de quoi se nourrir la panse.

— Exact, Madeleine, et cette fois-ci, c'est vous qui choisirez ! cria Patterson sur le paillasson avant de refermer la porte.

— Tu vois, ma Minette, ce garçon est le fils que je n'ai pas eu. Il ne le sait pas, mais j'ai déjà prévu chez le notaire. Il héritera et lorsque je ne serai plus dans le monde des vivants, il s'occupera bien de toi.

Madeleine embrassa la truffe de la chatte. Minette remua les oreilles, elle avait capté le message.

— Toi, tu restes là, tu gardes la maison.

Madeleine sortit, la tête couverte avec son bonnet de laine tricoté il y a fort longtemps, quand l'arthrose n'avait pas raidi les doigts, son chaud manteau sur le dos, son sac à main au bras et ses bottines fourrées aux pieds. Elle affronta le froid avant la foule du mercredi.

MARS

Envolé, l'optimisme de l'innocent, Patterson avait eu la fâcheuse initiative de se documenter sur le poète Lovecraft. Fanfaronnade et érudition au placard depuis quinze jours. Il avait perdu sa tranquillité d'esprit après avoir parcouru des extraits du recueil cité par l'adolescente gothique afin d'épater Amarande la prochaine fois qu'il serait son chauffeur attitré.

« La chose, avait-il dit, viendra cette nuit à trois heures
Depuis l'ancien cimetière au bas de la colline ;
Mais, blotti près de la lueur salutaire d'un feu de chêne,
J'essayais de me convaincre que c'était impossible.
Assurément, méditais-je, c'était une plaisanterie
Imaginée par quelqu'un ne connaissant pas
Le Signe des Anciens, légué depuis longtemps,
Qui libère les formes maladroites des ténèbres.
Il n'avait pas voulu dire cela… non… pourtant j'allumai
Une autre lampe comme le Lion gemmé d'étoiles surgissait
Au-dessus de Seekonk, un clocher sonna
Trois heures… et la lueur du feu diminua peu à peu.
Alors on frappa prudemment à la porte…
Et la vérité démentielle me dévora comme une flamme ! »

« Le messager » avait refroidi l'enthousiasme de la première semaine de salon passée à Dijon qui avait pourtant renfloué son compte bancaire avec le dépassement des ventes prévisionnelles.

« Éternellement méditent les ombres sur ce sol,

Rêvant aux siècles qui se sont enfouis ;

De grands ormes se dressent solennellement près des dalles et des tertres

Abritant de leur voûte le monde caché d'autrefois.

Sur ce paysage joue la lumière du souvenir,

Et les feuilles mortes chuchotent, évoquant les jours révolus,

Regrettant les images et les sons qui ont disparu.

Triste et solitaire, un spectre se glisse le long

Des allées où ses pas l'ont conduit, de son vivant ;

Un regard ordinaire ne peut l'apercevoir, bien que son chant

Résonne à travers le Temps, empreint d'un charme mystérieux.

Seules les rares personnes connaissant les secrets de la sorcellerie

Entrevoient parmi ces tombes l'ombre de Poe. »

« Où Poe se promena jadis » l'avait cloué sur place dès l'ouverture de celui à Auxerre, de même que Psychopompos téléchargé sur son smartphone dont il n'avait pu terminer la lecture

« Je suis Celui qui hurle dans la nuit ;

Je suis Celui qui gémit dans la neige ;

Je suis Celui qui n'a jamais vu la lumière ;

Je suis Celui qui vient d'en bas.

Mon char est le char de la Mort ;

mes ailes sont les ailes de l'effroi ;

Mon souffle est le souffle du vent du nord ;

Froides et mortes sont mes proies.

Dans l'Auvergne de jadis, lorsque les écoles étaient médiocres et peu nombreuses,

Et que les paysans ignorants croyaient aux légendes, » l'acheva. À chaque instant, il croyait voir surgir le fantôme de Durieux guidant l'attelage de la Mort, le soulevant du sol et l'emportant pour lui régler son compte. Sans cesse, il se retournait. Craintif, le bipède apeuré buvait autant que ses clients – Saumier fut l'un des leurs, mais il l'ignorait – et rentrait le soir dans un état d'ébriété qui aurait explosé l'alcootest des gendarmes. Un ange veillait, il roula entre les mailles du filet, il ne fut pas contrôlé.

Dix jours passèrent entre confusion et hallucination. Une visite éclair chez Madeleine le soir pour réclamer le journal et s'endormir avec. Sa raison avait vacillé sous les vers de l'écrivain à l'esprit dérangé. *Quel juge suis-je ? Comment peut-on se piquer de pareilles inepties ? des fadaises, perturbant le plus sensé des hommes.*

Dix jours avant de vaincre la panique ayant une emprise sur son corps et maudire cette horreur poétique américaine qui avait occasionné la faiblesse de son mental. Exit l'égarement. Il jura qu'aucun fait extérieur ne le manipulerait dorénavant. Il oublierait le chancellement de ses idées, ne tomberait plus dans le piège tendu par les pensées mauvaises.

Volonté et détermination seront désormais les maîtres-mots de ma destinée et comme dit La Rochefoucauld « peu de gens connaissent la mort. On ne la souffre pas ordinairement par résolution, mais par stupidité et par coutume ; et la plupart des hommes meurent parce qu'on ne peut s'empêcher de mourir. » Quel écrivain, celui-ci !

Lundi 16 heures à Mouthe. l'accueil jovial habituel n'était pas au rendez-vous.

« Ah, petit, te voilà enfin. » Le rituel de la phrase, lorsqu'il arrivait chez Pilleton sonna faux. Voix traînante transpirant la lassitude.

— Veux-tu un café ? La cafetière est prête, il n'y a plus qu'à allumer le gaz. Ta chambre a été nettoyée par Jocelyne hier.

Patterson dévisagea le vieillard. *Tu n'as pas une forme olympique, grand-père.*

— Volontiers, je dois être d'attaque ce soir. Je monte.

La persistante odeur de javel dans la pièce était une immuabilité rassurante ; ici, le temps n'avait pas de prise, il capitulait.

La cafetière chuintait lorsqu'il entra dans la cuisine. Son mug était posé à côté, en équilibre sur la grille de cuisson.

— Quoi de neuf depuis, grand-père Pilleton ?

— On a enterré Hippolyte le mois dernier. Il ne sera pas allé loin après avoir fêté ses quatre-vingts piges. Tiens, lis, j'ai gardé le journal. Le fils avait écrit une oraison funèbre qu'il a donnée à la pigiste pour qu'elle soit diffusée dans le journal.

Patterson déglutissait, lisant les lignes élogieuses de cet homme qui lui était étranger, dont il se foutait comme de son premier slip, mais il fit comme si. En revanche, la signature déclencha une réminiscence. E. Bornia. Elle, il la connaissait de vue.

— Elle a signé de son nom ! Quel toupet !

— Elle a enlevé un mot par ci, par là, a mis les phrases à sa sauce, et a recraché le tout sans embarras. Aucun respect pour la famille, mais l'Hippolyte ne tiendra pas rigueur à cette accapareuse, il n'est plus là pour protester.

Pilleton essuya une larme avec sa manche.

— Qu'est-ce que je vais devenir maintenant ? seul, vieux, dépendant, tu le sais toi, petit ?

— Moi, non, mais vous pourriez envisager la maison de retraite. Vous seriez entouré, vous auriez de nouveaux copains pour jouer aux cartes.

— Ta phrase sonne le glas, petit. Ouvre les yeux. Pour être parmi des personnes aigries qui ne remplaceront pas les amis décédés, non merci, mieux vaut crever. Leur famille éparpillée a dégainé l'arme fatale imparable face à la responsabilité qu'incombe la vieillesse. Une excuse inattaquable. Tout est bon comme dans le cochon : l'éloignement dû au travail, car on bosse là où il y a de l'emploi, le manque de pièces qu'offre le domicile, car la cellule familiale a grossi avec les naissances et les lits superposés se sont ajoutés aux autres, la répugnance qu'on tait à laver le corps flétri, les draps à changer avec l'incontinence qui fusille la dignité et les couches qu'on te collera au cul après. Et l'argent, petit, tu y songes à l'argent.

— Il est vrai que cela coûte.

— Un bras, je te dis. Ce n'est pas avec ma retraite de MSA, des terres louées qui ne rapportent guère, des bois foutus parce qu'il y a longtemps que j'ai vendu les plus beaux arbres à la scierie, et ce n'est pas moi qui verrais grandir les rejets, et si je les vends, ces bois, je n'en tirerai pas gros. Non, petit, ta maison de retraite, ce n'est pas pour moi, et ces endroits sont des mouroirs. Puis, à quoi bon continuer avec toutes ces douleurs qui me bouffent le sommeil, se lamenta Pilleton. Mieux vaut partir maintenant que j'ai toute ma tête.

— Les somnifères aident à dormir. Demandez à votre médecin de vous les prescrire.

— J'ai ma verveine et ma camomille. Un Doliprane dans la tisane du soir et un dans le café au lait du matin. C'est l'âge, petit, et l'envie de poursuivre n'est plus d'actualité. Le frère a cassé sa pipe il y a cinq ans, c'est mon tour maintenant. J'ai passé quatre-vingt-deux, il est temps de tirer sa révérence, place aux jeunes. Je ne serai pas un fardeau pour les neveux.

— Nous reparlerons de tout ceci demain, ce soir, j'ai rendez-vous.

— Avec qui ?

— Au club d'œnologie de Gray dont vous m'aviez parlé.

— Tu vois, j'aurais au moins réussi ça à la fin de ma vie : t'ouvrir un créneau. Tu trouveras d'autres clubs ailleurs.

— Allez, je vais me préparer. Merci pour le café, grand-père Pilleton.

« Tous les mêmes, ces vieux » pensa Patterson sous la douche. « Le grand-père Pilleton raisonne comme la Durieux. C'est une épidémie qui les ronge de l'intérieur dès qu'ils dépassent les quatre-vingt. »

Lorsqu'il redescendit, Pilleton comptait sur ses doigts les avis de décès à la rubrique nécrologique.

— J'y vais. *Ça ne s'arrange pas.* Ne m'attendez pas, j'ai la clé, je rentrerai tard.

— Bonne soirée, petit. Il leva des yeux de chien battu.

— À demain, grand-père Pilleton. Téléphonez au toubib pour les somnifères.

— À demain, petit.

Le murmure se perdit dans le ronflement de la cuisinière à bois qui lui servait de poêle, il ne cuisinait pas avec, la mère ne lui avait pas appris, la tambouille était une histoire de femmes.

Il n'avait jamais été confronté à pareille vénération. Patterson briguait un accueil cordial, il fut comblé et but à grandes goulées cette considération nouvelle. Assailli par les questions des adhérents, il fit ce qu'il estima le plus approprié : taper fort dès le premier round des dégustations. Il déboucha une bouteille de Vanier qu'il avait dissimulé au préalable dans une housse de coton jaune pâle. Le vin emporta l'unanimité des suffrages et les commandes s'envolèrent à la découverte de l'étiquette. La filière bio ayant la cote ces temps-ci, elle contribua à asseoir la réputation du représentant parmi ce microcosme amateur de bons vins. Il se flatta intérieurement d'avoir arraché la signature d'un contrat à ce jeune producteur avant que la concurrence ne le lui vole. Sur les vingt cartons confiés, pas un seul ne resta. L'urgence de l'approvisionnement avant le salon de Montbéliard démarrant jeudi après-midi l'obligeait à se rendre chez Vanier et modifiait sa planification horaire de trois heures minimum. *J'irai demain matin au lieu de discuter avec Pilleton. Il comprendra que le business dicte sa loi et impose des sacrifices imprévus.* Surfant sur l'engouement des buveurs, il enchaîna sur les grands crus bourguignons et présenta des Échezeaux, des Clos de Vougeot et des Gevrey-Chambertin qu'il avait dans le coffre de la Citroën. Ne pouvant répondre à toutes les demandes, il fut contraint de remplir son carnet et précisa la date de son retour dans la région : juillet, sauf modification. Le pharmacien étant celui habitant le plus près de Mouthe, il fut désigné pour récupérer la totalité des cartons, ce qui rapprocha les deux hommes autour de la collation.

L'apothicaire, Jean Nicodin, était chasseur.

Patterson entrevit l'opportunité d'un accroissement de clientèle ; « qui s'adonnait à la chasse, levait le coude », il vendrait. Question : comment s'immiscer dans le groupe à son insu ? Réponse : susciter l'intérêt avec un sujet important, à savoir, le chien, cet indispensable animal de compagnie. Il écouta avec docilité le laïus d'une longueur à endormir un excité du bocal.

— Sans lui, le maître est une coquille vide. Il perd le nord et les trois points cardinaux. Il tourne en rond dans la forêt sans repère. La fugue de Médor au mois d'avril de l'année passée, je ne l'ai pas vue venir. Le chien aime son indépendance, il aime vagabonder lorsque nous sommes au milieu des bois, la truffe au ras du sol, mais de là à s'enfuir comme un voleur à la nuit tombée, je ne l'aurais jamais cru capable d'une telle fourberie. J'étais décontenancé. Nous étions trois à espérer que Médor rentre à la maison, la queue entre les pattes. Que nenni ! Ce ne furent pas les paroles réconfortantes des copains qui me remontèrent le moral. Alors j'ai agi comme n'importe quel maître anxieux : appel au refuge du coin, placarder des feuilles A 4 avec la photo de Médor et le moyen de me joindre sur les poteaux télégraphiques avoisinants. Si j'avais écouté ma ferveur, la ramette de papier aurait été consommée, mais j'ai freiné l'envie par lâcheté : j'avais mal aux pieds à force de marcher des centaines de mètres avec l'impression de perdre mon temps. Dilemme le cinquième jour. Je savais qu'il avait creusé des trous sous le grillage ; devais-je les combler, car ils occasionneraient d'autres fugues quand Médor aurait été récupéré ? Conseil avisé des copains chasseurs : « comment il rentrera ? il ne creusera pas dans l'autre sens. » Remarque judicieuse. Et comme tout vient à temps à qui sait attendre, appel téléphonique le soir d'un homme ayant aperçu l'annonce, avec une intonation mécontente de surcroît. « C'est à vous le clébard qui s'envoie ma chienne depuis dimanche ? » Heu, répondis-je, peut-être, il faudrait voir. « C'est tout vu, il correspond au portrait. Venez le chercher et si elle met bas, pas question que je garde la progéniture. Quand son chien est en rut, on l'enferme chez soi. » J'y suis allé aussitôt. Mon Médor était content, il avait fait son affaire. Il avait dû repérer la dulcinée lors de nos sorties dominicales et n'avait pas hésité à sa période de fécondation. Il avait filé droit sur la baraque, guetté le moment propice pour se faufiler et être dans la place. 72 heures à forniquer non-stop de la peur de l'échec. J'ai pardonné les quatre jours d'angoisse et récupéré le fugueur sain et sauf, amaigri, certes, mais sautant de joie à la vue de son sauveur, moi, malgré la solide corde attachée à un arbre que le propriétaire eut du mal à dénouer. Puis, un dimanche matin, six mois environ après l'événement, coup de sonnette aux aurores. Devant le portail stationnait une voiture inconnue, en revanche, le conducteur, je le reconnus. Il retenait trois chiots tirant sur des ficelles en guise de laisses. Tout de suite, j'ai songé aux trous à remblayer, je les avais oubliés, avant de songer au cadeau que je recevais. J'aurais dû me méfier de l'attitude docile de Médor regardant ces trous avec indifférence ; il attendait le résultat de ses frasques. Depuis, j'ai remédié au problème et je pose maintenant trois gamelles supplémentaires sur le carrelage de la cuisine sous le regard attendri du père qui avait voulu assurer sa descendance. Il apprend aux petits les subtilités de la traque.

— Vous auriez pu donner un des chiots au sein de votre société de chasse.

— Médor serait affligé, il ne le mérite pas. Ayant dépassé la dizaine, il a devancé le souhait de son maître qui prévoyait une éducation canine dans deux ans. Maintenant, la maison est aussi bruyante qu'une battue aux sangliers.

— J'imagine aisément les jappements et les courses-poursuites dans le jardin.

— Vous ne savez pas si bien dire, Monsieur Patterson. Ils s'ébattent dans la cour pendant que je travaille à la pharmacie.

— Les voisins ne se plaignent pas du bruit ?

— Pensez-vous, c'est moi qui leur délivre leurs somnifères. Rohypnol, Imovane, Stilnox, etc. etc. J'ai beau leur répéter que le meilleur sommeil est celui de notre cycle même s'il tarde, environ 90 minutes chaque cycle, ils ne croient qu'en l'allopathie.

— Vos voisins sont âgés ?

— Les plus proches, oui, et les plus éloignés ont des enfants qui regardent les chiots quand ils passent devant la maison au retour de l'école. C'est une distraction avant les devoirs.

— Ma voisine a un chat qui dort sur son lit et ronronne quand elle s'endort, mais cela ne l'empêche pas d'avaler, elle aussi, son comprimé de Zolpidem le soir, mentit Patterson.

— Oh, là, là, c'est fort ! Conseillez-lui de changer pour du Donormyl si elle n'est pas déjà dépendante à cet hypnotique.

— Merci du conseil, Monsieur Nicodin.

— À votre service. Dites-lui de lire avant de s'endormir. La lecture sera un meilleur remède, elle compensera l'attente de l'endormissement et entretiendra sa mémoire. Moi-même, j'utilise ce moyen. Lisez-vous, Monsieur Patterson ?

— Insuffisamment. J'aime surtout me documenter.

— Dans ce cas, je vous préconise le dernier de Chalendon, « L'enragé ». Il décrit la vie d'une maison de correction sur Belle-Ile-en-Mer en 1934. Des enfants enfermés aux mobiles litigieux dans un établissement aux tendances pénitentiaires.

— Je note, répondit-il, sortant le carnet sur lequel il avait écrit les commandes. Cela me changera des titres de romans policiers que les gens me recommandent souvent.

— Les personnes dévorent ce genre. Ils s'abreuvent du sang de l'écriture à défaut de se battre ; c'est à penser que la paix leur pèse.

— Je l'ai remarqué, dit-il, jetant un regard sur son smartphone quand il rangea le carnet dans la poche de sa veste. Il est tard, je vais devoir vous fausser compagnie. L'installation du salon de Montbéliard commence demain.

— Bonne route ! crièrent les hommes attablés et éméchés.

Quelle descente ils ont. Ce seront des clients fidèles.

Patterson se frotta les mains. La vue du nom de la rue où il était garé, Edmond Pigalle 1844-1921, bienfaiteur du musée ainsi que l'indiquait la plaque, lui arracha un rire de dément.

*

— « Les vieillards aiment à donner de bons préceptes, pour se consoler de n'être plus en état de donner de mauvais exemples. »

— La Rochefoucauld.

— Tu connais, petit ?

— Exact, grand-père Pilleton, et j'ajouterai que « le mérite des hommes a sa raison aussi bien que les fruits. »

— « Les vieillards sont assez enclins à doter de leurs chagrins l'avenir des jeunes. » Balzac.

173

— « Peu de gens savent être vieux » et « Ce sont les jeunes qui se souviennent. Les vieux, ils oublient tout. » La Rochefoucauld et Boris Vian.

— Tu me rejoins sur la vieillesse dans notre joute verbale, petit. Elle est une laideur interne, on ne l'extirpe pas tel un crachat balancé sur le bitume ; elle ronge, lèpre invisible de la pensée jusqu'au gâtisme. Je refuse la sénilité qui me guette au tournant de cette route sinueuse qui se termine dans un cul-de-sac. Voie sans issue où l'expérience ne vaut que pour soi, celle des autres ne compte plus.

— Vous, vous avez encore eu une insomnie, grand-père Pilleton.

— Tu es dans le vrai, petit, et j'ai pris une décision : je téléphone ce matin au Docteur Mathieu pour ton cacheton faiseur de rêves.

— ASAP, grand-père Pilleton. Je vous accompagnerai jusqu'au cabinet avec la voiture et je filerai après vers Montbéliard. Je resterai là-bas jusqu'à la fermeture si je n'ai pas terminé.

— Les préparatifs du salon.

— Exact, grand-père Pilleton. Vous me raconterez ce soir votre consultation. Je suis sûr que le toubib vous prescrira un remède qui vous plongera dans les bras de Morphée rapidement. « Ô doux sommeil, ô nuit à moi heureuse ! Plaisant repos plein de tranquillité, continuez toutes les nuits mon songe. » Louise Labé.

— Eh, petit, tu as bouffé un livre au lieu de mes tartines, ce matin.

— Seulement un dico de citations trouvé dans un aéroport. C'est plus facile à mémoriser qu'un bouquin. Je suis un intello parmi les lettrés de ce monde ! s'esclaffa-t-il tout en vérifiant l'heure sur son smartphone. Bientôt, il sera 9 heures, il faut nous dépêcher. Les aiguilles tournent.

— J'appelle Mathieu avant qu'il ne démarre sa tournée à domicile.

— Go, go, go, et moi, je me lance dans la vaisselle du petit-déjeuner.

Dix heures à vaquer à leurs occupations ; cent trente kilomètres de distance les séparant avant de se retrouver.

19 heures sonnèrent au clocher. Traversée de Mouthe.

Point mort devant le logis, l'arrière de la Citroën abaissé sous le poids des cartons, ceux de Vanier, mais aussi du « clavelin ».

— Regarde, petit, je les ai ! s'exclama Pilleton sur un ton triomphal, brandissant le sachet de la pharmacie tel un trophée vaillamment gagné à la sueur de son front ridé. Il souleva le couvercle de la casserole contenant la soupe de légumes réchauffée posée sur la table.

— L'appétence onirique.

— Cela n'a pas été facile de le convaincre, le Mathieu, car il connaît mon aversion pour les médicaments, mais j'ai insisté. J'ai pleurniché devant lui comme un gosse dans le fauteuil, évoquant la mort récente d'Hippolyte. J'y ai mis tout mon cœur, tu peux me croire sur parole.

— Sage résolution, vous voguerez cette nuit dans un rêve étoilé.

— Si Dieu me l'accorde, petit. Demain, la messe sera dite.

— Je garantis le succès.

— Ne m'abandonne pas, petit. Ne m'abandonne pas.

*

175

Patterson était dans le même état que le pharmacien lors de la fugue de son chien ; la fuite du vieux, il ne l'aurait pas imaginée avant de l'entendre.

— Quoi !

— Ne m'abandonne pas, petit. Je n'ai que toi sur terre, supplia Pilleton. Ce sera juste une promenade avant ton salon. Tu peux accorder ça à un homme de mon âge.

— Grand-père Pilleton, cela me retardera. Je dois être impérativement sur le salon avant midi. Si cela vous tranquillise, je passerai par chez vous dimanche soir, nous dînerons, puis je rentrerai chez moi. Les routes sont moins dangereuses la nuit, la neige a fondu.

— Non.

— Comment ça, non !

— Va faire ton bagage, tu te retardes inutilement.

L'escalier en chêne accusa la pesanteur de l'homme, son sac de sport sur l'épaule, sa mallette à la main. Capitulation devant l'évidence. « Si c'est son souhait, de quel droit le lui refuser » pensa Patterson sur la dernière marche. Il ouvrit la porte d'entrée.

Pilleton était dehors, emmitouflé dans une veste d'agriculteur élimée aux poches gonflées, s'appuyant sur sa canne en hêtre teinté. Il l'interrogea du regard ; le hochement de tête le réconforta. Il ferma la maison et partit dans la direction du monument aux morts. Là, il prit le sentier menant à la source du Doubs. Il marcha une vingtaine de minutes ce qui accéléra l'absorption de l'hypnotique favorisant la détente avant de retrouver Patterson en train de contempler la chute d'eau depuis un rocher taillé sur lequel il se tenait, tendu comme un arc. Il avança vers lui.

— Venez, grand-père Pilleton, j'ai repéré un surplomb à une cinquantaine de mètres d'ici. La vue est magnifique.

Pilleton, somnolant, s'agrippa à son bras. Il haletait à suivre le rythme du cinquantenaire, la canne traînant derrière lui dessinait un sillon dans le sol meuble, arrachant sur son passage les perce-neige ayant poussé. Lorsqu'il s'arrêta enfin, il avait les chaussures crottées et le pantalon boueux. Il peina à récupérer son souffle. Ses mains tremblèrent quand il dévissa la flasque de gnôle bien qu'il eût retrouvé une respiration normale. Maintenant qu'il était sur le point d'achever son plan, il hésitait, décision qui peinait à aboutir devant la non-existence de l'au-delà.

Patterson, lui, n'hésita pas. Puisqu'il voulait mourir dans ce coin de paradis, il n'y avait pas lieu de tergiverser, il le poussa dans le vide, se pencha, et se reput de la chute mortifère. Un suicide devait avoir du panache.

La flasque vola et stoppa sa course dans les branches d'un jeune sapin en contrebas, saoulant les racines de l'arbre avec l'alcool qui se déversait lentement. La canne demeura sur place, collée au sol par son conglomérat de cailloux et de terre. Le corps atterrit cinq mètres en dessous de son envol, la tête fracassée contre les pierres bordant la rivière, tournée vers la chute au fort courant. Du sang s'écoulant du cuir chevelu se dilua dans l'eau glacée. Les jambes immergées créèrent un barrage.

Patterson rebroussa chemin. Pendant qu'il progressait, il consulta son smartphone.

Une heure de perdu.

Il accéléra. Arrivé à la voiture, il essuya la semelle de ses chaussures sur le pneu avant gauche.

Merde ! Je ne suis pas présentable ! Avant l'ouverture, je vais devoir passer à l'hôtel me changer. Pourquoi a-t-il fallu que tu choisisses ce jour, grand-père Pilleton ? C'est ton Dieu qui t'a soufflé l'idée ou est-ce lui qui m'a désigné pour accomplir ses desseins. Je suis d'accord pour aider son prochain, mais il faut respecter ceux qui bossent et ne pas les ralentir avec un projet de dernière minute. Puisque Ta Volonté doit être faite sur la terre, nous devons bosser en transversal, toi et moi. Knowledge management. Je suis overbooké maintenant. Pour toi, je change les mentalités avec le sang d'autrui. J'écris en ton nom l'histoire de demain, celle que le peuple docile refuse de voir. Par ma main, tu instruis les aveugles, mais, la prochaine fois, assume correctement ton rôle de teamplayer sinon je n'arriverai pas à accomplir ce que tu me demanderas. J'ai des horaires à respecter, moi !

Il claqua la portière, amorça un demi-tour sur le parking, évita le monument aux morts d'où il était venu en s'engageant dans une ruelle, et rejoignit la N 57.

*

Pendant que Patterson récupérait le premier chèque de l'après-midi, il était loin de se douter qu'à deux heures de Montbéliard une jeune fille hurlait de terreur.

L'adolescente et son jules avaient choisi le coin bucolique de la source pour se bécoter à l'insu de leurs parents respectifs au lieu de réviser le brevet des collèges comme ils leur avaient promis la main sur le cœur, « croix de bois, croix de fer, si je mens, je vais en enfer », dont l'épreuve dite « blanc » aurait lieu la semaine prochaine. La vision du cadavre avait déclenché une telle panique chez elle qu'elle avait failli entraîner l'amoureux du moment dans la flotte, puis, s'étant ressaisie, elle avait eu envie de toucher le corps, de l'ausculter sous toutes les coutures, se sentant la vocation d'un médecin, fière de sa culture cinématographique, mais il l'en avait empêché, la forçant à revenir sur leurs pas et informer la gendarmerie avant de se rendre compte qu'elle était fermée le mercredi. Tous deux se déplacèrent sur le sentier et stoppèrent là où ils eurent du réseau. Pendant qu'il assumait son devoir de citoyen en appelant le 17, elle retourna sur la scène de l'accident et immortalisa la scène, troquant le métier de sauveteur pour celui de journaliste. Elle approcha si près du bord qu'une pierre friable se désintégra sous son poids. Le point d'appui s'étant dérobé sous elle, elle perdit l'équilibre et finit les deux pieds dans l'eau glacée. Elle cria « Merde ! » Un mot de circonstance. Un oiseau s'envola. Le garçon rappliqua, affolé.

— Ça ne va pas de gueuler comme ça. Qu'est-ce que t'as foutu ? t'es trempée.

— J'ai glissé, répondit-elle, vexée, adossée à un tronc.

— La méga honte. J't'avais dit de faire attention.

— Ne me saoule pas. T'as eu les keufs ? Elle déchaussa le pied gauche.

— Y en a un qui a décroché. Ce naze, il a cru à une blague, j'ai halluciné. Après, j'ai eu son boss. Il se pointe dans une demi-heure. J'lui ai dit qu'on s'arrachait, qu'on n'allait pas moisir ici vu que le mec était mort et qu'y avait du sang partout. J'lui ai refilé nos noms et mon 06. C'était bon, quoi !

— Boloss ! Moi, je reste ! C'est trop fun ! Elle essora la chaussette, l'enfila et laça la basket.

— Si t'as envie de te faire trucider toi aussi, t'as qu'à attendre, moi, j'me tire.

— Ça va, j'rigole. Elle recommença l'opération avec le pied droit.

— C'est ça, j't'crois. Tu flippes comme une malade, ouais.

— De toute façon, les keufs ne nous laisseraient pas regarder, et j'ai photographié, donc j'm'en fous. On rentre et on balance tout sur Facebook. Les copains seront dégoûtés ; demain, les stars du bahut, ce sera nous.

Les chaussures gorgées d'eau couinaient et la star dansait en avançant, secouant les jambes l'une après l'autre.

L'idiotie du benêt, enfant, prêtait à rire, mais son idiotisme était si particulier que ceux qui l'écoutaient n'y comprenaient rien. Sur leurs visages, on pouvait lire une incompréhension qui n'échappa pas à celui qui relatait l'histoire. Le simplet finit par s'énerver devant le mutisme de cet auditoire aux sourcils froncés, aux fronts plissés, aux sourires étirant les lèvres en une fine ligne. Et plus il débitait ses phrases, plus elles étaient impénétrables au commun des mortels, accompagnées par des borborygmes désagréables à entendre. Le bégaiement suivit l'énervement à vouloir être compris par le groupe qui se désintéressa peu à peu de l'infortuné villageois et partit s'activer à ses occupations coutumières, maugréant envers l'homme pour la perte des minutes à rester là, les bras ballants, statues immobiles sur la place. Alors, le benêt demeura seul avec sa découverte, un secret transformé au cours des semaines, des mois, des années, et pas un habitant ne sut que, sous la place, existait un sous-terrain conduisant à un trésor. Il grandit, prit de l'assurance et du grade. Le trésor changea de catégorie et devint pour le lieutenant de gendarmerie, Benjamin Franclint, le cadavre que l'équipe emportait dans un sac mortuaire avec l'indice récolté mis dans un sachet plastique, à savoir la flasque tombée sur le plancher des vaches après les secousses infligées au jeune conifère. Sa femme, le brigadier Marianne Franclint, était sa coéquipière par habitude, décryptant les phrases de son mari bègue pour les collègues, comme cet éminent politologue, un de leurs amis, qu'ils avaient écouté le mois dernier à la faculté de Besançon. Les postérieurs agités sur les sièges, les auditeurs avaient tué le temps d'attente dans une conversation à bâtons rompus. Et, soudain, la silhouette montant sur l'estrade avait imposé le respect, un silence de rang en rang telle une vague venant mourir sur le rivage, tel un clapotis de ruisseau. Puis la stupéfaction s'était incrustée dans les traits des personnes présentes, s'interrogeant du regard, refoulant le rire au fond de la glotte, pouffant dans la paume, penché sur un lacet de chaussure. L'ami avait déclamé un texte profondément pensé, haché par une répétition involontaire de syllabes aboutissant à la dissonance de la phrase. L'organisateur de la conférence n'avait pas jugé utile de spécifier le bégaiement de l'orateur.

— Tu as con-con-con

— Oui, j'ai contacté les deux jeunes qui l'ont trouvé. J'ai l'adresse de la fille. Je leur ai dit que nous passerions avant midi.

— Très-très-très bien. Les em-em

— Non, les empreintes ne sont pas utilisables. Les ados ont piétiné autour de la scène, idem sur le sentier ; même la trace de la canne a été, par endroits, effacée. Quand on marche, on n'a pas les yeux sur ses godasses.

— C'est-c'est vrai.

— Il est temps d'aller les cuisiner, mon époux.

Benjamin aurait aimé être un chef étoilé, la rencontre avec Marianne avait dévié l'intention, mais il apprécia l'allusion.

Vingt minutes après, ils eurent droit aux réponses d'une jeune fille volubile qui se vantait haut et fort, avec son téléphone dans la main, et à celles d'un garçon timoré qui n'en menait pas large. Lors d'un interrogatoire, Benjamin mettait en pratique le proverbe corse : « garde le silence, et le silence te gardera » ; son silence le gardait surtout des fous rires et des railleries dans son dos.

La surexcitation de l'adolescente fut refroidie par le sermon de Marianne ayant vérifié le contenu du smartphone. Elle était responsable de la circulation des photographies sur le Web qui seraient supprimées par le service informatique. Elle encourait une peine pouvant aller jusqu'à cinq ans d'emprisonnement et 150 000 euros d'amende pour utilisation d'image de cadavre. « Ta suppression, la keuf, je m'en tape » pensa l'adolescente. « Les copines ont déjà liké. Mes photos font le buzz et ta condamnation, c'est du baratin, elle n'est pas appliquée. »

L'entretien se termina avec la promesse de signer leur déposition à la gendarmerie mardi soir après les cours.

Six jours d'attente avant d'exhiber la photocopie que l'adolescente ne manquerait pas de réclamer avant de quitter les locaux. « La photocopie de ta déposition, tu peux toujours l'espérer, tu ne l'obtiendras pas » pensa Marianne.

*

Des volutes de fumée s'élevèrent vers le plafond, emplissant la chambre d'une brume matinale malgré la fenêtre ouverte. Le bocal en verre posé sur la table de chevet avec ses mégots froids témoignait de l'assiduité du fumeur à tapisser ses alvéoles pulmonaires de nicotine. La première était la meilleure de la journée assuraient les adeptes de la cigarette. Après, viendraient celles de la pause syndicale, celles pendant le repas, celles dans la voiture, celles du soir, et celle avant l'endormissement, concurrente de la première. Cette pratique, instaurée dès la moitié du XVIIe siècle en Europe par les nantis, s'était popularisée, s'immisçant dans les foyers, toute classe sociale confondue. Le tabac : fléau ou plaisir ?

Patterson maudissait cette addiction s'introduisant sous la porte de cette chambre d'hôtel premier prix. Il entrebâilla la fenêtre et le vent s'engouffra, la rabattant d'un coup sur le rideau. Il comprit la difficulté. Poussée vers l'intérieur, l'exhalation nuisible avait trouvé refuge dans le couloir de l'étage. Elle assouvissait sa nocivité en s'infiltrant aux alentours. Il s'enferma dans la salle d'eau pour un dernier coup de peigne, boucla son bagage, vérifia qu'il n'avait rien oublié, et sortit. En apnée, il courut dans le couloir, ignora l'ascenseur, descendit les deux étages par l'escalier bétonné rarement utilisé, et réclama sa note avant de pénétrer dans la salle de restaurant.

Café, croissant, jus d'orange. Re-café, re-croissant et deux dans une serviette jetable qu'il mangerait plus tard – le petit-déjeuner étant à volonté, il rentabilisait la dépense – tout ceci sous les yeux de l'employée médusée qui lui apportait sa note ; des radins qui s'empiffraient étaient monnaie courante, mais oser le doggy bag, il fallait une certaine dose de culot pour le tenter. Le « merci » envoyé lui passa au-dessus de la tête, elle retourna à l'accueil et constata que l'audace du client s'était propagée à un couple de touristes belges ; à ce rythme, il n'y aurait plus aucune viennoiserie à 10 heures, mais elle avait fini sa nuit, et le manque incomberait à la relève. À 9 heures 30, elle était sur le parking, Patterson aussi. Ils démarrèrent ensemble et engagèrent leurs véhicules dans la même direction, puis Patterson bifurqua.

À 9 heures 15, il gara la Citroën sur une des places réservées aux exposants et rejoignit son stand avant l'ouverture à 10 heures.

Au même instant, le couple Franclint stationnait devant la gendarmerie de Mouthe sur leur emplacement. Benjamin apposa le tampon « classé » sur le dossier Monsieur Philippe Pilleton, 82 ans, Mouthe, corps entreposé à la morgue de l'entreprise funéraire Tuillier ; Marianne approuva du chef et lui tendit la feuille récapitulative des constatations du légiste : mort causée par une chute accidentelle, traces d'hypnotique appartenant à la classe des benzodiazépines, alcoolémie à 0,5 g/l confirmant la consommation de la flasque. De vive voix, le légiste avait ajouté : « Les vieux, ils ont tellement peur de ne pas dormir qu'ils avalent leurs somnifères le soir avec la soupe et, forcément, ils se réveillent au cours de la nuit, alors ils boulottent un autre cacheton. Ça, plus l'eau-de-vie que Pilleton s'est enfilé, pas étonnant qu'il se soit cassé la gueule. Il ne devait pas tenir sur ses guiboles. Enfin… au moins, il n'aura pas souffert. Il n'a pas eu le temps de comprendre que c'était terminé pour lui. » Une conclusion corroborée par le Docteur Mathieu : « Monsieur Pilleton se plaignait d'insomnies depuis la mort de son ami d'enfance, un dénommé Hippolyte qui vivait proche de chez lui. Il n'avait goût à rien. Il dépérissait, vivait seul sauf les jours où la chambre d'ami était louée ce qui était rare. Même la présence de la femme de ménage trois fois par semaine n'arrivait plus à le réveiller dans la journée. Il dormait à n'importe quelle heure, ne se déplaçait plus au cabinet, c'est moi qui lui rendais visite. J'ai été étonné de le voir dans la salle d'attente. Il n'aura pas eu la patience d'attendre l'efficacité du médicament. Vous savez, les personnes âgées sont exigeantes, ce sont de grands enfants capricieux et pressés. » Le voisinage avait décrit Pilleton comme étant un homme solitaire qui parlait peu, ne sortait quasiment plus de chez lui ; Jocelyne avait tenu des propos semblables. À 9 heures 30, le couple sortit de la gendarmerie ; il s'occuperait de trouver demain les descendants ; aujourd'hui était le dernier jour du salon, pas question de ne pas y faire un tour.

À Pontarlier, Séverine Davals partageait aussi cette envie. Le dimanche étant le jour de fermeture, personne n'aurait pu la contraindre à rester dans l'immeuble. Départ à 9 heures. Elle opta pour les routes départementales, boycottant l'autoroute, préférant investir son argent dans un repas plutôt que dans le paiement du péage. Elle arriva à 11 heures et circula pendant deux heures entre les allées, le plan du salon à la main, cochant les stands qui l'intéressaient au fur et à mesure. La faim interrompit sa déambulation. Elle fit comme les autres chalands, elle se dirigea vers la brasserie à l'odeur alléchante, envoyant valser son taux de cholestérol ayant dépassé la normalité et son copain les triglycérides. Elle s'installa à une table ronde de quatre couverts. Remarquant l'obésité de la cliente, le serveur concéda. Elle tira une chaise vers elle, posa dessus cabas et manteau doudoune, sortit un livre de poche, et continua à lire son chapitre le temps que son plat fût prêt. Elle finissait sa deuxième cocotte de moules quand elle reconnut l'homme se frayant un passage entre les tables occupées. Elle lui fit signe d'approcher.

Regard circulaire. Aucune place de libre. Échappatoire difficile à esquiver pour Patterson s'il ne voulait pas dévorer les deux croissants qu'il gardait pour le trajet du retour en guise de repas.

— Comme le monde est petit ! pouffa Davals. Voilà mon voleur de journal !

— Ce n'était pas le vôtre, contra Patterson. *Cent bornes de distance et je tombe sur le boudin.*

— Le vôtre non plus, renchérit-elle. Elle suça ses doigts, claquant la langue de satisfaction. Vous venez d'arriver ?

— Non. *De quoi je me mêle.* Je vends.

— Non ! Elle piocha une des cinq frittes restantes.

— Si, soupira Patterson. *Il va être long, ce repas.* Las d'attendre, il héla le serveur et dicta sa commande.

— Et vous vendez quoi ? du vin ? du terroir ?

— Du vin. *Je n'ai pas une tête d'épicier, le boudin.*

— Quel genre de pinard ?

— Du blanc et du rouge. *Femme inculte. Nommer un grand cru avec ce terme est une insulte, le boudin.*

— Eh ben, dites donc, vous êtes pas bavard, vous. Faut vous arracher les vers du nez. Du blanc et du rouge, ça ne veut rien dire. Elles viennent d'où vos bouteilles ? Elle fit la moue à la vue du plat.

— Du Jura, d'Alsace, de Bourgogne. *Elle ne lâchera pas l'affaire. Il va être long ce repas. J'avale mon poisson et mes haricots verts et je repars au stand.*

— Le Jura, j'connais. L'Alsace, aussi, c'est pas loin, par contre le bourgogne, j'connais pas.

— *On dit en revanche, le boudin.* Toujours dans les livres, dit-il, désignant celui qui était posé à côté de la carafe d'eau.

Patterson avait lancé sa ligne et Davals mordit à l'hameçon ; il put mastiquer tranquillement.

— Un policier, « Solak » de Caroline Hinault, mais j'ai pas encore vu de crime. Ça se passe au nord du cercle polaire arctique avec trafic de peaux de bêtes l'été, et de chasse au phoque l'hiver. Enfin, d'après ce que j'ai compris. Je le commence à peine. J'ai le temps de le lire. Trois semaines. C'est pas une nouveauté. Les nouveautés, chez nous, on doit les rendre une semaine avant le délai du règlement et on peut pas les prolonger, alors je les réserve pas, parce que sinon on est pénalisé. C'est trop court pour moi qui lis pas vite. Je vous cite un exemple : trois jours de retard et vous pouvez pas emprunter pendant trois jours. Vous avez aussi ça dans votre coin ?

— Je ne fréquente pas la bibliothèque chez moi.

— Je vous y ai vu dans la mienne.

— Ce n'est pas parce que j'y vais que j'adhère.

— Eh ben, merde alors, vous lisez pas.

— Si. Bon, je retourne à mon stand. Je ne voudrais pas manquer des acheteurs.

— Vous prenez pas de dessert ? demanda-t-elle, étonnée que le repas ne se termina pas sur une note sucrée.

— Non. Il attrapa la note et se leva.

— Et un café ?

— Non plus.

— Vous êtes dans quelle allée ?

— La D.

— Je passerai vous voir quand j'aurai fini de manger. Je vous trouverai, vous inquiétez pas.

— J'y serai. *Le boudin me poursuivra jusqu'à la fermeture.*

Patterson déposa billet et pièces dans la soucoupe, la tendit au serveur débarrassant la table voisine, et fonça vers son stand, car les visiteurs affluaient maintenant, le salon avec son entrée gratuite étant la sortie dominicale de l'après-midi. Il était en train de servir un client quand il perçut un mouvement de foule. Davals avançait telle un éléphant dans un magasin de porcelaines tenant dans ses mains quelque chose et les gens s'écartaient autour d'elle. Elle posa fièrement deux gobelets de café sur le comptoir.

— Buvez tant que c'est chaud. J'ai apporté le mien aussi ; faut pas boire tout seul, n'est-ce pas m'sieur, dit-elle, s'adressant à l'homme sur sa droite à l'image d'une conquérante ayant gagné une bataille.

Patterson avait ses yeux de myope qui lui sortaient des orbites. Il haussa les épaules en guise d'excuses.

Ça va vraiment être long jusqu'à ce soir.

AVRIL

Patterson avait mis à profit la contrariété Davals pour glaner des infos. Le décès de Pilleton n'avait été commenté ni sur le journal local, ni sur les ondes radiophoniques ou télévisées, il était passé à la trappe.

Cette fin mars, clôturée par le soulagement, boosta le cœur du représentant qui arriva guilleret au supermarché d'Auxerre pour vendre des vins légers et fruités dont les prix raisonnables étaient destinés à une clientèle au portefeuille moins garni que ses clients habituels. Il avait déjà oublié les cloches de l'église de Chichée sonnant le glas à l'enterrement d'un villageois comme un clin d'œil Divin aux deux meurtres inavoués lorsqu'il avait démarré.

Ce lundi, les rosés eurent la préférence. Las des mornes journées d'hiver, les gens entrevoyaient le printemps et les grillades. Ils stockaient dans leurs caddies plus qu'ils ne consommeraient au cours de l'été. Ce fut l'euphorie acheteuse jusqu'aux alentours de 18 heures 30, heure à laquelle Patterson s'octroya une virée dans le rayon traiteur. Lorsqu'il revint avec une barquette de paella qu'il mangerait le soir, Romain Schmitt discutait avec un homme de petite taille à son stand. Celui-ci glorifiait les coteaux du midi, les Varois et ceux d'Aix en Provence, poussant la vantardise jusqu'à la Corse dont il était natif ; il ravala sa salive lorsqu'il apprit la profession de l'arrivant et déguerpit aussitôt.

— Content de vous voir, John. Vous avez mis fin au supplice de devoir écouter cet homme en vous attendant.

— Si j'ai pu aider, Romain, vous m'en voyez ravi. Désirez-vous un verre ?

— Trop tôt pour moi.

— Et comment se porte votre mère ?

— Mieux, je vous remercie.

— Un apaisement.

— Jusqu'à la prochaine alerte, mais je ne suis pas ici pour m'épancher, je me suis souvenu de votre participation à cette foire aux vins d'été et j'espérais que vous y seriez pour vous annoncer que votre Alouette Lulu a été aperçue par un membre de notre groupe.

— Excellente nouvelle !

— N'est-il pas ?

— Je m'empresserai de la photographier dimanche.

— Si vous la trouvez.

— Exact. J'arpenterai le vignoble de mon ami, celui dont je vous ai parlé, celui de Chablis. Vous vous souvenez ?

— Vaguement. Je ne m'attarde pas ce soir, John. Je passai juste vous informer entre deux courses. Je viendrai fin de semaine. J'aurais plus de temps à nous consacrer.

— Les dossiers au bureau.

— Ils ne diminueront pas avec les beaux jours.

— Alors, bonne soirée à vous, Romain.

— À vous aussi, John.

Lorsque Schmitt eut disparu de son champ de vision, Patterson chercha Gilbert Perrat dans les contacts de son smartphone et l'appela. La diatribe à son appel relatant la rencontre le décida à lui rendre visite le lendemain avant 9 heures ; il devait savoir ce qui se tramait.

*

— Salopard !

— Calme-toi, Gilbert.

— Comment veux-tu que je me calme ! Ce fumier a eu l'audace d'interroger les deux employés pendant que j'étais sur l'autre versant. Qu'est-ce que ce sera pendant les vendanges ? Il viendra avec les poulets et les embarquera dans le fourgon !

— Ne dramatise pas. Tu es en règle.

— Aujourd'hui, oui, mais qu'en sera-t-il demain ? Si le bourgeonnement accélère sa poussée, à trois, nous ne suffirons pas, il me faudra d'autres bras pour l'ébourgeonnage et là… Je te ressers ?

Gilbert Perrat leva la cafetière. Patterson tendit sa tasse. Dans la cuisine surchauffée où ils s'étaient réfugiés, la température de la pièce et la colère avaient empourpré la figure du viticulteur.

— Je le sonderai. Je l'ai vu hier au salon, il doit revenir me voir vendredi soir ou samedi dans la journée.

— Défends la cause contre cet emmerdeur sinon je te jure que je finirai par le crever !

— ASAP, Gilbert. Je suis déjà en mode projet. J'aborderai le sujet après un verre ou deux qui infléchiront ses motivations et instilleront le doute dans son professionnalisme.

— Dichotomie à la dérive entre sa conscience et… je ne trouve pas de mots à la comparaison.

— Implémentation.

— Ouais, c'est ça, la phase finale d'un abus de pouvoir lié à la fonction. Fonctionnaire de merde qui fait chier les entreprises !

— OK. OK. Ne t'emballe pas, je m'occupe de lui. Il faut que j'y aille maintenant, Gilbert.

— Moi aussi, je vais rejoindre mes gars.

Vingt-cinq minutes de trajet à cogiter sur une solution dans la Citroën.

*

Patterson était inquiet. Qu'il n'eut point vu Schmitt mercredi et jeudi s'inscrivaient dans la logique, vendredi était suspicieux, mais ce samedi, à 19 heures 50, l'absence s'avérait alarmante. Il commença à démonter le stand dix minutes avant la fermeture, emboîtant les cartons vides. Il traîna son chariot de transport vers la sortie du supermarché dans une galerie marchande déserte.

Trois voyages suffirent à vider l'emplacement.

Il consulta son Samsung Galaxy 20. 21 heures 05 et aucun message. Il engagea la clé de la Citroën dans le Neiman, la tourna, et s'apprêta à manœuvrer lorsqu'il vit celui dont il espérait l'entrevue gesticulant sur le parking. Il stoppa net. Moteur allumé, il sortit du véhicule, soulagé.

— Bonsoir, John. Excusez le retard, j'ai cru vous avoir manqué. L'anniversaire de la mère, plaida-t-il, essoufflé. Il semblait étriqué dans sa veste de costume. Il défit la cravate lui enserrant le cou.

— Bonsoir, Romain. Je comprends.

— Vous partiez ?

— Exact. Les ventes sont finies. Aviez-vous besoin de vin ?

— Vous lisez dans mes pensées, John. Je vous ai tout noté sur cette feuille.

Patterson s'en empara et parcourut la liste.

— Je ne les ai pas ici. Pour quelle date vous faut-il vos bouteilles ?

— Ce week-end. Je sais que je suis exigeant, mais si vous pouviez me rendre ce service, la promesse que j'ai faite serait honorée.

— Soit. Demain, j'ai déjà programmé des rendez-vous avant d'être à Reims, mentit Patterson. Trois jours de salon. Jeudi, je serai disponible.

— Cela m'ira parfaitement. Chez vous, le soir, John, vers 18 heures ?

— Non. Vous avez mal interprété, Romain, à Reims, car je poursuivrai sur ma lancée : Strasbourg, quatre jours, et de nouveau Reims, avant de rentrer, inventa Patterson.

— Ah, c'est fâcheux, j'avais promis à mes relations les cuvées exceptionnelles que vous m'aviez vantées.

— Jeudi, je profiterai de ce repos pour immortaliser sur la pellicule les bords de Marne. Ses îles et ses berges naturelles, bordées de joncs, regorgent de bergeronnettes des ruisseaux, de poules d'eau, de chevaliers guinguette, de grèbes huppés, et autres volatiles à photographier. Joignez-vous à moi, Romain.

— Des martins-pêcheurs ? L'effectif est faible.

— Si nous sommes chanceux.

— Vous incarnez le diable, John, avec votre proposition tentante.

— N'avez-vous pas une RTT à poser ?

— Si fait.

— Ce serait l'occasion de la solder.

— Vous m'avez convaincu, John. J'aviserai lundi mon chef de service. Il accordera cette requête à celui qui ne réclame jamais quoi que ce soit, un servile membre de l'équipe.

— ASAP, Romain, j'aurai avec moi votre commande.

La poignée de mains scella l'engagement.

Patterson s'installa au volant, poussa le levier de vitesse et démarra. *Phase 1 terminée.*

Depuis dimanche, il ne décolérait pas. D'abord, il y avait eu cette réclamation stupide d'Amélie voulant rompre le deal sous prétexte que Durieux avait trépassé.

C'est quand même grâce à moi qu'elle est débarrassée d'elle ! Aucune reconnaissance ! Cette idiote culpabilisait de l'avoir laissé marcher vers la mort de par son refus à garder les chats et moi, comme un imbécile, je lui ai répondu que c'était son karma, une fin écrite dans le grand livre de la Vie, une décision divine au lieu de souffrir d'une maladie incurable comme la plupart des vieux. Et qu'est-ce que j'ai obtenu ? quelle récompense pour mon service ? un odieux marchandage ! Et son analyse ! Parlons-en de son analyse ! elle est infondée ! Une femme qui baise gratis, c'est normal ; la même qui baise pour de l'argent, c'est une pute. Elle a marchandé jusqu'à ce que je flanche et concède à réduire la gratuité de nos ébats à deux semaines.

Puis, il y avait eu cette obligation à gainer son sexe d'un préservatif.

Elle prend la pilule. Qu'est-ce que c'est que cette lubie à imposer maintenant une capote ? Quelle mouche l'a piquée, l'Amélie ? Soi-disant qu'elle avait dû l'arrêter et qu'elle avait peur d'ovuler spontanément, il paraît que cela peut arriver ; je ne sais pas, moi, je ne suis pas une femme ! J'ai eu beau proférer des menaces, elle est restée sur ses positions, ajoutant que mon attitude était irrespectueuse envers elle. Autorité conférée merdique, oui ! Je ne sais pas si j'irai la voir ce week-end. La sagesse ne consiste-t-elle pas à la laisser réfléchir. Quand elle aura perdu ses clients, elle deviendra raisonnable et la normalité aura repris ses droits.

Patterson bouillonnait en détaillant la note de l'hôtel qu'il quittait sans regret.

Au prochain séjour, je solliciterais mon ami galeriste. Je suis sûr qu'il ne me refusera pas l'hospitalité. Dormir chez lui n'était pas envisageable cette fois-ci. Phase 2 incognito.

Il arriva en même temps que Schmitt sur le parking du Centre des Congrès.

— 10 heures, pile à l'heure, Romain.

— N'est-il pas ! Une circulation fluide a favorisé notre synchronisation comme je l'envisageais au téléphone ce matin. Avez-vous pu avoir la totalité de la commande, John ?

— Malheureusement, non, je n'ai qu'une dizaine de vos bouteilles.

— Chargeons-les maintenant.

— Nous avons la journée pour cela, mieux vaut privilégier la lumière avant que le temps ne se gâte et éviter les embouteillages. J'ai entendu à la radio que des nuages menaçaient la fin d'après-midi.

— Vous avez raison, John. Nous sommes ici pour notre amour de la faune. Où allons-nous ?

— Du côté de Dormans, à une quarantaine de kilomètres par la nationale, un coin bucolique qui devrait vous plaire où nous pourrons pique-niquer avec les sandwichs et les tartes aux pommes achetés ce matin.

— Vous parez à mon inquiétude, John, en ayant devancé l'épineux problème du repas.

— ASAP, Romain. Ne stationnons pas ici plus longtemps, suivez-moi, je connais la route par cœur.

Quarante-cinq minutes plus tard, les deux véhicules dépassèrent le château, le parc avec le Mémorial des Batailles de la Marne, gardien de l'ossuaire des soldats inconnus, et suivirent le cours de la rivière sur la départementale pendant trois kilomètres environ avant de repérer le chemin s'enfonçant dans le sous-bois qu'ils empruntèrent aussitôt, les châssis raclant les ornières durcies jusqu'à un élargissement permettant un stationnement provisoire discret à quatre cents mètres de la route, loin des sentiers touristiques. Ils se munirent de leurs sacs à dos contenant leurs appareils photos, leurs repas plus deux bouteilles de vin rouge dans celui de Patterson. Ils marchèrent sous les frondaisons, guidés par les cris brefs d'une poule d'eau.

— Si nous mangions sur cette berge, proposa Romain.

— OK puisqu'elle a l'heur de vous plaire. Je débouche le Petit chablis de mon ami. Ses notes minérales devraient s'accorder à nos sandwichs au poulet.

Patterson remplit généreusement les deux verres emportés.

— La dégustation sied-elle à vos papilles, Romain ?

— Il est gouleyant.

— Il faudra que vous fassiez la connaissance de Gilbert. C'est un passionné, il consacre sa journée à la vigne de son père depuis son enfance. Déjà, au collège, il ne parlait que du lycée agricole pour approfondir ses connaissances viticoles.

— Nous tous consacrons notre vie à notre travail ; vous, comme moi, ne faisons pas exception.

— Son vignoble jouxte l'endroit où nous nous sommes rencontrés la première fois.

— Ah. Je dois avoir un dossier à son nom, dans ce cas, puisque nous avons débuté nos contrôles dans le but de débusquer les fraudeurs avant la saison. Après, la gestion est infernale par manque de moyens.

— Une chasse à l'homme.

— Indispensable. Comme je dis toujours, plus d'argent dans les caisses de l'état et moins d'impôts pour le contribuable.

— Je gage que Gilbert ne triche pas.

— Il est votre ami, John, et vous le défendez. Normal. Croyez-moi sur paroles, ils tiennent tous ce langage avec un air innocent qui ne me trompe pas, j'ai l'œil. Si vote ami a fraudé, il paiera le redressement. Écoutez, les cris se rapprochent.

— Une bête suitée, répondit Patterson, l'œil torve. Il est certain que personne ne tape dans le mille dès la première flèche.

— Avec de la chance, nous y parviendrons.

— Là, ils viennent vers nous.

— Vous avez raison, John, un couple se déplace, répondit Romain aux aguets, l'œil dans le viseur.

— Concernant mon ami Gilbert, Romain, vous pourriez faire une exception et détruire le dossier si dossier compromettant existe.

— N'y songez même pas, John, on ne me soudoie pas. Comment avez-vous pu avoir une telle pensée ? Il déclencha.

— ASAP, Romain, ne parlons plus de cela. À toute volée, le sac à dos s'abattit sur le crâne. Un agréable frisson circula dans ses veines.

Assommé, Schmitt bascula dans la rivière, effrayant le couple qui nageait paisiblement quelques secondes auparavant. Les vêtements gorgés d'eau, la flore aquatique enroulant les jambes et le sac à dos encombrant facilitèrent la noyade. Patterson ramassa une branche, appuya de tout son poids sur la tête avec cette perche improvisée. Il manqua perdre l'équilibre à parfaire consciencieusement son crime. Il resta concentré sur sa tâche plusieurs minutes avant de pousser le corps inerte vers le large, éprouvant une sensation nouvelle. Il leva les yeux vers le ciel assombri. La pluie ne tarderait pas, elle gommerait les traces des empreintes de ses semelles et des pneus de la Citroën. Il y vit un signe.

L'artiste a-t-il besoin d'un public ? assurément non, lui connaît sa valeur, nul besoin de justifier son acte, il sait.

L'ire matinale ressurgie l'avait enflammé, mais la victoire fut de courte durée. La descente d'adrénaline fut aussi rapide que la montée, elle avait un goût amer de piquette. Il devait gravir l'échelon supérieur lui garantissant le prolongement du plaisir à défier la Vie.

Un éclair zébra le ciel. La pluie était là, effaçant les indices.

Deux heures avant d'arriver à Chichée, à traquer le grain de sable dans les rouages de la justice. Aucune faille ne vint troubler la visualisation du geste.

Phase 2 terminée. Aucune similitude avec Pilleton.

*

Madeleine accumulait les sachets repas pour Minette dans le caddie sous le regard médusé de Patterson.

— Pourquoi est-ce que vous lui changez sa nourriture, Madeleine ?

— Mon petit John, je préserve ses reins. Les aliments secs sous forme de croquettes, de granulés ou de biscuits renferment moins de 14 % d'eau alors que les aliments humides en contiennent entre 60 et 80 % avec leurs produits d'abattoir ou de pêche mélangés à des légumes. Ce changement sera salutaire à son bien-être intérieur.

— Méfiez-vous, Madeleine, vous êtes une victime de la publicité. Bientôt, vous lui donnerez des probiotiques à votre Minette.

— C'est quoi des probiotiques ?

— Des bactéries favorisant le bon déroulement digestif chez les humains. Elles aident à améliorer le transit intestinal.

— Et elles existent aussi pour les chats ?

— Oui, mais il faut les acheter chez le véto.

— Pourrions-nous y aller après ?

— S'il n'y a que ça pour vous tranquilliser, Madeleine, nous irons avant de rentrer. La secrétaire vous dira lesquelles acheter.

— Oh, mon petit John, vous êtes un amour. Je bénis le ciel chaque jour de vous avoir comme voisin.

À la morgue de Reims, le corps gisant sur la table en inox ne bénissait pas le ciel, lui. Schmitt était à la merci du scalpel dévoilant les indices d'une noyade. Il avait perdu son rôle de contrôleur ; il avait passé le flambeau au médecin légiste qui étudiait ses viscères à la loupe, vérifiait la quantité d'eau dans ses poumons et déterminait s'il y avait eu ingestion d'éléments aquatiques. À cette étude minutieuse, s'ajoutait le traumatisme crânien révélé par une lésion du cuir chevelu, révélation peu concluante du fait que le corps avait dérivé avant d'échouer, vendredi soir, en aval du lieu de l'agression, heurtant sur son passage les morceaux de bois flottant dans la rivière.

— Vous ajoutez aussi des friandises, Madeleine !

— Pour adoucir le traumatisme de la visite vétérinaire. Je devais prendre rendez-vous et cela tombe bien puisque nous y allons tout à l'heure.

— Si vous la nourrissez avant de l'emmener dans la voiture, elle sera malade et vomira sur le beau coussin que vous avez placé dans sa caisse de transport.

— Mais non, mon petit John, ce sera pour le retour.

— Et le résultat sera le même, Madeleine.

— Ah, oui, tiens, vous avez raison, mon petit John, suis-je bête, à mon âge, de ne pas avoir réfléchi.

— Mais non, Madeleine, vous êtes pardonnée de votre erreur.

— Le pardon loge dans l'improbabilité de son existence. La plupart du temps, les gens distribuent des conseils avec l'inconscience qui les domine.

— L'ataraxie de l'âme, en quelque sorte.

La tranquillité, le capitaine Governet ne connaissait pas. La découverte du cadavre avait mobilisé l'attention du commissaire qui déplorait la noyade supplémentaire aggravant les statistiques ; c'était à croire que les promeneurs ne lisaient pas les panneaux de prévention aux départs des sentiers pédestres. À lui de déterminer par quel moyen l'homme s'était rendu sur les bords de Marne. Le trentenaire se rappelait très clairement le conseil de son chef : « Il n'est pas tombé du ciel que je sache. Cherchez une voiture ou une moto comme la vôtre. Remuez la vase du fond et voyez ce qui remonte à la surface. Il n'est pire eau que l'eau qui dort. »

Acharnement.

Puisque les documents retrouvés dans le sac de sport avec un permis de conduire avaient permis l'identification du mort, Governet avait informé le commissariat d'Auxerre et délégué les formalités d'usage. Il ne restait qu'à trouver le véhicule et c'était à lui qu'avait incombé la besogne, lui et sa moto tout-terrain dernier modèle récemment acquise, une KTM 300 EXC Hardenduro. « Une ballade alliant le plaisir à la recherche », tel avait été la phrase finale lorsqu'il était sorti du bureau.

« Une partie d'échecs ressemble à une bataille, le plateau de jeu est son terrain, les pions sont ses soldats. Waterloo ou Austerlitz. Le chronomètre enclenché, les deux joueurs s'affrontent, le regard est dur. Tic-tac, tic-tac. La tension monte. Les fronts se plissent. La sueur perle. Les neurones luttent à calculer les coups, les synapses s'échauffent, quatre ou cinq d'avance garantissent la percée vers le Roi. Les prises s'accumulent, les pions du camp adverse prisonniers sur le bord du plateau. L'attaque du Roi avant celle de la Reine gardée pour surprendre l'adversaire et le déstabiliser ; sans elle, il perdra le contrôle ; à l'agonie, il tentera le jeu des deux tours. Le Roi tombe sur les cases, guillotiné par le doigt maudit. Le temps s'est arrêté. La défaite ressentie en plein cœur. Le perdant manque défaillir sur son siège, esquisse un faible sourire. Le vaincu se lève, serre la main tendue, quitte la table. Ses yeux réclament une vengeance. C'est le jeu des puissants écrasant le peuple. La pauvreté étrangle la volonté. C'est la velléité de l'espérance engendrée par les idées noires. La crise appauvrit les pauvres. » Les paroles ouïes au journal de 13 heures, il ne les a plus supportées. Il a songé au SDF devant la vitrine du boulanger qu'il verrait le lendemain. Il a dérogé à ses habitudes, a bouclé ses bagages, a chargé le coffre de la Citroën, a fermé les volets. Il a averti Madeleine et suivit les indications du GPS, direction Strasbourg. Quatre jours de salon avec la présentation des grands crus de Bourgogne, des vins de Chablis et du Tonnerrois. Sur l'autoroute, il avait prévenu ; la chambre d'hôtes avait été libérée le matin, on l'attendrait à partir de 17 heures.

Lundi, Patterson ne s'était pas attardé chez ses logeurs ; il avait pris ses marques au salon.

Mardi, il avait préféré petit-déjeuner chez la boulangère. À 9 heures, il y avait trop de clients pour converser avec elle, il était sorti sitôt son café bu, la viennoiserie entamée dans sa main gauche, la mallette dans sa droite.

Mercredi, il était revenu à l'ouverture. 7 heures 30. Seul avec elle, le mari occupé à enfourner les miches, les dernières de la matinée. Elle lui avait tendu le journal. Il avait lu. Il avait payé. Il reviendrait demain.

Jeudi, il avait quitté le salon dès que l'autorisation lui a été accordée, bien avant l'heure de la fermeture. Il avait foncé chez le couple Klein se restaurer avec la ferme intention de soutirer des renseignements aux époux côtoyant le pauvre hère. Ce fut Marthe la plus encline à raconter.

— Francis lui avait donné un vieux téléphone portable avec le numéro de la boulangerie enregistré pour nous appeler si besoin. Il tenait un journal intime ; « pour ne pas tomber plus bas, une habitude de marin » qu'il disait. Il nous avait confié un jour qu'il aurait aimé habiter sur une île avec la fierté d'être îlien dans le cœur. Il était déjà insulaire dans les paroles et le geste, il n'aurait pas été dépaysé, mais la vie lui avait tracé une voie rude. Lorsqu'on l'a connu, le Francis et moi, il avait erré pendant des jours et des jours comme un chien à renifler le caniveau pour dégoter de quoi manger, la queue basse, courbant l'échine devant l'espoir, la langue pendante, prêt à abdiquer, alors nous lui avons ouvert notre porte, défiant la mort et domptant la vie avec le peu que nous avions. Où se situe l'héroïsme, dites-moi ?

Au lieu de répondre, Patterson avala une part de l'éclair au chocolat. Le goût sucré dans la bouche atténuait la suite de la révélation.

— « Silence clanique populaire jusqu'à l'irrémédiable action » disait-il. C'est ce qui s'est produit. Des gens l'ont trouvé raide mort dans le jardin public à 8 heures lundi, battu comme plâtre, le pauvre bougre.

— Vous savez qui ?

— Un policier, le capitaine Bouillon, s'est déplacé pour nous interroger lundi après-midi étant donné que c'est devant notre boutique qu'il mendiait.

— Des ultra-droites rôdaient par ici depuis quelques jours, coupa Francis.

— Tu parles sans savoir, mon homme.

— À leur dégaine de voyous, ma femme, blousons cloutés, chemises et tee-shirts noirs, je ne parierai pas le contraire. Quatre jeunes, la vingtaine, que j'ai rapportés au policier. D'ailleurs, mardi soir, quand il est revenu, je les ai reconnus sur les photographies qu'il nous a montrées. Bientôt, les têtes seront sur le journal et tu sauras que j'avais raison. Dans notre région, il existe encore des groupuscules néonazis au racisme idéologique qui sévissent en toute impunité. Ce sont des êtres maléfiques prêts à bondir sur le dos d'un SDF qui ne dérangeait personne.

— Du sadisme gratuit.

— Comme vous dîtes, mon bon Monsieur, soupira Marthe. Et vous voulez que je vous dise le plus triste dans cette histoire ?

— Vous avez mon écoute.

— La clientèle a augmenté du jour au lendemain.

— J'avais remarqué, mardi, que vous aviez du monde.

— Je n'ai pas arrêté de la journée. Le mari a dû pétrir et cuire une fournée avant le soir pour satisfaire les clients.

— C'est vrai que depuis qu'il n'est plus là, les gens affluent, ajouta Francis.

— Une curiosité malsaine, suggéra Patterson.

— L'appel du sang et des ragots. Il importunait malgré lui, le pauvre. Pourtant, il ne les regardait pas, il lisait, argumenta Marthe.

— L'odeur incommodait, il sentait mauvais, ajouta Francis.

— C'est vrai qu'il puait un peu, approuva Marthe.

— Une page est tournée, conclut Patterson.

— Eh oui, mais il nous manquera. Nous étions habitués à ce qu'il soit là. Si seulement il avait téléphoné, soupira de nouveau Marthe, nous l'aurions secouru.

— Si seulement… répéta Francis. Il jeta un coup d'œil sur son bracelet-montre. On cause, on cause, et l'heure de fermer a passé. C'est que je me lève tôt, demain.

— J'ai abusé de votre temps, s'excusa Patterson. Au plaisir.

— Passer nous voir pour connaître la fin de l'histoire.

— ASAP. Au mois de juin.

— Ce sera de l'histoire ancienne.

— Assurément.

Le rideau de fer s'abaissa lentement sur la tragédie relatée.

Anticiper la mort des malheureux n'est pas un meurtre en soi, mais ce goût de faire souffrir sans motif valable, de violenter un inconnu, entache l'honneur de celui qui accomplit son devoir. Supprimer est un choix pensé. Patterson l'avait mauvaise.

Le lendemain, il avait cherché une âme compatissante, quelqu'un qui comprendrait ce qu'il avait ressenti à l'écoute du récit des Klein.

Il ne l'avait pas trouvée chez Madeleine qui, elle, avait trouvé le réconfort contre ses peines chez Minette. Il s'était senti fautif de l'avoir influencée, maintenant, il était seul avec des idées qui n'intéressaient personne. Il s'était vengé sur la lecture des journaux qu'elle avait gardés pour l'hiver prochain. « Avril, ne te découvre pas d'un fil », mais le climat changeait et c'était la dernière semaine du mois avant « Mai, met ce qui te plaît. » Il avait lu et relu, il s'était usé les yeux sur les petites lignes jusqu'à se brouiller la vue, celles que le lecteur délaissait par négligence habituelle. Il n'y avait rien de compromettant à son encontre. Schmitt, un mort de plus sur la terre. Invulnérabilité de celui qui savait pourvu d'un instinct infaillible. Roublardise de l'homme inattaquable, plus rusé que Goupil face à son prédateur armé d'un fusil cassé qui ne l'atteindrait pas.

Il l'avait trouvée chez Gilbert lorsqu'il lui avait téléphoné pour tester la méfiance. La phrase « pas de nouvelle, bonnes nouvelles » l'avait conforté dans son attitude : il avait eu raison de supprimer l'obstacle.

Patterson était content. Mai était le mois de la détente avant le rush des soixante jours avant les vacances d'août. Il avait des projets à concrétiser.

MAI

Comme disait le refrain : « il y eut un soir, il y eut un matin », la suite n'appartenant qu'à celui qui chantait.

Patterson fredonnait sous la douche. Il avait rendez-vous avec Amélie un jour de semaine, preuve que la clientèle s'était raréfiée. Il l'avait prédit tel un devin sûr de sa prophétie. Il arriva aux alentours de 10 heures.

— J'ai croisé ta copine infirmière sur la route. Elle ne chôme pas.

— Elle s'est déplacée pour une prise de sang dans le voisinage. Amélie remonta la manche de son tee-shirt. Toi aussi, tu devrais te faire prescrire des analyses par ton médecin. Avec tous ces microbes qui pullulent dans l'air, les MST et le sida qui persistent, on est jamais trop prudent. Tu veux une bière ? j'ai chaud, je vais boire une Tourtel au citron vert.

— Sans alcool ?

— Dans le mile. Elle rafraîchit le gosier à toute heure du jour autant que celle alcoolisée. Elle étanche la soif sous le soleil ardent. Elle chasse les pensées maussades. Elle désinhibe le timide devant l'être aimé. Elle possède le pouvoir de suspendre l'instant, le temps d'un claquement de langue. Elle réunit les gens et favorise le dialogue. Elle dépose autour des lèvres une infime quantité de mousse blanche qui prête à sourire, essuyée du revers de la main. La bière, qu'elle soit pression, canette ou bouteille, aromatisée ou pas, apporte l'illusion des vacances avant l'heure à celui ou celle qui la boit, à la terrasse d'un café, accoudé au zinc, ou chez soi.

— Arrête, tu m'as convaincu. Va pour une bière sans alcool avant d'entrer dans le vif du sujet.

Il ne remarqua ni la légère claudication de la jambe droite quand elle se leva, ni le point de piqûre dans la fesse pendant le coït, son irritation focalisée sur ce maudit préservatif qu'il avait cru reléguer. Relégation aux calendes grecques.

À midi, il déjeuna avec sa voisine, la contrariété en travers de la gorge l'empêchant d'apprécier les plats mitonnés.

Madeleine le couvait du regard, heureuse de le savoir à Chichée tout le mois, exception faite des escapades obligatoires ne durant pas plus d'une journée. Elle fronça les sourcils devant la mine renfrognée de son invité. Elle s'évertua à le distraire avec les potins du village racontés par la factrice.

Elle est parfois collante, la Madeleine, mais elle n'est pas chiante comme la Durieux. Elle mérite de vieillir.

Patterson essuya l'assiette avec la tranche de pain coupée. Repu, il lâcha un « c'était délicieux » qui ensoleilla la cuisinière jusqu'au coucher. Demain était un autre jour ; la semaine prochaine, il serait à Reims.

Le patron l'avait récupéré dans la boîte aux lettres ; le livreur l'avait déposé comme tous les matins. Il était le premier à le parcourir d'une traite, accoudé au zinc, la porte du bar verrouillée. Il s'octroyait ce privilège, ce plaisir de l'encre qui noircissait la pulpe des doigts, de l'odeur du papier fraîchement imprimé. Il avait la primeur des nouvelles qui alimenteraient les conversations au fil des heures, puis il l'abandonnerait dans la salle, à votre bon cœur messieurs dames, à celui qui souhaiterait le consulter.

Il était là ; il attendait. Il attendait l'humain, celui qui l'ouvrirait d'une main malhabile, tournant la page de l'index mouillé par la salive marronnasse qui sentirait le café bu et la cigarette, hésitant à continuer la lecture puisque la tasse serait vide, hochant la tête, quittant son siège, sortant à regret. Il y aurait le successeur qui le plierait pour lire les gros titres de la Une, suivant du doigt les numéros des pages, cherchant l'article nerveusement, pressé de déplier sur la table la feuille, ne laissant pas une once de place, car il aurait entendu le percolateur cracher le petit noir. Il y aurait le dévoreur de phrases entre deux lampées de thé vert, la théière à peine entamée, lisant phrase après phrase, décourageant les consommateurs autour de lui, le sacrifice du renoncement. Il y aurait le lecteur de l'après-midi qui chercherait la page des mots croisés dès qu'il aurait pris possession de la feuille de chou ; celui-là, le patron l'appelait « le besogneux des mots », c'était un habitué. Il boirait ses verres de Perrier avec une rondelle de citron jusqu'à ce que la grille fût complète. À cette heure du jour, les nouvelles du matin seraient devenues trop anciennes pour qu'elles intéressassent quelqu'un, et le patron l'entendrait marmonner, le mot sur le bout de la langue, pestant contre cette mémoire qui flanchait avec l'âge. Il y aurait le distrait qui l'emporterait sous le bras lorsqu'il paierait à la caisse et que le patron sermonnerait, il en avait besoin pour allumer le poêle et lui se confondrait en plates excuses. Des excuses acceptées sans sourciller. « Passez demain, vous aurez le temps d'y jeter un œil. De toute manière, je fermais la boutique » lui assurerait le patron.

On était dimanche soir, le patron avait faim, Piedro Caprona quitta la chaise et récupéra le journal convoité avec la promesse d'une annonce gratuite dans son émission du lendemain ; il éplucherait les articles de la concurrence ce soir, trierait les informations utiles et bifferait les redites. Lundi, c'était déjà demain, il interviewait le représentant, il serait facile de dire que le Café du centre proposait à sa clientèle une carte des vins digne d'un sommelier.

Cinq minutes avant neuf heures.

En retard.

Piedro, bougon, franchit le seuil du siège de la radio Reims 3. Béatrice l'accueillit avec son éternel sourire enjôleur et sa phrase laconique : « une bouffe à midi ? » qu'il refusa d'un ton sec. La mine boudeuse, elle plongea sous son comptoir à la recherche d'un classeur imaginaire, occultant l'information cruciale du matin : son rendez-vous faisait le pied de grue dans le couloir.

Piedro se figea à la vue d'un Patterson habillé comme un prince : chemisette bleu ciel, pantalon marine forme cigarette et veste assortie, ceinture en cuir noir, derbies aux pieds, alors que lui n'était vêtu que d'un simple jean clair, d'un tee-shirt gris et de tennis pas propres ; l'invité tenait à marquer la différence vestimentaire. En son for intérieur, il ricana puisque c'était lui qui orienterait l'entretien. Il avait quarante-cinq minutes à supporter cet air suffisant. Il ouvrit la porte, fit entrer le prétentieux, régla la hauteur du micro, attendit le signal.

Lumière rouge. Direct.

Trois quarts d'heures à avoir rongé son frein. Patterson n'avait pas réussi à s'imposer. Face à l'habileté de son vis-à-vis louvoyant comme une anguille, il avait dû réfréner ses emportements à cause des auditeurs. À chaque fois qu'il avait voulu décrire les cépages bourguignons et alsaciens, Piedro avait détourné ses propos et insisté sur la qualité des vignobles champenois exportant les bulles à l'international, une volonté expansionniste des grandes maisons de Champagne. La seule fois où il avait approuvé son énumération de producteurs, ce fut pour déclarer qu'on pouvait les déguster au Café du Centre. L'humiliation suprême. Il avait pleuré de rage retenue, rivé à son siège devant son rival.

Le désaccord méritait une explication. L'émission terminée, au lancement de la publicité locale sur les ondes, Patterson sollicita une entrevue hors antenne afin de convaincre l'opiniâtre opposant avec des bouteilles de son choix. *La vengeance est un plat qui se mange froid.*

Piedro consentit ; il serait chez lui à partir de 18 heures, le vin servirait d'apéritif. Il écrivit l'adresse sur un bristol et le lui tendit.

Patterson tergiversait dans la rue. Il n'avait pas envisagé de rester toute la journée à Reims. Beaucoup de commerces étant fermés le lundi matin, il déambula un moment sans s'apercevoir que son inconscient l'avait dirigé vers la galerie de son ami. Ce dernier se démenait comme un pauvre diable pour suspendre aux crochets des cimaises des toiles encadrées. Il toqua à la vitre. Concentré sur sa tâche, Antony Vuilleminin, le visage rougi par l'effort, les manches de sa chemise blanche retroussées, vacillait sous le poids d'un tableau. Il toqua plus fort ce qui surprit le galeriste manquant lâcher l'œuvre.

Vuilleminin inclina la peinture contre le mur, vérifia qu'elle ne glissa point, ouvrit la porte, et serra Patterson contre lui.

— Mon sauveur ! Ta venue est providentielle !

— Si je peux aider, mon ami.

Prestement, Vuilleminin referma la porte et la verrouilla ; il n'aimait pas être dérangé lorsqu'il procédait à un accrochage.

Regard circulaire de Patterson. La peinture violente exposée sur les murs méritait d'être expliquée au néophyte.

— Ce que tu vois sont des huiles originales peintes par un original dont la côte de cesse de grimper. Si une personne considère que peindre de cette manière est un crime de lèse-majesté, peut-on proclamer que le crime est un vice originel ? je te pose la question, mon ami.

— Assurément, non.

— Que discernes-tu ?

— Des traits dans tous les sens, des couleurs sombres recouvertes par endroits d'une teinte rouge vif, des formes imprécises.

— Regarde mieux. Le courant pictural d'aujourd'hui interroge avec la prétention de bousculer les consciences, de noyer le public sous une réalité morbide, fort éloigné de la peinture emplie de douceur des siècles précédents visibles dans les musées. Éloigne-toi de la toile, change ton angle de vision, imprègne-toi d'elle, et quitte cet air dubitatif.

Patterson recula, plissa les yeux, avança sur la droite puis sur la gauche, et, soudain, il la vit, cette morbide réalité. Le glacis couleur de sang avait été appliqué sur des corps enchevêtrés reposant au pied d'un immeuble en ruine. Les cadavres aux membres sectionnés jonchaient ce qui, jadis, avait été un trottoir et une rue. Dans le ciel, il distingua l'ébauche de nuages dans un camaïeu de gris allant jusqu'au noir, se mourant sur ce qui restait du toit. La destruction dissimulée créait le malaise, une intention délibérée de l'artiste en vogue.

— Regarde encore, formula Vuilleminin remarquant l'intérêt de son ami pour le tableau.

Patterson avança et s'arrêta à dix centimètres du tableau. Dans un coin, on apercevait une tête d'enfant, spectateur de la macabre scène. Sa bouche était ouverte et des mots formant une ligne si fine qu'elle était à peine perceptible de là où il se tenait auparavant s'échappaient de ses lèvres, délivrant un message dans un style publicitaire.

— La compréhension de cet art réclame une contemplation rigoureuse. Les êtres obtus détournent le regard. Ton ressenti ?

— Un génie *du mal.*

— Terminons ensemble l'exposition de ce peintre hors du commun et nous déjeunerons ensemble à l'appartement avant de se dire au revoir.

— ASAP. Je dois être à 14 heures à Vitry le François.

Patterson était comblé. Quel que fût l'emplacement, le sang l'éclaboussait jusqu'à inonder les cônes de sa rétine. Avant de partir, il avoua qu'il dormait mal. Il avait des insomnies à répétition, se souvenant de la confidence de Vuilleminin dans l'avion.

Spontanément, l'ami promit une boîte entamée de Mogadon dosé à 5 mg lorsqu'ils seraient chez lui.

Depuis qu'il avait rangé la boîte dans sa mallette, il doutait. L'avoir, avait un côté à la fois sécurisant et oppressant, et cette ambivalence l'incommodait. Il chercha la raison durant son parcours, ne la trouva pas, et gara la Citroën devant la porte du caviste, insatisfait.

— Salut John, tu as avancé ta tournée ?

— Salut Jacques. J'étais à Reims et j'y retourne avant de rentrer à Chichée, alors je me suis dit que j'irai aux nouvelles.

— On fait aller.

— L'enthousiasme ne t'étouffe pas, aujourd'hui.

— C'est Amarande. Elle fréquente.

— C'est de son âge.

— J'ai peur que celui-ci ait des idées pas catholiques. Hier, elle est allée au cinéma avec lui et elle est rentrée déçue.

— Pourquoi penses-tu cela ?

— Je soupçonne l'amoureux transi d'être celui qui l'aide en ce moment. Remarque, elle progresse avec lui.

— J'ai eu un aperçu de ses talents de poétesse et d'oratrice.

— Est-ce qu'elle t'a lu sa micronouvelle ?

— Je n'ai pas eu ce plaisir.

— Garde la boutique, je monte la chercher.

À 14 heures 30, il n'y avait pas foule dans les rues sauf Madame Da Silva qui franchit le seuil, maugréant.

— M'obliger à transporter des bouteilles par cette chaleur, c'est inhumain. Ah, tiens, vous revoilà. Bien le bonjour, Monsieur le Représentant.

— Bonjour, Madame Da Silva.

— Vous vous souvenez de mon nom ?

— Le professionnalisme.

Des pas s'entendirent dans l'escalier.

— Madame Da Silva, comment vous portez-vous ?

— Comme un lundi.

— Toujours pour l'écrivain.

— Pour qui d'autre voulez-vous que ce soit.

— Vous allez profiter d'un répit. J'allais lire la micronouvelle de Amarande. Asseyez-vous à ma place.

— Derrière la caisse ?

— Mais oui, vous ne partirez pas avec.

Jacques Bacheler attendit avant de commencer qu'elle fut à son aise. Madame Da Silva tira sur l'ourlet de sa robe comme si elle avait voulu l'allonger pour cacher ses genoux osseux, puis elle cala ses pieds sur le barreau de la chaise.

— « Aujourd'hui sera un jour mémorable ; celui que j'attends depuis si longtemps qu'à force d'attendre, j'ai cru mourir d'ennui. Nous sommes autorisées à sortir. J'ai envie d'embrasser l'aventure avec un « a » majuscule, celle décrite par ma nourrice me berçant le soir avant de m'endormir et de sombrer dans les rêves de glorieuses histoires, une envie de découvrir un univers différent, de goûter à la nouveauté. Tout d'abord, mine de rien, je suis les autres qui avancent sous une chaleur torride. Docile, je marche, guettant l'opportunité sans être distancée. Je suis celle qui roule les yeux à 180° avec l'espoir de quitter le rang. Je patiente et je bous à l'intérieur de moi. Et puis, soudain, la file se disloque devant un obstacle et je profite de cette occasion inespérée pour m'enfuir. Je fonce sans regarder vers l'arrière. Je cours vers un sous-bois dont j'espère la fraîcheur. Je ne suis pas déçue. Je m'étends, épuisée, sur un tapis de mousse et je hume les senteurs qu'exhale la terre humide autour de moi. Lorsque je suis apaisée, je décide de franchir le Rubicon. Je contourne un buisson en prenant soin de ne pas griffer mon corps aux épines, je m'arrête pour contempler les pétales d'une fleur dont le parfum délicat taquine mon odorat, j'écoute le chant d'un oiseau et lève la tête vers les cimes pour l'apercevoir. Que nenni, les notes se sont tues, il a dû s'envoler vers des contrées lointaines. Alors je repars dans ma quête de sensations. J'enjambe un rocher, glisse et me rattrape in extremis à une branche salvatrice. Je marche, je marche, et lorsque, épuisée, je découvre un point d'eau, je stoppe ma course et me désaltère. Je bois, je bois, je bois, et m'endors, épuisée. Quand je me réveille enfin, le jour a décliné, la faim me tenaille, la panique affole mes sens. Je réalise la stupidité de ma fugue et je cherche à retrouver mon chemin. Je m'agite telle une abeille rejoignant sa ruche à la tombée d'une nuit orageuse. Je n'ai pas l'impression de m'être trop éloignée et, pourtant, je peine à garder mon calme. J'entends déjà les réprimandes à mon égard lorsque j'arriverai, un air innocent sur ma face. Je scrute l'horizon et j'entrevois une clairière, du moins un espace où l'herbe clairsemée offre à mon regard un eldorado. Je fonce vers cet endroit bienfaiteur espérant décrypter un message. Je le perçois dès que je suis aux abords. Les phéromones sont au rendez-vous olfactif. Je suis sauvée. Je file en direction de la fourmilière. »

— Elle écrit mieux que Lemaître. C'est poétique, pas comme les pages sanglantes de ses polars. Si j'avais su, elle nous aurait aidées à répondre à Romain, mon petit-fils. Figurez-vous que pas plus tard que ce week-end, il a demandé à sa mère « C'est comment la mort, maman ? » dès qu'elle a poussé la porte de la maison après avoir terminé son travail à l'hôpital ; son mari était parti pour affaires, c'est moi qui le gardais. La mort, après, elle ne sait pas, moi non plus, mais avant elle la connaît comme si elle l'avait enfantée. Elle la côtoie telle une vieille amie depuis qu'elle occupe le poste d'infirmière dans un service d'oncologie. La mort, qu'elle lui a répondu, possède plusieurs visages : celui de la résignation, les yeux perdus dans le vague, celui de la révolte, le regard haineux envers le bien portant, celui de l'incompréhension face au sort qui s'acharne en dépit de la lutte, celui de l'offrande aux soiffards de sang à l'image d'un martyre, et celui du confiant qui n'a pas peur, ne craint ni les dieux ni les enfers, les traits paisibles et pâles, la tête reposant sur la taie d'oreiller qui savoure le peu de temps que la vie lui accorde. Ça lui a cloué le bec, au môme. Pire qu'un film d'horreur. Il est parti au lit sans rouspéter et ma fille est venue le chercher hier. Vous rendez-vous compte, à onze ans, ce n'est pas dans ses habitudes de se coucher tôt un samedi soir. Dimanche matin, il parlait encore de ça au petit-déjeuner.

— Parler de la mort, Madame Da Silva, ma fille n'aurait certainement pas su ; elle est trop jeune pour y avoir été confrontée. Qu'en penses-tu, John ?

— La question du petit-fils a eu une réponse appropriée. Chacun a un rapport différent avec la mort. Il ne faut pas mentir aux enfants.

— Vous avez raison, Monsieur le Représentant, c'est comme l'horoscope, chacun a son interprétation. L'horoscope, personne n'y croit, mais tout le monde le lit avec discrétion de peur d'être ridicule aux yeux des autres personnes. Les prévisions astrologiques sont ambiguës. Chacun lit entre les lignes ce qu'il a envie de comprendre et ces dernières influencent malgré tout le comportement du lecteur, jusqu'à un certain âge, car les octogénaires se tournent plus vers le passé que vers l'avenir et sourient aux hypothèses divinatoires. Imaginez s'il diagnostiquait le jour de votre mort, justement. Les planètes, il vaut mieux les laisser tranquilles dans le ciel. Paraîtrait-il que Vénus et Mars insufflent un élan à vos amours, que Jupiter vous pousse à prendre des initiatives, que Mercure encourage vos ambitions. Moi, je dis que l'horoscope, c'est l'élixir du bonheur pour ne pas songer au malheur. Elle se leva et tendit son cabas et sa commande à Jacques.

— Êtes-vous certaine que votre patron veut tout, Madame Da Silva ?

— Pourquoi ? il a chargé ?

— Dans votre cabas, cela ne tiendra pas, la commande représente au moins deux cartons et la moitié d'un autre.

— J'ai dû mal comprendre quand il a dicté, mais il a vérifié avant que je sorte.

— Je vous servirai de chauffeur, proposa Patterson.

— Vous m'accompagneriez chez lui ?

— Ce n'est pas tous les jours qu'on peut rencontrer un écrivain en chair et en os.

— Dans ce cas, j'accepte volontiers, comme ça, il comprendra que ses courses, c'est à lui de s'y coller, j'ai assez des miennes. Vous habitez loin, Monsieur le Représentant ?

— Dans l'Yonne. Pourquoi ?

— Pour vous remercier du déplacement, j'aurais passé le chiffon chez vous.

— C'est très aimable, Madame Da Silva, mais j'habite très loin d'ici.

— Vous êtes marié ?

— Non.

— Un célibataire. Lemaître aussi. « Quand on exerce le métier de commandant de police, on ne se marie pas » dit-il, et, à la retraite, on emploie quelqu'un pour faire le ménage ; ça, c'est moi qui le rajoute. À quoi sert-il d'ôter la poussière puisqu'elle revient se poser dans l'heure qui suit sa disparition ? Habile traîtresse qui nargue les ménagères ; un mot au féminin comme si le ménage était inscrit dans nos gènes, ayant sauté ceux du mâle. Et l'homme qui vit seul, on le reconnaît à son foutoir, les chaussures dans la cuisine parce qu'il les a enlevées devant le frigidaire, poussant un soupir de désespoir devant le morceau de fromage racorni et la tranche de jambon oubliée, les chaussettes sur le tapis du salon, affalé devant le téléviseur, un paquet de chips dans la main, les croquant l'une après l'autre, remuant les orteils sur la table basse, le linge sale empilé dans la salle de bains dans l'attente de gagner la machine à laver à deux mètres de la douche. Le ménage rebute et pourtant… quelle satisfaction de rentrer le soir après une journée harassante dans une maison rangée, parfumée aux senteurs de Monsieur Propre, sans mouton sous les meubles. Quelle satisfaction de pouvoir se vautrer dans les coussins sur un canapé brossé, les doigts de pied en éventail en lisant le courrier d'abord et le roman ensuite, s'octroyer ces moments récupérateurs, surtout après Lemaître, avant de réchauffer aux micro-ondes le plat cuisiné la veille. Moi, quand je fais le ménage, je suis à la fois le chef d'orchestre et les musiciens. Je manie l'éponge et l'anticalcaire, l'aspirateur, le plumeau et la serpillière, comme des instruments ; c'est une drôle de partition que je joue, je vous le dis.

— J'interromps votre intéressante conversation, mais il va falloir que John m'ouvre le coffre de la voiture maintenant, annonça Jacques.

— Trois cartons ! s'exclama Da Silva.

— Deux pleins et un aux trois quarts, ce que j'avais prévu.

— Vous avez l'œil.

— L'habitude, répondit Jacques devant le hayon ouvert. Peux-tu me dépanner, John, avec ce que tu as ?

— C'était pour l'émission de ce matin à Reims 3.

— Je t'ai écouté. Tu n'avais jamais la parole. Impossible de t'exprimer.

— Je n'ai pas pu dire ce que je voulais, ni lui montrer les vins que je désirais valoriser comme celui de Vanier.

— Si tu en as, je prends, j'ai tout vendu.

— Je te donne ce que j'ai ici, j'avais stocké quand j'y suis allé au mois de mars. Le reste est à la cave.

— Et les Chablis ? Les autres, je te les laisse.

— ce sont des vins issus de vignobles proches de Tonnerre.

Échange de cartons.

Direction l'écrivain.

Cadre de vie agréable.

L'immeuble était situé dans une rue peu passante bordée d'arbres. Les appartements avaient tous des balcons aussi spacieux que des terrasses sur lesquels il y avait des tables et des chaises en plastique, des plantes vertes dans des jarres, des jardinières fleuries.

Patterson suivit les indications de sa passagère, tourna sur la gauche et parqua la voiture aux emplacements dédiés aux visiteurs. Le diable transporta le chargement jusqu'au logis.

Lemaître perçut le bruit de la clé dans la serrure ; cette interruption dans son travail d'écriture l'agaça. Puis ce fut les voix qui retinrent son attention : à qui donc parlait sa femme de ménage ? se demanda-t-il. Il quitta son bureau, prêt à admonester les gêneurs.

— Madame Da Silva ? appela-t-il d'un ton bourru.

— Dans la cuisine, Monsieur Lemaître.

Démarche saccadée dans le couloir étouffé par le tapis. Propreté irréprochable de l'appartement. Alignement d'objets hétéroclites sur des consoles à l'entrée où la poussière avait été bannie et cuisine rutilante à l'agencement contemporain dans une nuance de gris mise en valeur par des murs carrelés de couleur blanche ; on devinait que la facilité du nettoyage avait orienté ce choix aux tendances hospitalières.

— Je vois, dit-il devant un Patterson, le dos courbé en train de soulever un carton. Livraison à domicile par un étranger.

— Monsieur est celui qui vous fournit indirectement.

— Permettez que je me présente, John Patterson, représentant vins et spiritueux, et livreur à l'occasion. Désireux de vous connaître, étant un fervent lecteur de romans policiers, j'ai proposé d'accompagner Madame Da Silva sachant que la commande excédée ce que son cabas aurait supporté.

— Oh. Passons dans le salon, nous discuterons dans de meilleures conditions et abandonnons Madame Da Silva au rangement des bouteilles.

Patterson ne fut pas étonné à la vue de la pièce lumineuse donnant sur le balcon terrasse. Parquet au sol, une symétrie du mobilier rendue par deux canapés de velours rouge face à face séparés par une table basse et, accolée à l'accoudoir, droit pour l'un, gauche pour l'autre, avait été placée une table carrée à hauteur supportant une lampe ; les trois tables et les pieds de lampe étaient d'une teinte chocolat du plus bel effet, des tableaux abstraits décoraient les murs blanc cassé.

Ce type est un maniaque et sa maniaquerie contredit les propos de sa femme de ménage. Elle n'a pas beaucoup d'effort à produire dans l'astiquage. Elle râle par principe, mais gardera sa place jusqu'à la retraite.

— Prenez place. Une boisson ? un café ?

— Non merci, je n'abuserai pas de votre temps.

— L'intrusion perturbe toujours, mais j'ai appris à la maîtriser. Je ne vis pas reclus avec mes personnages.

Patterson observa le sexagénaire aux cheveux blancs. Le regard malicieux cherchait à sonder l'hôte. Le pli marqué du pantalon, de même que celui de la chemisette, révélait un caractère aimant l'ordre et la discipline.

— Des personnages que vous réussissez à rendre vivant en stimulant l'imagination du lecteur, à l'opposé du cinéma qui donne à voir immédiatement la personnalité des acteurs. Une concurrence déloyale.

— Le cinéma nous abreuve de situations maintes fois répétées. Il est souvent question d'amour, mais il s'oriente vers le noir, surtout dans les séries télévisées.

— Ce qui apporte aux criminels une source d'inspiration.

— Que j'ai constaté dans mon activité précédente.

— Vous étiez policier, je crois.

— Tireur d'élite, puis commandant à la brigade des mœurs d'où je puise mes sujets.

— Le crime parfait existe-t-il ?

— Une légende. Je dirai qu'il n'existe pas, car, tôt ou tard, le meurtrier commettra une erreur qui lui sera fatale.

— Il est des enquêtes qui durent une décennie, voire deux, et comme on dit communément, pas de cadavre, pas de crime.

— La complexité réside dans l'absence de preuves tangibles. Si la personne n'a jamais commis d'infraction, il est effectivement difficile de l'arrêter. Tout réside dans les détails, mais, je vous l'ai dit, la police finit toujours par lui mettre la main dessus, il suffit d'être patient.

— Et le polar fourmille d'indices permettant la résolution dans les dernières pages avec l'arrestation.

— Un avantage de l'écriture. Que lisez-vous ?

— J'ai terminé « Offenses » de Constance Debré. Et vous ?

— Lorsque j'écris, je ne lis pas, l'histoire que j'écris suffit à combler mon imaginaire. D'ailleurs, je dois m'y remettre.

— Merci pour votre accueil, prononça Patterson, quittant le salon.

— Je vous en prie. Madame Da Silva, raccompagnez Monsieur Patterson. Vous pouvez rentrer chez vous.

— À demain, Monsieur Lemaître, dit-elle, s'empressant d'attraper son sac et d'ouvrir la porte d'entrée. Pas mécontente de finir avant l'heure, confia-t-elle à voix basse. C'est grâce à vous, il n'a pas osé me garder.

— À vous aussi, Madame Da Silva, d'avoir facilité cette rencontre riche d'enseignement, répondit Patterson dans l'ascenseur, sourire aux lèvres. Le Samsung Galaxy 20 sonna, il décrocha.

Pierre Caprona avait quitté la radio avant l'heure, ne supportant plus d'entendre les deux journalistes de France 3 à l'émission de 14 heures, Michel Brun et Franck Schussler qu'il enviait. Même tranche d'âge que lui sauf que, lui, n'arrivait pas à se hisser vers le sommet de la gloire avec son audimat qui stagnait. Il regretta d'avoir fixé son rendez-vous aux alentours de 18 heures. Il monta dans l'autobus de la ligne 3 et rentra chez lui. Il était 15 heures 10. Il n'avait pas eu le temps d'avaler une quelconque denrée à midi.

Mastiquant son morceau de pizza froid, il alluma son ordinateur portable et regarda en replay l'interview maudite dans le but de s'imprégner de la méthode comme un apprenti copiant son maître ; l'humiliation entraînerait fatalement la progression, du moins le pensa-t-il. Il écouta et étudia. Le sujet était : la conjoncture n'était pas favorable au devenir des nations. Chaque participant exprimait avec conviction ses conjectures au cours d'une discussion houleuse. Voilà ce que donnait à voir ce groupe de pseudo-intellectuels réunis autour d'une table ovale. Il aspira à une pause verbale, mais l'intérêt suscité le bouleversait. Il tendit l'oreille, malgré lui, but les mots au rythme des voix, oubliant de regarder les aiguilles de son réveil dévorant les minutes, voraces à grignoter le temps passé à rester assis là à ne rien faire d'autre qu'à se nourrir des opinions fondées sur des issues probables et incertaines. Gavé par des paroles indigestes semant la confusion dans les esprits les plus rationnels, y compris le sien, il finit par douter de ses propres croyances, ballotté sur un océan d'incertitudes dans lequel se reflétait le climat délétère auquel il assistait. Lorsqu'il ferma l'ordinateur, il se sentit démuni. Un fossé existait entre lui et eux, fracture de l'enseignement reçu et balayé. Vaincu, il se leva et regarda la rue à travers la fenêtre de toit. À quoi servait-il de poursuivre l'écriture sur le mur ? une phrase s'effaçant avant d'avoir touché l'opinion publique. Il s'enfonçait dans l'erreur depuis trop longtemps. Sur les fils de France Télécoms, des volatiles au plumage noir et blanc pépiaient. Annonçaient-ils la couvée prochaine ? Communiquaient-ils l'emplacement des meilleurs fruits à picorer, des moucherons à gober, des guêpes à fuir ? À l'image de ces deux oiseaux, les journalistes avaient compris l'enjeu, libres de leurs mots, libres de penser et d'agir à leur guise. Ils n'avaient aucune retenue, contrairement à lui exécutant une ligne de conduite dictée par un président dont il jugeait la prudence excessive ; ne jamais contrarier l'oreille, affirmait-il. Michel Brun et Franck Schussler bravaient l'interdit ; ils osaient.

Il consulta son smartphone. 16 heures 40. Il chercha le numéro de son invité du jour dans la liste de ses appels et appuya. Il changea le lieu de la rencontre ; le studio n'était pas prestigieux, il nuirait à sa réputation vis-à-vis d'une Béatrice aux commérages faciles.

Une demi-heure avait passé. Patterson ralentit, freina, stoppa la Citroën au niveau de Caprona qui ouvrit la portière et s'assit sur la place du mort.

— Où allons-nous ?

— Le temps est au beau, les bords de la Marne apporteront la fraîcheur qui nous a manqué aujourd'hui. Cela vous convient-il ?

— Vous êtes le chauffeur.

— Puisque nous sommes d'accord.

Patterson songea d'abord à se diriger vers Dormans, se rappela la conversation qu'il avait eue tantôt, changea d'itinéraire, emprunta la nationale 31, et prit la direction des marais de la Vesle, une rivière coulant autrefois dans une région boisée, ce qu'il constata à la vue de la dense végétation de ses abords lorsqu'il gara la voiture après avoir roulé une trentaine de kilomètres en amont après Reims.

— Vous êtes sûr que nous sommes sur les bords de la Marne, cette rivière ressemble à un cours d'eau.

— Nous sommes dans une zone marécageuse. Descendons.

Un sac de course Auchan accueillit un vin rouge du Tonnerois et un de Epineuil, deux verres, un tire-bouchon, un couteau, un paquet de tuiles goût paprika, un sachet d'olives vertes dénoyautées, et sa mallette. *Il ne mérite pas mieux qu'un vin à 15 € la bouteille.*

Caprona marchait à côté de Patterson, craignant de s'enfoncer dans le sol détrempé. L'environnement désertique le fit frissonner.

— Nous aurions pu rester à la voiture. Arrêtons-nous ici. Je préfère ne pas m'aventurer plus loin.

Patterson estima que l'endroit convenait. Il dégagea la lame du couteau à cran d'arrêt afin d'ôter la bague plate des bouteilles dans le sac posé à terre.

— Joli couteau.

— Quinze centimètres d'acier affûtés qui impressionne le client et facilite la vente, ce qui n'a pas été le cas ce matin. Comment susciter l'intérêt lorsqu'on n'a pas la possibilité de s'exprimer ?

— Je suis les directives d'en haut. Je dois me plier aux ordres. Ce sont nos maisons de notre Champagne qui financent une grosse partie de notre budget annuel.

La réplique fut prononcée avec un tel aplomb que Patterson fut un instant admiratif du self-control ; un instant seulement.

— Piètre excuse ne plaidant pas votre cause, répondit-il avec un œil accusateur.

— C'est-à-dire…

Patterson se jeta sur lui, menaçant. Il le plaqua contre le tronc d'un peuplier.

— Où comptez-vous aller ? L'heure est au règlement de compte entre vous et moi !

— Je n'avais pas le choix, bredouilla Caprona.

— On a toujours le choix, sans compter l'affront de votre annonce à propos du Café du Centre ! Mes vins ne sont pas assez bons pour le palais des Champenois !

— J'obéis sinon je perds ma place.

— Baliverne !

La lame dansait proche du visage de Caprona. Des gouttes de sueur coulèrent le long de ses tempes. Il essaya de se dégager, partagé entre frayeur et bravoure.

— Si nous buvions main

La rapidité du geste tranchant la gorge fit mourir la phrase. Caprona, les yeux exorbités par la surprise, porta ses paumes à son cou et s'écroula inerte.

Patterson lécha le sang sur la lame tout en prenant garde de ne pas se couper. Le goût ferreux enveloppa sa cavité buccale avec une intense satisfaction. L'acte le galvanisa. L'esprit réclamait encore, encore, encore… il porta un dernier coup au ventre, un coup pour rien, juste pour le plaisir à sentir s'enfoncer la lame dans les chairs. Il essuya l'acier dans l'herbe puis avec un mouchoir jetable qu'il prit dans la mallette. Il replia la lame, la replaça dans le sac et découvrit une tache sur la chemisette. Il se félicita d'avoir eu la prudence d'ôter sa veste et partit, abandonnant le cadavre aux animaux peuplant les marais. À la voiture, il rangea le sac dans le coffre, enfila le vêtement dissimulant cette maudite éclaboussure, s'assit confortablement derrière le volant, programma le parcours jusqu'à Chichée sur le

GPS. Il avait soif. Il ne sut si elle correspondait à une soif à étancher ou une soif à recommencer à distiller à petites doses. *Nouveau mantra : l'autosatisfaction nuit à l'efficacité.*

Le mois dernier, il y avait eu les bords de la Marne, aujourd'hui, il y avait les forêts et les marécages à fouiller puisque le présentateur de Reims 3, Piedro Caprona, était porté disparu. Il n'avait donné aucun signe de vie depuis vendredi. Le président, sous la pression de la réceptionniste Béatrice, avait donné l'alerte. L'absence la veille d'un week-end n'avait rien d'alarmant, un petit coup de fatigue, l'homme étant arrivé en retard le jeudi bien que cela fût inhabituel chez lui, en revanche celles de lundi et de mardi devenaient inquiétantes, son téléphone portable étant sur répondeur. Lorsque le capitaine Aurélien Governet s'était déplacé à son domicile, le silence à l'interphone, les semonces à la porte du studio restées sans réponse et l'indifférence des voisins provoquèrent une avalanche d'ordres de la part du commissaire redoutant une annonce sur les ondes lourde de reproches : « mais que fait la police ! » Branle-bas de combat, tous réquisitionnés. Au commissariat, on bougonnait devant le déploiement de ces forces de l'ordre que le boss aurait pu employer autrement.

Dans les commerces à proximité du siège de la radio, on interrogea sans succès. Dans les quartiers chauds, les îlotiers prirent des gants et récoltèrent, malgré tout, quelques crachats sur leur passage, ce qui abrégea les sollicitations. Dans les parcs et les jardins publics, les gardiens brigadier de la police municipale questionnèrent les promeneurs et promeneuses de chiens. En vain. Quatre heures après, le constat fut accablant, on était rentré bredouille. Le commissaire friand de résultats rapides décida d'élargir le périmètre.

Voilà comment Governet, visière abaissée, suant sous son blouson de cuir, dans ses gants à coques et dans ses bottes sillonnait les marais avec la KTM pendant que les collègues remontaient les bords de la Marne avec les voitures de fonction. Ce fut lui qui gagna le gros lot, ce dont il se serait aisément passé. Il refoula un haut-le-cœur. Il ne l'avait pas fragile, mais, là, il faillit vomir dans le casque à la vue de la macabre scène et de l'odeur pestilentielle s'infiltrant sous la mentonnière jusqu'à ses narines.

La plaie béante au niveau du cou grouillait de fourmis. La trachée avait été sectionnée en profondeur jusqu'à l'apparition des cervicales ce qui l'amena à conclure que l'arme blanche utilisée était d'une taille dépassant le standard des couteaux de cuisine. Le visage était méconnaissable dû au déchiquetage de la peau par la faune du coin. Les globes oculaires avaient été becquetés, laissant échapper leur humeur vitrée contenue telle une larme gélatineuse. La décomposition du cadavre avait été accélérée par la température du jour au-dessus de la normale constatée à cette saison et par l'humidité régnante autour.

Le capitaine réfréna l'envie de soulever le tee-shirt ensanglanté, déchiré et tremblotant, présumant que moult insectes festoyaient sous le tissu. Il préféra abandonner lâchement la procédure au médecin légiste. Il serra la poignée de démarrage avec une telle force que les phalanges de sa main droite auraient pu craquer comme du bois mort. Il mit les gaz et fonça rejoindre la nationale. Un quart d'heure de cross, et la moto toucha l'asphalte.

Cinq minutes plus tard, l'effervescence avait gagné le commissariat : il y avait eu meurtre. Le commissaire changea de cap ; il fallait resserrer autour de la victime, il fallait éviter l'enlisement, enjoindre ses hommes à rentrer immédiatement

au QG établir un plan de bataille, seul Governet demeurerait
sur place afin de guider l'équipe scientifique.

JUIN

Annie Tosero repéra Patterson dès qu'elle fut dans l'allée centrale de la grande surface. Celui-ci portait un tee-shirt marine et un jean avec des tennis aux pieds de couleur noire. Il s'affairait à déballer ses affaires. Il transpirait malgré la climatisation. Des auréoles s'étaient formées sous ses aisselles.

— Vous êtes tellement occupé que vous êtes aveugle, se moqua-t-elle, lui touchant l'épaule. Sa robe noir et beige à la ligne évasée par des plis, coupée dans un tissu satiné, miroitait devant l'alignement des caisses plastiques.

— Madame Tosero, je ne vous avais pas vue.

— J'avais remarqué.

— Êtes-vous sûre que je ne bouleverserai pas votre quotidien ?

— Si tel avait été le cas, je ne vous l'aurais pas proposé.

— Seize jours à supporter ma présence.

— Ôtez-vous cette idée de l'esprit. La chambre est inutilisée, vide de sens. Elle était prévue pour un enfant que nous aurions eu avec Caroline, ce qui n'est plus d'actualité. Elle aura désormais la fonction de chambre d'hôtes à la location modeste, qui permettra de rembourser une partie du crédit mensuel contracté auprès de ma banque pour l'achat de la maison. Je la réserverai à la famille et aux amis lorsqu'ils se manifesteront. Vous serez mon premier client auquel je soumettrai un questionnaire de satisfaction, dit-elle, souriante.

— Auquel je répondrai avec franchise. Que vais-je raconter à votre amie de Lingolsheim ?

— Je lui expliquerai, elle comprendra, sinon notre amitié rétrogradera à simple connaissance. Je ne suis pas inquiète pour elle, elle croule sous les demandes, elle vous remplacera rapidement.

— Je verserai l'acompte promis comme dédommagement.

— Certainement pas ! s'exclama-t-elle. Chassez cette stupide intention et gardez votre argent. Bon, sur ce, je vous abandonne à votre installation. Je reviendrai tout à l'heure quand vous aurez fini.

— Je ne m'échapperai pas, fidèle au poste, répliqua-t-il, imitant le salut militaire.

Vingt minutes s'étaient écoulées qu'elle était déjà de retour.

— Pas de polar dans le caddie aujourd'hui ?

— Juste une consultation du rayon afin de suggérer à mes élèves les derniers titres publiés. Si je cède à leurs doléances, ils ne liront que des mangas, à la rigueur quelques romans graphiques. J'ai cours à 14 heures.

— Je prends aussi l'option. Quel est votre préféré du moment ?

— La série de Robert Galbraith, pseudonyme de Rowling, l'écrivaine du célèbre Harry Potter.

— L'univers de la magie plébiscité par les ados.

— Dans cette nouvelle série, elle met en scène le détective Cormoran Strike, un ex-lieutenant de l'armée amputé d'une jambe. Des pavés de 700 pages minimum qui se dévorent.

— C'est énorme, s'étonna Patterson.

— Pas du tout, vous tournez les pages sans éprouver de lassitude. Je suis en train de lire le quatrième volume, « Le ver à soie », je vous prêterai le premier pendant votre séjour chez moi. Ce sera votre livre de chevet ; celui qui traîne sur la table, sur le lit, sur l'oreiller ou sous les draps. Il fera partie intégrante du décor, objet indispensable qui durera tant que le lien vous unissant à lui ne sera pas cassé. Un livre de chevet est de toutes les dimensions : grand ou petit, épais ou fin, à la couverture souple ou rigide, lourd ou léger. Il a la couleur qui sied à son récit. Noir comme l'humeur, pastel comme l'amour, rouge comme la colère, blanc crème comme une neutralité attisant la curiosité. Parfois délaissé quelques jours, il sait à nouveau capter l'attention. Il suscite un regain d'intérêt jusqu'au prochain oubli. Le livre de chevet possède la valeur que le lecteur lui attribue, attiré vers lui comme un aimant. Il est celui auquel il se réfère. Il finit par avoir l'odeur du papier vieillissant.

— Essayons.

— Seule votre volonté à le terminer sera engagée dans ce challenge, dit-elle, consultant sa montre-bracelet. Je file. À ce soir, Monsieur Patterson.

— À ce soir, Madame Tosero, et encore merci. J'apporterai un champagne rosé Demoiselle que nous boirons à l'apéritif.

— Parfait.

Patterson contempla la professeur de lettres ondulant des hanches sur les talons hauts de ses sandales noires. *Deux semaines prometteuses.*

*

Le lendemain, Patterson se réveilla frais et dispo, se leva et s'habilla dans une tenue conforme à son image : chemisette, jean, ceinture en cuir, derbies. Une forme olympique. Il y avait longtemps qu'il n'avait pas dormi du sommeil du juste.

239

Face au lit, un meuble blanc en bois mélanine comportait plusieurs étagères sur lesquelles des bandes dessinées, des comics et des romans graphiques avaient été classés par ordre alphabétique de leurs auteurs, autrices, ou dessinateurs, dessinatrices. L'un d'eux mis en évidence l'interpella : Le Dahlia noir de James Ellroy. Sur la première de couverture, un portrait de femme. Intrigué, il ouvrit le livre et lut la préface. L'histoire relatée était celle d'une jeune femme originaire de Medford sauvagement assassinée, corps mutilé trouvé dans un terrain vague au mois de janvier ; à ce jour, le ou les tueurs n'avaient jamais été appréhendés ; elle alimentait des scenarii rocambolesques. Le contenu foisonnait d'articles de presse, de photographies et d'interviews.

Par la fenêtre, il avait une vue sur la pelouse d'un jardin clôturé par un chèvrefeuille grimpant sur le grillage dont les fleurs s'épanouissaient. Il aéra la pièce. Le parfum pénétra, enveloppant l'air d'une senteur jasminée. Il sortit et ferma la porte.

Au petit-déjeuner, il amorça une requête.

— Madame Tosero, j'ai examiné les ouvrages de la chambre. Puis-je vous emprunter le Dahlia noir ? Je le consulterai pendant le salon. Il me sera plus facile de retenir le texte là-bas que celui de Galbraith. « L'Appel du Coucou » je le lirai ici, au calme.

— Vous pouvez le prendre. Ces livres ne sont pas miens, ils appartiennent à Caroline. Elle ne me les a pas réclamés. Une chiquenaude sur le chemisier gris perle propulsa le flocon d'avoine gênant vers le bol en faïence jaune paille.

— Je serai soigneux.

— Aucune inquiétude à avoir ; six mois sans nouvelle, elle ne les récupérera pas. Tenez, voici mon planning, dit-elle, glissant une feuille entre le paquet de céréales et la bouteille de lait. Ainsi, vous saurez à quelle heure vous pourrez me joindre.

— Je ne vous communique pas le mien, il s'aligne sur les horaires du magasin.

— Inutile, en effet.

— Je pars avant vous, mais je tiens à ranger ma tasse dans le lave-vaisselle.

— Deuxième porte à droite de l'évier. Il est encastré.

— Ne cuisinez pas, Madame Tosero, j'apporterai des plats du rayon traiteur pour plusieurs jours.

— Vous me sauvez la mise, j'ai des copies à corriger cette semaine, mais, durant le week-end, je serai aux fourneaux et vous aurez droit à mes talents de cuisinière.

— Une préférence pour les plats ?

— Aucune. Monsieur Patterson, soyez raisonnable et allez satisfaire vos clients, le rabroua-t-elle.

— ASAP. Je pars.

Strasbourg.

Seize jours durant lesquels une relation riche d'échanges s'était créée. Des moments volés avaient permis d'écrire des notes dans un carnet acheté sur place qu'il avait dénommé ÉTUDE DE LA CRIMINOLOGIE, des lettres capitales au stylo-bille vert, la couleur de l'espérance.

Il repartait avec le prêt de plusieurs romans policiers qu'il ramènerait au mois d'août, ou alors ce serait elle qui viendrait pendant la période des vacances scolaires, ayant plus de disponibilité que lui. Il éplucherait leurs contenus et noircirait les pages du carnet de détails fondamentaux.

Il quittait la ville sans avoir revu le couple Klein, un regret qui s'effaça aussi vite que l'éclair ; il avait sa voie à poursuivre, les états d'âme sur le bord de la route.

Il rentrait chez lui, le coffre de la Citroën aussi chargé qu'au départ ; les vins blancs avaient remplacé les vins de Bourgogne et les bagages étaient plus lourds.

Il rentrait à Chichée, son refuge, son antre, là où son œuvre s'inscrirait dans le futur.

Le jour où tout finira

Bougez ! Éliminez ! presque une obligation au XXIe siècle. Auparavant, on se devait de récupérer durant le week-end et pendant les vacances, adoptant le farniente à toute heure du jour et de la nuit ; aujourd'hui, on remuait ses muscles afin d'évacuer le stress sinon gare au burn-out qui ne prévenait pas ; bienvenue dans le monde des adeptes du sport luttant contre les vicissitudes. On distinguait parmi eux trois catégories de sportifs ou sportives. Il y avait les « casse-cou » à la recherche de sensations fortes, savourant cette montée d'adrénaline qui accélérait le rythme cardiaque, se jetant dans le vide accroché à un élastique, survolant les plaines avec leur parapente ou leur deltaplane, surfant sur des vagues diaboliques, plaquant leurs corps sans système d'assurage à la partie rocheuse comme des ventouses aux paumes talquées, le regard tourné vers le sommet de l'inaccessible falaise, plongeant en apnée avec le record des profondeurs ancré dans les bronches privées d'air, flirtant à chaque seconde avec la mort au cours de ces activités dites « extrêmes » , la dangerosité en arrière fond. Il y avait les prudents pratiquant les indémodables tels que le tennis, le ski, la randonnée, le ping-pong, le golf, la marche nordique, le patinage, et tous les sports aux noms composés se terminant en « ball », presque une tradition familiale. Il y avait les solitaires argumentant la pratique à domicile par gain de temps, pédalant sans avancer d'un centimètre, ramant sur le plancher des vaches, courant sur place, sautant sans corde, et ceux franchissant la salle, éprouvant le besoin du coach stimulateur de motivation avant qu'elle ne s'étiolât au fil des semaines, cette promesse du nouvel an qui serait si difficile à tenir, et les enfants suivant les parents, sans oublier le troisième âge ressuscitant leurs vingt ans dans l'effort. On était « dans le coup ».

Bougez ! éliminez ! Je suis encore plus fatigué que la veille. J'aurais dû rester à la maison.

Il y eut un soir, il y eut un matin. Il y avait eu un avant, il y aurait un après. John Patterson avait senti que quelque chose se déréglait dans son corps au cours des exercices pratiqués à la salle de sport dimanche après-midi. L'optimisme gonflant sa détermination après être revenu de Strasbourg n'avait pas réussi à booster sa volonté à muscler les pectoraux, l'énergie à fournir étant au-dessus de ses forces. Il avait renoncé à poursuivre l'entraînement.

Aujourd'hui, lundi, en route pour la participation à la foire aux vins d'été dans le Carrefour de Saint André les Vergers, il se demandait s'il ne devrait pas acheter des vitamines. Le corps médical préconisait une cure à l'automne et une au printemps, la sienne serait tardive, mais il valait certainement mieux cela que de ne rien prendre. Dans la galerie marchande, il y avait une pharmacie, il avait sympathisé avec l'apothicaire, il expliquerait l'épuisement éprouvé, sûr d'obtenir un conseil avisé, et s'enquérait des virus circulant dans l'hexagone ; après l'épidémie du Covid 19 partie de Chine qui s'était transformée en pandémie, il était méfiant, à l'image de nombreux concitoyens.

Puis il songea aux propos insistants d'Amélie concernant cette prise de sang qu'elle lui serinait depuis des lustres, roula encore une dizaine de kilomètres, et s'arrêta sur un emplacement réservé aux autocars, les warnings allumés. Il téléphona à son médecin ; rendez-vous fut pris le lendemain à 19 heures.

Clairvoyance d'un deuxième avis. J'avalerai aussi les comprimés multivitaminés que Patrick me recommandera tout à l'heure. ASAP. Ça ira.

Il arriva à la grande surface, empli de résolutions positives, assura son installation après avoir effectué cinq voyages au lieu des trois habituels – il avait allégé les chargements sur le diable –, verrouilla la Citroën, et franchit, déterminé, la porte coulissante du Carrefour, la mallette frottant la cuisse droite, « Enquête dans le brouillard » d'Élizabeth George dans la main gauche, livre prêté par Annie Tosero.

Il sera certainement aussi instructif que le précédent.

*

Patterson regarda le coton imbibé par la goutte de sang qu'avait entraîné le retrait de l'aiguille. Jamais il n'oublierait les prunelles soupçonneuses de la laborantine lorsqu'elle avait lu l'ordonnance, le claquement des gants enfilés avant de lui piquer l'avant-bras, le sourire en coin quand il s'était levé et avait demandé le délai pour le résultat de l'analyse sanguine, la pique envoyée lors de la réponse « en fin d'après-midi, si vous avez communiqué votre adresse mail à l'accueil, et à votre généraliste dans la foulée, pas avant, le mercredi est toujours une journée chargée. »

Qu'est-ce que je comprends à la lecture de ton bout de papier, la préleveuse, avec ces termes inconnus NFS, VS, HSV, PVH, VIH ? Comment je peux savoir le temps qu'il faudra au laboratoire à analyser mon sang ? Moi aussi, je peux parler de ton PHASAGE et de ton RAF. À chacun son langage. ASAP.

Il avait réfréné l'envie de lui claquer la porte au nez en sortant de la pièce exiguë. Il n'avait pas regretté l'univers aseptisé lorsqu'il s'était assis derrière son volant. Cinquante minutes plus tard, il ruminait encore et s'était garé sur le parking de la grande surface.

Timing respecté.

Il souleva le coin du sparadrap avec l'ongle et arracha d'un coup sec la preuve d'une hypothétique maladie.

Je suis affaibli, mais je ne dois pas avoir l'air malade. Ne pas effrayer le client. J'ai seulement besoin de vacances, ces tournées m'ont épuisé. Surmonter, sinon on s'écroule. Dix heures avant de savoir et cinq semaines avant de se reposer ; je tiendrai.

L'appel du médecin généraliste aux alentours de 16 heures, exigeant la venue de son patient au cabinet à 19 heures, abrégea l'attente. La consultation prévue écourta les ventes ; à 18 heures, il partit.

Si Patterson n'était pas déjà assis, il serait tombé à la renverse sous le choc de la nouvelle. La porte de l'enfer était ouverte, elle l'attirait vers le foyer du Diable. Face au médecin, il écoutait sans entendre. Les phrases perçues se bousculaient dans sa tête ; elles se perdaient dans les circonvolutions cérébrales comme dans un labyrinthe.

La négation répétée n'était pas de bon augure. Ce « non » prononcé plusieurs fois rendait la discussion stérile. Aborder le traitement et la prévention était un épineux problème à résoudre sur-le-champ. Raisonner. Omettre l'article L 1111-4 du Code de la Santé Publique précisant qu'aucun acte médical ni traitement ne pourra être pratiqué sans le consentement libre et éclairé de la personne.

Patterson se leva d'un bond.

Le médecin l'imita, essaya de lui barrer le chemin vers la sortie et capitula sous le regard courroucé. « Prenez le temps de la réflexion, je vous appellerai la semaine prochaine » fut les dernières paroles qu'il dit. Elles n'avaient pas été ouïes.

Salope !

Patterson jura dans l'habitacle jusqu'à Chichée, accepta l'invitation de Madeleine à souper avec elle ; seul, il aurait vidé sa cave pour assouvir la rage qui l'habitait ; il devait demeurer sobre et lucide. Peu disert, il se calma au timbre doucereux de sa voisine.

La tension nerveuse redescendue, de retour chez lui, il se coucha aussitôt. La nuit porterait son lot de conseils avisés.

JUILLET

Semaine 1

Une semaine avait passé, une semaine à se documenter sur Internet avant de partir une nouvelle fois, à éclaircir l'horizon brumeux dans lequel il évoluait depuis qu'il avait été lâchement poignardé par le destin. Riche d'informations, il ne tenait qu'à lui de conjurer le mauvais sort ou de passer outre et assumer. Il choisit la deuxième option.

Colmar. Cinq jours à baratiner depuis mardi matin, à expliquer les cépages avec un discours usé jusqu'à la corde. Cinq jours dans un hôtel au décor immuable par comparaison à ceux précédemment fréquentés. Cinq jours à écouter la chanson de la cigogne reproduite dans l'album « Mon village » de Jean-Jacques Waltz dit Hansi, hymne populaire de la ville répété inlassablement, une rengaine qui lui vrilla les tympans. Cinq jours à être cloîtré dans un bâtiment aux surfaces lisses alors qu'à l'extérieur resplendissaient les rues alsaciennes bordées de jolies maisons sculptées et ornées exposant leurs balcons fleuris. L'invitation de Jean Nicodin au repas des chasseurs fut une respiration ; Chablis et Champagne furent marqués « réservé » à l'encre rouge.

Samedi matin, Patterson nettoya son stand, chargea dans le coffre les invendus, et tira sa référence.

« On se donne des souvenirs quand on se quitte », mais, dis-moi, Marcel Achard, lesquels je garderai ici-bas ? Bien malin celui qui décryptera ta citation. L'avoir lue ce matin dans le journal signe-t-il un présage ? quelqu'un témoignera-t-il de mon existence ? aurai-je vécu

telle une comète flamboyante avant de disparaître dans une traînée gazeuse au firmament des jours aveugles ?

Deux heures trente sur une autoroute et une heure trente sur une nationale avant d'atteindre le vignoble de Vanier, il démarra. Il arriva au crépuscule. La conversation autour d'une salade de tomates accompagnées d'œufs durs survola les revendications agricoles avant d'atterrir sur les confidences.

Nicolas Vanier ne chassait pas et blâmait ses amis chasseurs ; lui, il traquait. Il éprouva le besoin de justifier sa position : « L'oreille aux aguets, le naseau flairant le danger, la patte agile, il saute les ruisseaux, gambade à travers champs, traverse les sentiers avec un port altier et se cache dans la profondeur de la forêt. À l'automne, son brame attire la biche et la concurrence. Les bois s'entrechoquent pour conquérir la belle. Intimidation. Défense du territoire. Agressivité. Les blessures traduisent l'affrontement. Il n'y aura qu'un vainqueur. Le perdant partira tenter sa chance ailleurs, il abandonnera le mâle alpha à sa fornication. Le son de la corne rappelle la peur enfouie et les aboiements contribuent à le terroriser. Bientôt, les halètements des chiens seront l'écho de son souffle. La meute à ses trousses, le cerf fuit. Il entraîne au loin le troupeau sanguinaire, il protège les siens par son sacrifice, il offre sa vie afin que d'autres puissent continuer la leur. Il possède la noblesse à préserver. » Qu'y avait-il à ajouter ? Les deux hommes gagnèrent les lits.

Le lendemain, ils se quittèrent, rassasiés ; ils se retrouveraient le soir.

Patterson passa sous la porte Saint pierre construite l'an 1 771 en l'honneur de Louis XVI, roula rue de la République, et gara la Citroën au parking Marpaud. À pied, il longea les remparts une quinzaine de minutes avant de franchir le seuil du logis du pharmacien – il n'assurait pas la garde du week-end — où l'attendait la joyeuse tablée. L'accueil fut aussi chaleureux qu'auparavant. Le hasard voulut qu'il se trouvât être assis à côté du concubin de l'institutrice malmenée par le père d'un de ses élèves. À l'apéritif, tous commentèrent l'article paru dans le journal relatant le mouvement de grève de l'Éducation Nationale après le 1er mai.

— Michel Boissot, un homme violent d'après Nathalie, commenta Bernard Vogel, facteur de profession et compagnon de ladite institutrice Vernier. Il est charcutier, veuf, remarié depuis trois ans, et a disjoncté avec la garde à la charcuterie du gosse qui n'est pas de lui. Il a attendu que l'école soit fermée, la coincée à la sortie et l'a giflée. La marque était encore visible le lendemain, et cette imbécile n'a pas voulu porter plainte. Pourquoi ? me diriez-vous. Cher ami, dit-il, penché vers Patterson, si vous connaissiez le bonhomme, vous comprendriez. C'est un monstre engendré par la nature à la blouse tachée de sang qui vous lance un regard quand vous entrez dans sa boutique qui vous glace le sang, maniant le hachoir avec la dextérité d'un bourreau. Il est fort comme un bœuf, les gens le craignent, mais la bouffe est bonne, il connaît son métier, alors, ils achètent.

— Qui a écrit l'article ? s'enquit Patterson, tendant son assiette.

— Évelyne Bornia, celle qui couvre le local.

— Et n'hésite pas à s'éloigner du périmètre, ajouta Nicodin, servant la daube de sanglier.

— Elle a provoqué indirectement l'AVC du Directeur des Ressources Humaines de l'usine à Malbuisson, continua Barnabé, propriétaire de la parcelle sur laquelle le groupe chassait.

— J'avais eu vent de cet épisode, mais je n'ai pas su la fin, dit Patterson.

— Les gars l'ont séquestré pendant trois jours. La peur a provoqué une poussée de tension, et le résultat, un vaisseau sanguin a pété et endommagé le cerveau. Il est resté hémiplégique et aphasique, expliqua Nicodin.

— Depuis, l'usine a été vendue, reprit Vogel. Le repreneur a remédié aux problèmes. Il a effectué les travaux et il a embauché des gens du coin. Les esprits se sont apaisés.

— Les articles ont alimenté la rubrique des faits divers jusqu'à ce que la Bornia ronge un autre os, compléta Barnabé.

— Comme la grève du corps enseignant, conclut Nicodin. Changeons de sujet. Nous as-tu apporté ton fameux vin de paille ? Nous te passons commande pour le dessert.

— Affirmatif, je loge chez lui. Je vais chercher quatre bouteilles.

— Je vous accompagne, formula Vogel sur un ton insistant. Deux à porter chacun.

— Je mets en route la cafetière, annonça Barnabé.

— Nous revenons ASAP.

Dès qu'ils furent dehors, Vogel s'épancha.

— Cette histoire de gifle arrange mes affaires. Jean est discret, mais Nathalie consomme des antidépresseurs depuis des années. Les dépressions sont récurrentes chez elles, son boulot est entrecoupé par les hospitalisations, et les gens jasent dans son dos. À la décharge du charcutier, avec les arrêts de travail répétitifs de Nathalie, la grève a été la goutte d'eau qui a causé le débordement du vase, et moi, j'en ai assez. Je ne supporte plus ses jérémiades. je fréquente une femme de 48 ans, Nadine, moi, j'ai 52, nous sommes un couple encore jeune. Avec elle, je suis vivant et j'ai retrouvé l'envie de voyager. J'ai patienté jusqu'aux vacances, mais l'état de Nathalie empire. Elle ne sort quasiment plus de la maison sauf pour acheter des plats surgelés qu'elle balance dans le micro-ondes. Je lui mens, j'invente des chantiers qui n'existent pas, cela doit cesser. Je vais la quitter avant d'être contaminé par ses idées noires, sinon, elle aura ma peau. Advienne que pourra.

— Quelle est votre profession ?

— J'ai une entreprise de jardin avec deux employés. L'élagage et la taille sont les principales demandes ici.

— Où irez-vous si vous partez ?

— Je logerai proche de Nadine. Dans les environs, les baraques à vendre ne manquent pas, j'achèterai l'une d'entre elles. Chacun chez soi. Je laisse le mariage aux autres, trop de compromis, et avec mes horaires, c'est préférable.

— Comment ferais-je pour vos bouteilles ?

— Vous les livrerez au domicile actuel. Si Nathalie les boit et se trouve dans un état comateux, tant mieux, je serai débarrassé ! C'est ma Nadine qui sera déçue ! s'esclaffa-t-il.

— Demain vous conviendra-t-il ?

— Je serai parti de bonne heure, mais elle, elle traîne dans la maison. Passez quand vous voulez.

Patterson acquiesça.

Patterson reconnut la demeure du couple Vernier-Vogel à la disposition des plantes dans le jardinet gravillonné. Conformes à la description, des bacs à la forme hexagonale ou carrée contenaient des géraniums lierre de même couleur, rouge vif, débordant de leurs prisons de bois. La maison de plain-pied commençait à avoir des signes de négligence ; cela se voyait à la teinte des volets manquant d'éclat, à la mousse se développant sur la façade, à la vigne vierge grimpant le long d'une gouttière. Il sonna au portail. Ce que Vogel avait omis de lui préciser, c'était l'âge de sa compagne.

Apparut une vieille qui se déplaça dans sa direction le pas traînant, chaussée de mules noires et vêtue d'une robe sombre boutonnée jusqu'au col qu'une dentelle blanche était censée embellir. De près, elle ne dépassait pas les cinq décennies, mais les traits tirés, les yeux cernés, la chevelure grise ébouriffée la vieillissaient. Il crut qu'elle venait de se réveiller.

— C'est à quel sujet ? demanda-t-elle d'une voix atone.

— J'apporte la commande de Monsieur Vogel.

— Ah. Je ne suis pas au courant.

— Il a pris la décision hier au cours du repas. Nous dînions chez Monsieur Nicodin, le pharmacien.

— Ah. Le cercle fermé des hommes. Il n'est pas ici.

— C'était convenu entre nous, affirma Patterson, la toisant de son mètre quatre-vingt-cinq.

— Donnez-vous la peine d'entrer.

— Je reviens avec les deux cartons, je suis garé au bout de la rue, mentit Patterson, la Citroën étant dans une rue adjacente à l'abri des voisins indiscrets. *Bonjour l'ambiance à la maison. Elle flingue le moral rien qu'à la regarder.*

La porte d'entrée demeurant ouverte, il entra, poussant le diable, la mallette posée sur les deux cartons.

— Madame Vernier ?

— Oui.

Où est-elle ? J'ai passé l'âge de jouer à cache-cache.

Il patienta dans le vestibule sombre. Il entendit une chasse d'eau.

Elle pisse pendant que j'attends !

Une porte s'ouvrit, elle sortit, ajustant sa robe.

— Où dois-je les ranger ?

— Il s'occupera de ses bouteilles quand il rentrera. Vous n'avez qu'à les laisser où vous êtes.

Elle s'éclipsa. Il la suivit, la trouva dans la cuisine face à une corbeille remplie de boîtes posée sur un buffet, un mug à la main. Le petit-déjeuner n'avait pas été débarrassé. Pot de confiture à la groseille, assiette, couverts, paquet de biscottes sans gluten, brique de lait écrémé, bouilloire, étaient toujours sur la table.

— Que regardez-vous ?

— Rien de particulier. Il ouvrit la mallette et attrapa le carnet de factures.

— Allons sur la terrasse, vous serez à l'aise.

Ladite terrasse se situait à l'arrière de la maison, clos de murs, pelouse tondue, sans vis-à-vis. Sur les dalles avaient été placées une table au plateau de verre granité et six chaises en résine tressée munies de coussins. Il s'assit. Elle posa la tasse, se frappa le front « j'ai oublié mon médicament. » Elle regagna la cuisine.

L'occasion fait le larron.

Il sortit prestement de la mallette une boîte cylindrique renfermant une poudre, les comprimés écrasés de Mogadon fournis par Vuilleminin, qu'il versa dans la tasse. Il remua ; le sachet de thé s'enroula autour de la cuillère.

Nathalie revint avec la bouilloire, un autre mug et un stick de café lyophilisé. Il déclina aussitôt l'offre. Elle versa l'eau bouillante dans la boisson refroidie et dévissa le flacon de Seropram dosé à 40 mg/ml. Une dose de pipette se mélangea au thé. Le téléphone fixe sonna. Elle partit décrocher.

Et de deux. Il vida les trois quarts du flacon. *Mémorisons le nom de la médecine et observons le résultat.*

— Une publicité, dit-elle au retour. Elle but et grimaça. C'est amer.

— Avec du sucre, l'amertume s'atténuera.

— J'aurais dû. Néanmoins, elle vida la tasse.

Il était en train d'établir la facture lorsqu'il remarqua le changement.

— Excusez-moi, je vais m'allonger. Finissez, je serai dans le salon. Elle se leva, chancela, se rassit.

— J'ai terminé. Il lui tendit la feuille arrachée au carnet de sa main gantée de cuir. Par précaution, il n'ôtait plus les gants de conduite quand il était en mission.

— Le chéquier commun est dans un des tiroirs de mon bureau, là où je travaille, dans notre chambre. Je vous règle. Elle porta la main à la poitrine.

Il l'aida à se relever, attrapa la bouilloire, les deux mugs, la tasse, le stick, le flacon et la mallette, les ramena à la cuisine, déposa le tout sur le plan de travail. Ne la voyant pas revenir, il chercha la pièce.

Nathalie était étendue sur la moquette, respirant avec difficulté, les yeux clos.

Expérimentons un autre scénario.

Il fronça les sourcils, un signe d'intense réflexion chez lui. Il souleva la chaise du bureau et la positionna en dessous de la suspension au verre ambré légèrement décalée par rapport au lit, avisa une armoire. Dans cette dernière, une robe de chambre en laine était suspendue à un cintre. Il s'empara de la ceinture, monta sur la chaise, la noua autour du crochet destiné au luminaire, et testa la solidité. Il fit un nœud coulant et descendit. Il souleva le corps, les mules glissèrent. Il grimpa de nouveau sur la chaise, hissa ce corps sans réaction, l'amena à hauteur du nœud, glissa la tête dans la boucle et sauta, basculant la chaise.

Nathalie, pendue à son lien, oscilla doucement, la tête penchée, les orteils à environ cinquante centimètres du sol.

Il ne s'attarda pas. Il prit soin de rincer la tasse sous le jet du robinet de l'évier, retenant avec les doigts le sachet de thé usagé, puis versa dessus le restant du flacon. Il récupéra mallette et diable. Il quitta les lieux, déçu.

Le suicide égale la banalité. Il n'y a rien d'excitant dans le geste. La pendaison n'est pas spectaculaire comparée à Caprona. À bannir dorénavant.

Au lieu d'une lettre explicative, Nathalie laissait derrière elle l'ébauche d'un livre de nouvelles, une thérapie par l'écriture vantée par le psychiatre ayant prouvé son efficacité, lui avait-il dit. Le trait fin était presque évanescent, la ligne descendante indiquait le renoncement à l'action, le pessimisme et la tristesse, qu'accentuait l'inachèvement des lettres de certains mots. Extériorisation du mal-être d'une personne fragilisée.

« L'examen est un passage obligé pour gravir l'échelon supérieur. Personne n'y échappe ; il commence dès l'enfance et termine des années plus tard, prophète celui qui saurait dire quand.

Il se nourrit d'angoisses, de nuits blanches, de troubles digestifs. Que celui qui n'a pas eu envie de vomir ou de foncer aux toilettes avant l'épreuve lève la main.

Il est source de larmes refoulées, de sanglots dans les paumes.

Il incarne le refus et l'acceptation, une dichotomie déchirante. Mais il est source de joie lorsque le résultat est affiché.

L'employé rêve de l'obtenir, reconnaissance de ses capacités, et multiplie stages et formations afin de gravir l'échelon supérieur, celui qui entérinera sa valeur aux yeux de ses collègues, attisera les jalousies, et augmentera de quelques centaines d'euros le salaire annuel. Sauf que la médaille a son revers : l'affectation de poste. Monter en grade n'est pas forcément un choix. Là où existe le manque à combler, la hiérarchie voit une opportunité de nomination. On connaît le travail quitté, on ne connaît pas celui trouvé. »

« Les devoirs à corriger occupent les soirées et les repos hebdomadaires. Ils évitent de penser. Ils éloignent le quotidien, ne restent que les réponses.

Les cahiers à remplir bousculent les neurones. Ils ordonnent la règle à apprendre. Ils déterminent les mots à écrire avec le stylo-plume, les chiffres et les nombres à compter, à multiplier, à diviser, à soustraire, les blancs à compléter. Ils réclament le dessin de sciences naturelles à reproduire.

Les deux rongent le temps consacré à soi, perdu dans les profondeurs de l'enseignement. »

« Dans la classe, l'instant est solennel. L'enfant écoute la consigne. Il mémorise. Il réfléchit.

Dans les magazines qui lui ont été distribués, la recherche du rouge occupe son attention. Lorsqu'il trouve, il arrache la feuille ; il la pose sur la pile de feuilles qu'il a déjà arrachées sur lesquelles il découpera, plus tard, avec minutie, les pétales de fleurs qu'il aura tracés avec le feutre noir.

Il peint à la gouache couleur fuchsia des bandes de papier de largeurs irrégulières. Beaucoup. Pour les tiges, pour l'arrière-plan, pour le dessous-de-plat.

Il étale sur la table des serviettes jetables déclinant des teintes orangées. il les divise sous la forme de rectangle de différentes dimensions qui serviront à séparer le tableau qu'il s'applique à concevoir en deux espaces distincts. Dans la partie haute, le côté floral, un bouquet, celui des idées nobles ; dans la partie basse, le plat, les oranges, celui de la vilenie. Le vase sera le lien entre les deux, il l'a imaginé brisé sous la colère, des pétales s'envolant sous le choc, mourant sur les oranges qui n'auront pas roulé très loin, juste à côté du plat, déséquilibrées par la violence du geste.

La main assemble le vermillon, le carmin, les tonalités de rouge, de façon aléatoire. Il colle, décolle, recommence. Il contemple l'œuvre, s'empare d'un pinceau et d'un tube de gouache blanc. Il écrit d'un trait malhabile au centre des fleurs le mot AMOUR, car le rouge évoque aussi l'amour universel.

Il sourit, l'œil pétillant de joie. Il a terminé la Nature Morte Rouge. »

Patterson aurait dû lire pour Amarande. Il était déjà loin.

À 15 heures, il entreposa les cartons du groupe dans la réserve de Nicodin. Du vin parmi les médicaments combattant l'alcoolisme, un clin d'œil moqueur qu'il apprécia. Il se frotta les tempes. Il était migraineux et digérait mal la saucisse de Morteau aux lentilles avalée dans une brasserie du centre. Il acheta du paracétamol à 500 mg, avala deux comprimés avec le verre d'eau apporté par l'ami et quitta l'établissement. Trop tôt pour rentrer chez Vanier, il décida de revoir Malbuisson et le lac de Saint Point situé à quinze kilomètres de Pontarlier.

Un ciel azuréen rendait l'eau du lac plus bleue que dans son souvenir. Des juillettistes avaient envahi le parking avec leurs véhicules aux plaques minéralogiques étrangères et s'étaient agglutinés sous les parasols du snack. Fuyant la chaleur étouffante de l'après-midi, il entra.

Les pales d'un ventilateur brassaient l'air, offrant une relative fraîcheur à chaque rotation. L'odeur désagréable avait disparu. Il commanda une Badoit rouge et non verte au serveur débordé par l'afflux de clients. Le verre qu'il amena avec la bouteille avait des traces de gouttes d'eau. L'essuyage méticuleux n'était plus d'actualité. Il dévissa le bouchon de cette boisson davantage pétillante qui faciliterait sa digestion, du moins l'espérait-il. Il tua le temps à imaginer la mort de ces personnes souriantes, heureuses de vivre l'instant présent sans savoir qu'il était peut-être le dernier, sans savoir qu'il détenait le pouvoir d'arrêter la vie. Il ferma les paupières. Des images naissaient, aussi sanglantes que les tableaux vus dans la galerie de Vuilleminin ; il s'en délecta. La sonnerie de son Samsung Galaxy 20 rompit le charme. 16 heures 45. Il décrocha. Nicodin l'informait du suicide de Nathalie. Bernard, soucieux de sa livraison, avait terminé plus tôt que prévu. Il l'avait trouvée pendue dans leur chambre. Les gendarmes l'avaient déjà interrogé ; il voulait l'avertir puisqu'il l'avait vue dans la matinée. Il confirma la livraison et l'état dépressif ressenti. Il la décrivit et s'excusa de n'avoir pu rester auprès d'elle, il aurait pu empêcher l'acte. Nicodin le déculpabilisa par une évidence prononcée d'une voix ferme : soulagement pour elle qui avait fini de souffrir, la souffrance morale étant aussi puissante que celle physique selon lui, et soulagement pour lui qu'elle aurait entraîné dans sa chute. Parfois, ajouta le pharmacien, c'est le parent proche qui se suicide et non l'inverse, poussé à bout par le dépressif. Il raccrocha sur ces paroles rassurantes ; grâce à lui, un drame avait été évité ; il n'aurait pas supporté que Vogel meure après l'avoir vue, elle. Le cercle des hommes formait un bloc indestructible autour de Vogel. Il paya sa consommation. Il serait chez Vanier pour le souper.

Le couple Franclint avait hérité du dossier Vernier. Après avoir entendu le mari, le lieutenant de gendarmerie Benjamin et son épouse le brigadier Marianne listèrent les potentiels suspects. Ils partirent interroger Michel Boissot. Ils connaissaient la réputation de l'homme au franc-parler et décidèrent que Marianne mènerait l'entretien, le bégaiement du mari étant un atout précieux dans leur manche qui déstabiliserait le charcutier si son attitude était récalcitrante, ce qui ne manqua pas de se produire. Il sortit de ses gonds quand ils lui demandèrent à justifier son arrivée à la charcuterie, ce qui ne plaida pas en sa faveur. Il accusa la journaliste d'avoir questionné les parents d'élèves à la sortie de l'école – il l'avait vue à l'œuvre – tous des pleutres qui râlaient entre eux alors que, lui, il avait osé manifester son mécontentement, preuve visible durant plusieurs jours, se gaussa-t-il, mais il n'y avait pas lieu à lui chercher des noises pour une simple gifle. La dépression de l'institutrice était connue par les habitants du quartier, et celle-ci n'avait pas porté plainte ce qui accréditait la responsabilité de la dame dans cette affaire. Les deux gendarmes convinrent qu'il avait raison, aucune plainte n'avait été enregistrée à son encontre, pas même une main courante dénonçant la violence du geste. Ils se résignèrent à vérifier les dires de Boissot chez la boulangère, la boutique d'à côté. Cette dernière attesta la présence de son voisin depuis l'ouverture 7 heures 30 ; il achetait chez elle sa baguette de pain chaque matin et leurs clients étaient souvent les mêmes, ils n'avaient qu'à attendre et les questionner, cela ne la dérangeait pas.

L'alibi de Boissot était solide. Il n'était pas chez Vernier, ni aux alentours, sa camionnette au logo « une tête de cochon entourée de saucisses » aurait vite été repérée dans le voisinage. L'appel provenant de la morgue stoppa les interrogatoires pour la soirée. Le médecin légiste déclara la présence de Citalopram et de Nitrazépam dans l'organisme du cadavre, des lésions cérébrales, et une compression de la carotide due au nœud sur le côté. La thèse d'un meurtre s'éloignait au profit de celle d'un suicide ; 95 % des dépressifs se suicidaient d'après les statistiques.

*

Le lendemain, à 9 heures, ils étaient devant le comptoir du pharmacien qui confirma la délivrance des antidépresseurs, et concernant les somnifères, Madame Vernier avait pu se les procurer ailleurs, dans une autre ville, à l'insu de son mari ou de son généraliste attitré. La conversation téléphonique avec le médecin corrobora celle de Nicodin, il n'avait prescrit que du Seropram à sa patiente. Ne restait sur la liste que le livreur de cartons à contacter.

10 heures 08. Patterson pénétra dans la bibliothèque. Il se rua sur le présentoir des journaux avant que l'Est Républicain fût dérobé. Serrant sous son bras le quotidien, il engagea une pièce de deux euros dans la fente du distributeur, récupéra la monnaie et le gobelet de café, et chercha un fauteuil disponible. Le bras levé indiquait une place vacante.

Le boudin Davals, j'aurais pu y songer.

— Vous avez de la chance, je l'ai lu. Vous buvez quoi ?

— Café.

— Je vous accompagne.

Imposante démarche de l'Alsacienne célibataire affublée d'une robe volante couleur saumon qui s'arrêtait à mi-cuisses et dévoilait la cellulite de l'obèse.

Le boudin n'a pas maigri.

Il cessa de la regarder et se plongea dans le journal, plissant les yeux derrière ses lunettes de myope.

Davals l'apostropha au retour.

— Buvez tant que c'est chaud. Faut toujours vous le dire, à vous, c'est comme au salon.

Patterson s'exécuta.

— Ah la bonne heure ! c'est comme si nous trinquions à l'apéritif ! Vous avez fini de lire ?

— Je commence.

— Perdez pas votre temps, les journaleux ne racontent que des bêtises et les gens les gobent, ces imbéciles. Et la Bornia, celle-là, elle s'y connaît pour tromper son monde. Après l'usine et la grève à l'école, qu'est-ce qu'elle va nous dégoter maintenant ?

— Un meurtre ? un suicide ?

— Pas lu, mais s'il y en a un dans la ville, elle se jettera dessus au lieu de songer à partir en vacances.

— Est-ce que vous partirez cet été, Madame Davals ?

Il alimentait la conversation tournant les pages.

— Les vacances sont pour les riches. Je ferme la loge tout le mois de juillet et je m'évade avec les livres, c'est moins cher. J'ai pris un exemplaire d'un auteur de nouvelles. J'aime bien, c'est court, je peux rêvasser. Je vous lis la troisième, le titre est « J'ai chaud », comme aujourd'hui, c'est approprié. « Assise sur ma serviette de plage identique à celle que j'emportais enfant, les fesses sur le dos du dauphin aux reflets gris bleuté, je contemple l'horizon. Je discerne à peine le voilier tellement il est loin. J'imagine que je suis à bord de l'esquif ; j'écoute le clapotis des vagues contre la coque ; je me penche pour toucher l'écume blanche et les embruns mouillent mon visage, alors j'en goûte le sel. Je vogue, bercée par le roulis, vers des terres inconnues, celles où je désire me rendre lors de mes prochaines vacances. Cet endroit idyllique sera un pays où il fera chaud toute l'année – j'ai toujours aimé la chaleur, je n'aime pas le froid – où les gens s'habilleront avec des vêtements colorés et des tenues légères, un feu d'artifice dans les rues qui éloignera la déprime, reculant sous cet élan de gaieté. En attendant ce jour béni, j'enfonce mes orteils dans le sable. Je le sens rouler sous la plante de mes pieds. Il est tiède à la surface et frais en profondeur. Bientôt, il sera brûlant lorsque le soleil sera à son zénith. J'ai chaud. Je m'étends. Je m'amuse à trouver des formes dans les cumulus jaune orangé qui s'étirent dans le ciel. Mes lunettes de soleil ont changé les teintes du paysage ; c'est peut-être à cause d'elle que j'ai perdu de vue mon voilier tout à l'heure. J'aperçois le corps d'un dragon, puis celui de Pégase qui se termine en tête de licorne. À ce rythme, toute la mythologie de mon enfance va se métamorphoser sous mes yeux, et j'ai encore plus chaud depuis que je fixe les nues. Je transpire. Les rayons solaires lèchent ma peau hâlée ce qui contribue à une abondance de sudation ; mes pores sont épanouis comme les fleurs au printemps. Je ruisselle maintenant, allongée sur le dos. Je me lève. Je tâte la fraîcheur de la Méditerranée avec ma main. Elle me convient. Alors, je marche dans l'eau jusqu'à ce que le sol se dérobe sous moi. Je nage lentement au début, lançant mes bras à l'assaut des vagues ; j'accélère, synchronisation parfaite de mes membres. Je m'éloigne. L'eau m'emporte ; je me laisse guider. J'ai chaud et la mer me rafraîchit. Je sens que ma chevelure est mouillée ; elle séchera lorsque je m'étendrai de nouveau sur la serviette. C'est tellement agréable de nager par cette chaleur que je m'éloigne encore. Lorsque je me retourne, la plage n'est plus qu'une ligne, un horizon beige. Je commence à fatiguer. Une méchante crampe m'attaque le mollet droit. Je lutte contre cet ennemi invisible. Je me débats. Je bois la tasse. Je tousse. Je me débats et je m'enfonce. Une voix insidieuse m'intime de glisser vers les abysses, de cesser la lutte, de revenir à l'état primaire. Un état larvaire ballottant parmi la multitude d'êtres qui nagent autour de lui dans une totale indifférence. Un imbécile a raconté qu'une personne en train de se noyer voit défiler tous les épisodes de sa vie à ce moment-là ; moi, je ne vois rien, la profondeur abyssale est noire. C'est à croire que tous les poulpes et toutes les seiches se sont donné rendez-vous pour cracher leur jet d'encre. Des algues s'invitent dans la danse macabre. Elles s'enroulent autour de mes jambes et me tirent vers le fond. Je me débats ; et plus je me débats, plus je tombe comme une pierre. Et je la sens, cette pierre sous mes pieds. Je la frappe de toutes mes forces, car je veux atteindre ce faisceau lumineux salvateur, ce phare dans cette nuit qui m'entoure, et je hurle de douleur. Je me suis cognée au montant du lit. Je suis entortillée dans le drap. Mon oreiller est trempé de sueur, mes cheveux aussi. Ma peau est moite. Un rayon de soleil affleure mon visage. Merde ! J'ai vraiment trop chaud dans cette chambre ! C'est décidé, cette après-midi j'achète un climatiseur mobile. » Vous avez entendu la chute, on ne s'y attend pas.

— Oui. Il leva les yeux du journal, il n'avait pas écouté.

— Je vous lis la suivante, elle parle de l'été. Moi, j'aime bien quand le texte parle de mer, de plage, de bateaux. Je commence, il n'y a pas de titre. « Ah, les espadrilles… Elles évoquent les parfums du grand large, les embruns du matin tempétueux, les grains de sable collés aux semelles. La valise est ouverte sur le lit aux draps impeccablement tirés – nul n'a couché ici depuis quinze jours. La mère hésite, tend une main qui s'immobilise ; le geste s'est perdu dans les souvenirs. Maman ! Quand est-ce qu'on mange ! L'appel a rompu le charme. L'adolescent a faim, elle le tenaille. Il a hâte d'être sustenté ; le paquet de chips grignotées dans la voiture ne suffit plus à calmer les gargouillements, la panse réclame. Maman ! La voix répète le cri d'alarme. La mère tente de l'ignorer, mais elle sait qu'elle ne pourra pas feindre longtemps l'ignorance avant que la chair de sa chair ne pénètre dans la pièce. Elle contemple une dernière fois la serviette de plage aux motifs de coquillages avant de la ranger dans l'armoire. Elle ressent encore sur sa peau couleur caramel la chaleur des rayons solaires. Elle s'attarde… elle n'a pas vu entrer sa progéniture. Oh, qu'est-ce que tu fous ? La question cingle la rêverie, et comme disait Victor Hugo : « la rêverie est la vapeur de la pensée » ; elle sonne comme un rappel à l'ordre que la mère refuse, désirant être là-bas, étendue sur la plage, en train de faire pénétrer dans son épiderme la crème protection UV indice 3, être là-bas encore quelques minutes, quelques secondes, mais l'instant présent a le visage de l'ado qui s'impatiente, planté droit comme un piquet, juste devant elle. Dure réalité. Je viens. La réponse est laconique. Les deux mots, à eux seuls, résument la situation. La mère se penche sur le tapis sur lequel elle a posé les espadrilles. Ah, les espadrilles… La mère les attrape. Elles sont usées jusqu'à la corde ; la toile montre, elle aussi, des signes d'usure avec ces multiples trous où la lumière passe à travers. Elle les tient éloigner de son corps par crainte de salir le chemisier qu'elle a acheté avant de partir, et rejoint son fils dans la cuisine. Le fils a déjà ouvert les placards, il a sorti de quoi cuisiner. Sur le plan de travail s'alignent les tomates trop mûres et le poivron flétri qu'ils ont ramenés avec les bagages. Le couteau coupe, le couteau égraine. Les doigts lancent les tranches dans le saladier transparent, mixité du vert et du rouge à l'italienne. Et la mère sourit, nostalgique, puis comprend qu'elle a toujours les espadrilles dans sa main droite. Alors, elle appuie sur la pédale de la poubelle en inox proche du fils, et jette les chaussures éculées. Les vacances sont bel et bien finies. L'année prochaine, elle achètera une nouvelle paire. Elle imagine le choix qui s'offrira à elle dans le rayon, des couleurs flamboyantes, des imprimés audacieux. Sa pensée vagabonde, quitte le présent, vogue vers le futur. Ah, les espadrilles… synonyme d'été. » Vous avez remarqué, j'ai accentué la ponctuation, c'est plus vivant.

— Oui. *On t'a entendu jusqu'au centre-ville, le boudin, à force de gueuler. L'employé à l'accueil a dû se marrer.*

— Ça donne soif de lire à haute voix. Je retourne au distributeur, je vous prends quelque chose ?

— Non merci.

— Vous avez tort, faut boire quand il fait chaud. J'y vais.

La bibliothèque est climatisée, le boudin.

Il perçut le bruit caractéristique de la canette tombant dans le réceptacle. La sonnerie du téléphone portable le sauva d'une énième lecture.

— Vous partez déjà ?

— Une urgence.

— Dans le vin ?

— Oui.

— Ce sont vos oignons, mais vous auriez pu refuser.

Non, je ne pense pas.

11 heures 45. Patterson quitta la gendarmerie le cœur léger. Les deux gendarmes avaient évoqué la responsabilité des médias dans le suicide de Vernier lorsqu'ils croyaient être seuls dans leur bureau alors qu'il s'attardait devant le tableau d'affichage des personnes disparues ; le patronyme Pilleton n'y figurait pas. La facilité de ses crimes maquillés en suicide

étant d'une exécution enfantine, il éprouva le besoin d'exercer ses talents autrement. Un challenge aussi jouissif que celui de Caprona.

La journaliste Bornia. Objectif n° 1 : l'adresse de l'Est Républicain. Objectif n° 2 : suivre la cible. Objectif n° 3 : improvisation.

Il entra dans une papeterie, acheta le quotidien qu'il avait déjà lu, et entra dans un bar. Il commanda un sandwich jambon beurre avec une eau minérale et un café – le plat de la veille avait accéléré son péristaltisme intestinal, selles diarrhéiques au lever dont il se souviendrait longtemps. Il déplia le journal. Les articles signés ne correspondaient pas à la cible. Dépité, il interrogea le patron.

— Bornia ! bien sûr que je la connais, le journal est à deux rues d'ici, répondit dit-il, déposant la commande sur la table. C'est une pigiste. Le rédacteur en chef lui confie les brèves. Elle a couvert la grève de l'usine et celle des enseignants pensant récolter les louanges des lecteurs et elle n'a eu que des reproches sur les réseaux sociaux. Son patron a été emmerdé à l'époque, mauvaise presse comme on dit. Depuis, il ne lui donne que des sujets banals. Elle a fait un saut ce matin ; elle doit écrire sur la circulation routière pendant la période estivale d'après ce que j'ai compris.

— Pensez-vous qu'elle sera au journal aujourd'hui ?

— Elle travaille avec son ordinateur portable. Elle peut être n'importe où, mais elle m'a parlé de Saint Point, à cause des touristes. Elle voulait se renseigner sur les nationalités qui séjournent dans la région ou la traversent.

— Je vous dois combien ?

— 9,50 €.

Il tendit un billet de dix euros.

— Gardez la monnaie. *Un tel renseignement à cinquante centimes, ce n'est pas cher payé.*

Pendant ce temps, Évelyne Bornia malmenait le clavier à Malbuisson. Elle maudissait la rédaction qui ne l'avait pas soutenue face aux attaques des internautes, cette polémique qui l'obligeait à s'isoler pour s'épargner les quolibets des collègues répétant à l'envi qu'elle n'avait pas tenu compte de leurs avertissements. Elle but une gorgée de Coca-Cola et poursuivit. « *Il y a belle lurette que les autostoppeurs et les autostoppeuses ne fréquentent plus nos routes avec leurs sacs à dos gonflés comme des baudruches. L'hiver, les automobilistes croisaient ces êtres encapuchonnés bravant le froid, la pluie et le vent. Ils frappaient avec leurs souliers la terre gelée et frottaient leurs mains à l'intérieur des poches. L'été leur était favorable. Conducteurs et conductrices avaient la joie dans le cœur, la gaieté flottait au-dessus du bitume, la peau cuivrée des uns répondait au hâle des autres. Ils accueillaient l'intrus le sourire aux lèvres. Une conversation animée évoquait les projets dans l'habitacle, la fumée des cigarettes s'évacuait par les vitres baissées. Ils riaient pour un rien, ils plaisantaient sans penser à mal dire. De nos jours, on covoiture à tour de rôle, la gratuité est morte. Parfois, il nous arrive de croiser l'un d'eux à l'entrée d'un péage, le pouce levé, signe d'un temps révolu. L'autoroute est la garantie d'arriver à l'horaire prévu si on omet l'impondérable accident de parcours : le bouchon. Aucune exaltation à le faire sauter, celui-ci. Il nous nargue, nous obligeant à rouler en seconde. L'approche des travaux a ralenti la vitesse et occasionne sa naissance et, tel un nouveau-né, il aspire à grandir et se nourrit du nombre de véhicules s'agglutinant petit à petit. Il adore les fins de semaine, les départs et les retours de vacances. C'est lui qui mène la danse, impose la cadence, à l'heure qui nous avait semblé propice.* »

Opportun fut l'instant où Patterson stationna. Il reconnut la silhouette mince venant vers lui, une sacoche noire à l'épaule. Il l'aborda avant qu'elle n'ouvrît la portière.

— Madame Bornia ?

— Oui.

— Je vous annonce le suicide d'une amie, Madame Vernier, l'institutrice traitée avec mépris dans votre article. Je l'ai appris hier soir.

— Je n'ai fait que mon travail de journaliste. Je ne suis pas responsable des conséquences, la cause est ailleurs.

— Comme pour l'usine.

— La discussion est close.

Elle actionna le bip d'ouverture, s'installa au volant, verrouilla et démarra. Il la regarda s'éloigner. Elle tourna à gauche à la sortie du parking. Il mit en route le moteur de la Citroën.

D 437.

Bornia sentit la menace derrière elle. Elle accéléra et bifurqua sur la D 9, certaine de semer le véhicule qui la suivait depuis son départ. Dix-sept kilomètres de route sinueuse avant d'atteindre la D 47. Elle avait les mains moites agrippées au volant. Il se rapprochait. Elle accéléra encore. Dans la côte de Bonneveaux, le véhicule était dans ses roues. Elle ne voulut pas ralentir malgré l'absence de barrière de sécurité. Dans un virage, elle perdit le contrôle de sa voiture. La Citroën profita de son écart de conduite et la percuta. La voiture bascula trois mètres plus bas, une hauteur suffisante pour atterrir sur le toit après plusieurs tonneaux.

Il s'arrêta sur le bas-côté, descendit, constata les dégâts occasionnés par le choc, ramassa les débris du phare cassé, et repositionna le pare-chocs.

Il fit demi-tour sur la chaussée et prit la direction de Mouthe pour rejoindre l'autoroute vers Reims.

C'était amusant.

22 heures. Trop tard pour avertir Vuilleminin. Une nuit à l'hôtel Ibis Budget et, demain matin, je me rends chez un concessionnaire qui remplacera le phare. Ne pas oublier de prendre des nouvelles chez Nicodin et l'après-midi, j'irai chez mon ami Jacques lui apporter les cartons de Vanier avant de rentrer.

22 heures 45. Patterson ronflait, nu sous les draps.

*

À 9 heures, le phare était remplacé et les fixations neuves avaient permis de redresser le pare-chocs. La facture à payer frustra le conducteur, un amusement onéreux pour le plaisir éprouvé. Les réparations ayant été effectuées plus vite que ses prévisions, il programma le GPS : Vitry-le-François.

À 10 heures 30, il stationna devant le magasin de son ami caviste, ouvrit le hayon, souleva un carton, et entra.

— Comment va la famille ? questionna Patterson d'une voix cassée. La gorge lui piquait depuis deux jours.

— Pas fort. J'essaye de remonter le moral à Amarande.

— Ce sont les vacances d'été, elle devrait être contente. Qu'a-t-elle pour avoir le blues ? Je te ramène le deuxième carton de Vanier et tu me racontes, je n'aime pas laisser la voiture ouverte, même devant chez toi. Je rentrerai les autres après.

Il abaissa le hayon, posa le carton sur l'autre, et actionna le bip de fermeture.

— Je t'écoute avant qu'un client nous interrompe.

— Concours d'éloquence raté.

— Grosse déception, je présume. Elle s'était donnée à fond.

— Il n'y a pas que ça, son copain l'a larguée.

— Il était plus vieux qu'elle, je crois.

— Vingt-cinq ans. Elle ne m'avait rien dit, mais je me doutais qu'un garçon terminant un master, ce n'était pas un

275

jeunot. Il a rompu lorsqu'il a eu connaissance de son âge. Elle lui avait menti.

— On ne devrait jamais mentir, cela finit toujours par nous revenir dessus comme un boomerang.

— Va donc le lui faire comprendre.

— Tu veux que je la raisonne.

— Pourquoi pas, elle t'aime bien.

— Demande-lui si elle désire aller faire du shopping à Reims avec une de ses copines comme au moment des soldes.

— Je lui donnerai des sous pour les dépenses. Je monte, nous verrons bien.

Un silence bavard emplit la boutique.

— Elle ne veut pas se rendre à Reims, mais elle accepte de te parler autour d'un hand bugger. Elle descend. Nous allons ranger la commande pendant qu'elle se pomponne.

Dix minutes de va-et-vient à eux deux entre la Citroën, le magasin et la réserve.

— Tu n'as pas l'air en forme aujourd'hui, je te sers un verre.

— De l'eau. J'ai la gorge qui me brûle depuis le salon. La climatisation est toujours trop basse dans ces endroits et quand tu sors, tu transpires.

— Les vieux appelaient ton mal « un chaud et froid. » Robinet, pétillante, minérale ?

— Robinet et j'avale un Doliprane.

Jacques posa le verre sur le comptoir.

— Et Madame Da Silva, des nouvelles ? Il libéra le comprimé du blister, porta à ses lèvres le verre, et déglutit. Il grimaça sous la douleur.

— Au Portugal, la veinarde. Deux mois. Elle est partie comme tous les ans. C'est moi qui livre l'écrivain une fois par semaine lorsque j'ai fini la journée. Ah, j'entends Amarande dans l'escalier.

Le père nota l'amélioration vestimentaire par rapport aux jours précédents. Une tenue moins négligée.

Amarande portait une robe aux manches trois-quart, coupée dans une cotonnade à rayures jaune, orange, fuchsia, rouge, violet, vert, sur fond noir, de la marque Little Marcel brodée au niveau de la poitrine. Elle était chaussée de tennis rose affichant le logo Adidas. À l'épaule droite pendait un sac en cuir marron avec des franges dans un style far-west. Un maquillage discret embellissait son visage rougi par les pleurs récents.

— Salut, John, je suis prête, dit-elle, fuyant le regard insistant de son père.

— Je te l'enlève une heure ou deux, dit Patterson avec un clin d'œil.

— No problème, prenez tout votre temps.

Le temps, ils le prirent jusqu'à 15 heures. Cent quatre-vingts minutes à écouter les confidences d'une adolescente désemparée.

— J'avais annulé l'invitation des copines samedi après-midi pour aller au cinéma avec Hervé. Il est cinéphile, il peut te citer les réalisateurs et les comédiens rien qu'en sachant le nom du film. Il mémorise les dialogues et donne les répliques ; il frémit à l'écoute des morceaux de musique diffusés dans les haut-parleurs ; il s'immerge dans l'histoire ; quant à moi, je ne voyais que lui. J'étais intimidée, mais lorsqu'une scène érotique est apparue sur l'écran, il a pris mes lèvres et m'a embrassée. J'étais sur un petit nuage. J'avais sa langue dans ma bouche et j'avais le tournis. J'ai caressé sa cuisse puis son torse. il a pressé un de mes seins, a cherché le téton et s'est arrêté net. Je n'ai pas compris. J'ai zieuté l'écran, c'était une autre scène. Il a dû croire être l'acteur, alors j'ai attrapé sa tête pour qu'il se tourne vers moi et là, son visage avait changé, je ne l'avais jamais vu comme ça, il était froid, un iceberg. Il m'a dévisagé et m'a jeté à la figure un « non » qui m'a déstabilisée.

— Il t'a dit pourquoi je présume.

— Ben, oui, il s'est excusé, a expliqué qu'il était à « donf » dans le film, avait perdu les pédales, et qu'il ne désirait plus que nous nous fréquentions.

— Même amis ?

— Même amis, après toutes les choses que nous avions partagées. Il m'a aussi annoncé qu'il avait réussi ses examens et quittait la région. Il avait un poste dans la région parisienne.

— Il a su ton âge ?

— Oui, mais je ne sais pas par qui.

— Une règle non respectée, devient une recommandation.

— Quoi ?

— Laisse tomber.

Les serveurs se poussaient du coude derrière leurs caisses enregistreuses à épier l'étrange couple s'éternisant devant leurs gobelets vides.

— Connais-tu Baudelaire, John ?

— Au lycée, mais j'ai oublié ce qu'il a écrit.

— Je te récite un de ces poèmes tiré des Fleurs du mal, un des Spleen. Je suis dans le même état d'esprit que lui quand il l'a composé.

« Quand le ciel bas et lourd pèse comme un couvercle
Sur l'esprit gémissant en proie aux longs ennuis,
Et que l'horizon embrassant tout le cercle
Il nous verse un jour plus triste que les nuits ;
Quand la terre est changée en un cachot humide,
Où l'espérance, comme une chauve-souris,
S'en va battant les murs de son aile timide
Et se cognant la tête à des plafonds pourris ;
Quand la pluie étalant ses immenses traînées

D'une vaste prison imite les barreaux,
Et qu'un peuple muet d'infâmes araignées
Vient tendre ses filets au fond de nos cerveaux,
Des cloches tout à coup sautent avec furie
Et lancent vers le ciel un affreux hurlement
Ainsi que des esprits errants et sans patrie
Qui se mettent à geindre opiniâtrement.
Et des longs corbillards, sans tambours ni musique,
Défilent lentement dans mon âme ; l'espoir,
Vaincu, pleure, et l'Angoisse atroce, despotique,
Sur mon crâne incliné plante son drapeau noir. »

— Jeune fille sèche tes larmes et regarde autour de toi, il y a plein de beaux garçons qui te dévorent des yeux.

— Cela m'est égal, je veux mourir, me couper les veines avec une lame de rasoir.

— Avec ceux vendus dans le commerce, tu ne risques pas de te couper. Les lames sont emprisonnées dans du plastique.

— Tu as une meilleure idée.

— Regarde. Il lui montra l'écran de son Samsung. Les lames de la marque Gilette à double tranchant, moins de trois euros le paquet de 5. En revanche, je ne sais pas où les trouver.

— Chez un barbier ?

— Possible.

— Allons-y.

— Je n'ai pas de barbe, jeune fille.

— Dans une droguerie ?

— Je n'en connais pas.

— Moi, si. À Vauclerc, le village où vit ma copine Murielle, dix minutes avec la voiture. Tu m'y emmènes ? le vieux te les vendra.

— Et après, que feras-tu ?

— Je m'ouvre les veines.

— Et tu te rateras, tes veines vont se collaber si tu t'entailles la peau horizontalement. La réussite est dans le sens vertical, et l'idéal serait l'artère radiale dans un bain chaud. Tu as songé à la douleur ? Il faut du courage pour la supporter.

— Je volerai une bouteille de vin chez papa et je me saoulerai avant.

— Le geste sera moins sûr.

— Mais je n'ai pas d'autre solution.

— Quelqu'un t'aidant.

— Qui ?

— Une personne de confiance.

— Je vais réfléchir. Nous partons acheter les lames ?

— ASAP.

Patterson reprit un cachet de Doliprane chez Bernard, la migraine ne cessait point. Il abandonna Amarande à ses tergiversations.

Songera-t-elle à son ami John ?

*

Deux jours qu'il toussait. Au début, elle n'avait été qu'une gêne, une sorte de trachéite, mais la déglutition était de plus en plus douloureuse. Il avait d'abord pensé à une angine virale, sauf que le mal progressait. Madeleine avait recommandé des tisanes sucrées au miel et des pastilles de Strepsils vendues à la pharmacie de Auchan.

Les taches rouges sur les mollets avaient atteint les cuisses et une se situait au niveau du nombril. Ayant enregistré le site dans ses favoris – il le consultait régulièrement – il savait que, bientôt, elles apparaîtraient sur les bras ; il aurait des difficultés à les dissimuler sous des manches longues avec la température qui grimpait de jour en jour. Aujourd'hui, il portait des chemisettes, mais demain…

« *Toute maladie est une confession par le corps* » *De Lubicz Milosz. Je connais celle qui ne sait pas confesser.*

Il toussa, ferma le livre de citations qu'il feuilletait pendant que Madeleine préparait Minette pour la consultation du vétérinaire.

— Êtes-vous sûr d'être en état de conduire, mon petit John ? Je peux prendre un taxi. Ce midi, vous avez picoré. Ce soir, ce sera soupe, demain, purée et jambon mouliné, comme pour les enfants.

— Oui, Madeleine.

— Vous voilà raisonnable.

— Je vous accompagne et pendant que vous serez à la clinique, j'irai acheter vos pastilles à la pharmacie, c'est à côté.

— Très bien, mon petit John, mais je garde un œil sur vous.

— ASAP, Madeleine.

À peine était-il rentré que Jacques le joignait sur son téléphone portable. Amarande avait été emportée au Centre Hospitalier de Vitry-le-François. La voix tremblait d'émotion, refoulant les sanglots.

— J'attends que le psychiatre ait terminé avec elle. Elle te réclame. Pourrais-tu venir ?

— Demain. Le temps de me préparer plus le parcours, les visites ne seront plus autorisées.

— Tu as raison, je ne sais plus ce que je dis. Je suis déboussolé. Je ne réfléchis plus. Quel malheur. Elle devait sortir avec ses copines. Elle voulait se laver les cheveux avant, être belle.

— Elle est sauve.

— Tu n'as pas vu. Toute cette eau rouge, froide, les gouttes de sang sur le tapis de bain. Elle avait dû prendre appui sur le rebord de la baignoire pour se taillader les veines, son bras pendait. Il y avait une bouteille de whisky entamée par terre avec la lame. Son portable sonnait dans sa chambre. Je l'entendais d'en bas. Elle ne répondait pas. Je suis monté et je l'ai cherchée. Je l'ai trouvée. Comment oublier ces images ?

— Elles s'effaceront.

— Demeurera l'angoisse qu'elle recommence.

— Elle aura un suivi médical.

— Oui, c'est ce que m'a précisé l'interne des urgences. À quelle heure seras-tu là ?

— À quelle heure, les visites ?

— 14 heures, je pense.

— Alors, à demain, Jacques, reste auprès d'elle.

— Tu as raison. J'y vais. À demain.

Pourquoi n'a-t-elle pas réclamé mon aide ? Cette idiote n'a pas écouté mes recommandations ; j'aurais dû les formuler différemment.

*

13 heures. Centre Hospitalier de Vitry-le-François. Chambre 302. Service de médecine.

— Pourquoi avoir tenté de te suicider chez toi ? questionna Patterson. Ton suicide s'apparente à un appel à l'aide et non pas à une décision mûrement réfléchie. Il toussa et s'essuya les lèvres avec un mouchoir jetable sorti de la poche de son pantalon. C'était évident que ton père te trouverait et te sauverait.

— Mais, John

— Tu n'as pas retenu mes conseils. Je t'avais pourtant prévenue que la douleur serait intense, qu'il ne faudrait pas craquer ou sinon demander à quelqu'un de t'aider à poursuivre ton vœu.

— Mais qui ?

— Moi. Je t'aurais aidée.

— Toi ?

— Oui. Moi.

— Et comment ?

— Nous serions allés dans un endroit peu fréquenté.

— Le bois où coule Isson, il se situe à quarante minutes de marche de la maison, la rivière est un affluent de la Marne.

— Par exemple.

— Et après ?

— Tu te serais adossée à un tronc, tu aurais sorti la lame de son emballage et tu aurais bu ton whisky, enfin, un alcool de ton choix pour te détendre. J'aurais été à côté de toi, te tenant la main.

— Sûr ? tu ne serais pas parti.

— Non. Je n'ai qu'une parole. Si ton destin est de mourir, le mien est de t'accompagner. *Comme pour Durieux, Pilleton et les autres.* Parler déclencha la toux.

— Et après ?

— Tu aurais tranché la veine dans le bon sens et non l'inverse. Je te l'avais pourtant précisé : pas dans le sens horizontal.

— C'était trop dur.

— J'aurais guidé ta main.

— Mais j'avais mal, alors j'ai arrêté. J'ai cru que le whisky et le bras dans l'eau suffiraient.

— Non, cela ne suffit jamais, la preuve, tu es vivante dans ce lit d'hôpital avec les poignets bandés à te chercher des excuses. Tu veux mourir, oui ou non ?

— Oui, dit-elle, résolue. Elle vivait le scénario ; il paraissait si simple dans la voix de son ami.

— Je continue. Dès que j'aurais senti que tu flanchais, j'aurais utilisé mon couteau.

— Lequel ?

— Celui-ci. Il sortit le couteau à cran d'arrêt de la mallette et déplia la lame.

— Il est beau.

— Il l'est.

— Tu t'en serais servi alors ?

— J'aurais implémenté avec.

— Explique-moi.

— La lame affûtée aurait atteint l'artère radiale, aurait remonté vers le pli du coude en quelques secondes, et le sang aurait giclé, provoquant une mort rapide.

— Je n'aurais pas souffert, alors.

— Si peu.

— J'aurais dû te téléphoner.

— Non.

— Pourquoi ?

— Naïve jeune fille, il y aurait eu une trace. La première chose que les policiers auraient faite aurait été la consultation de tes appels.

— C'est vrai. Comment te contacter, alors ?

— Ne sois pas si pressée, jeune fille. Tu dois d'abord rentrer chez toi, obéir docilement aux médecins, et je viendrai te voir. Je me tiendrai au courant de l'évolution en appelant ton père. Nous aurons tout le mois d'août, ma période de congés. Il toussa de nouveau.

— Tu es un véritable ami. Toi seul me comprends.

— Heureux de l'entendre. Te voilà raisonnable. La toux l'empêcha de continuer, il rangea le couteau et alla boire au robinet de la salle d'eau.

— Malade ?

— Une angine virale, je crois. C'est de saison.

— De la fièvre ?

— Je n'ai pas vérifié.

— Soigne-toi, John, je compte sur toi à présent. tu es responsable de moi.

— Je ne t'abandonnerai pas. Tel que tu me vois, je suis déjà en mode projet. Le hasard n'a pas sa place.

— Lequel ?

— Repérage du côté de ta rivière Isson. J'ai déjà mémorisé le nom. Planifier une mort est un art, cela ne s'invente pas, Amarande. Il toussa de nouveau.

— J'ai confiance en toi.

Deux coups à la porte 302. Le père entra.

— Tu m'as devancé, John. comment va ma fille adorée ?

— Mieux, merci papa. J'ai discuté avec John de ses vacances pendant le mois d'août.

— Tu pars où ?

— Dans le Beaujolais. J'expérimente la vente des grands crus : Chenas, Moulin à Vent, Morgon. Convaincre ces propriétaires de domaine à signer un contrat collaboratif. Il s'épongea le front.

— Si tu leur passes la pommade, ils fléchiront.

— Peut-être. Je me retire, Amarande, je ne me sens pas très bien et j'ai de la route jusqu'à Chichée.

— Déjà ?

— Il tousse beaucoup, papa.

— Soigne-toi. Depuis le covid, on craint le pire.

— Je lui ai dit de prendre soin de lui.

— Je reconnais ma fille et son empathie. Tu vas mieux, je suis heureux.

— Mais oui, papa. À bientôt, John.

— À bientôt vous deux. Je vous téléphonerai ASAP.

Le père et la fille l'entendirent tousser dans le couloir.

— Il avait l'air crevé, dit Jacques.

— Il l'est. Je lui ai demandé s'il avait de la fièvre. Il ne savait pas.

— J'ai remarqué que ses pupilles brillaient, et il s'épongeait le front régulièrement.

— Oui. *Reste avec moi, John.*

— Raconte-moi depuis hier.

De retour à Chichée, il refusa l'invitation à souper de Madeleine. Inquiète, elle lui apporta une casserole de soupe.

— Vous n'aurez qu'à la réchauffer, mon petit John. Reposez-vous. Mangez des fruits, ils sont pleins de vitamines. Vous avez des fruits ?

— Oui, Madeleine, merci.

— Si vous avez besoin de quoi que ce soit, vous téléphonez et j'accours.

— Ça ira.

Madeleine ferma doucement la porte d'entrée. Le portillon grinça.

Il était faible. La toux perturbait son sommeil. Arriverait-il à exécuter ce que sa destinée lui quémandait ? Cette liste de Schindler au hasard des rencontres dont il ne comprenait le sens qu'aux derniers instants ? sa croisade n'était pas un fin, mais un renouveau.

Il devait liquider les stocks avant les vendanges. Il sut que la fatigue l'empêcherait d'accomplir sa tâche s'il honorait les rendez-vous. Il serait épuisé avant la fin du mois. Il ouvrit sa messagerie. Agenda sur les genoux, il envoya en CCI l'annulation de ses interventions pour cause de maladie sans préciser laquelle, les clients comprendraient et préféreraient le savoir loin d'eux avec ses miasmes, appréhendant une contamination.

Demain, j'avertirai Madeleine. Je lui dirai que j'ai avancé la date de mon départ, elle sera soulagée que je me reposasse enfin. Je réserverai une chambre d'hôtes ou un hôtel au fur et à mesure de l'avancée de mon voyage. Avec les vins de Vanier vendus, je peux me permettre cette dépense. Au pire, une nuit dans la voiture ne me tuera pas, je récupérerai le soir. Si j'arrondis à 60 euros le gîte pendant quatorze jours, dormir coûtera 840 euros ; si j'ajoute les repas avec une moyenne de 50 euros, l'essence et le péage, je ne dépasse pas le budget prévisionnel de 2000 euros, la somme de Durieux à l'époque. Les vins ne seront pas à prévoir puisque je compte les obtenir gracieusement.

La toux subite le plia en deux sur le canapé. Il tâta son front. Il était chaud.

Amarande a peut-être raison. J'ai l'air fiévreux.

Il se dirigea vers la salle de bains et ramena le thermomètre digital. Au passage, il alluma le gaz sous la casserole. Il n'avait pas faim. Il se forcerait.

38°2. Mauvais présage. Deux comprimés de Doliprane au cours du repas, une douche fraîche et au lit.

Il était sur le point de s'endormir lorsque le Samsung Galaxy 20 émit sa sonnerie sur la table de nuit.

Elle n'a jamais été stridente. Ce doit être à cause des céphalées ; elles amplifient son timbre. Qui me dérange ? Madeleine ?

Il s'empara du téléphone et de sa paire de lunettes.

Non, c'est Gilbert.

— Qu'y a-t-il, Gilbert ? Je m'assoupissais.

— Il est à peine 21 heures.

— Je suis crevé.

— Je ne t'importunerai pas longtemps.

— Oui.

— C'est le contrôleur. Il est revenu.

D'entre les morts.

— Tu m'as dit que tu ne le voyais plus.

— Pas lui, un autre. Il a vérifié l'exploitation vendredi. J'ai demandé aux copains. Contrôlés aussi.

— Tu n'es pas réglo ?

— Si.

— Pourquoi te biles-tu, dans ce cas ?

— J'appelais pour que tu le saches si tu vois ton copain.

— OK. *Je doute de le voir sur terre ; il croupit dans le Tartare.*

— Je te laisse dormir. Tu passes quand tu veux.

— Je pars demain. J'avance les congés. Je t'ai envoyé
un e-mail.

— Pas ouvert l'ordi ce soir. Passe de bonnes vacances.

— Merci Gilbert, à bientôt.

— Salut.

— Salut.

Lundi, parti de Chichée aux alentours de 9 heures, il arriva à Chasselas pour le repas de midi. Les restaurants affichant « complet », il jeta son dévolu sur Saint Amour Bellevue où une auberge assurait le service de 12 heures à 14 heures avec plat du jour, glace et café, moyennant 16 euros.

Sitôt le repas englouti, il poursuivit son périple tant que le Paracétamol maintenait sa température entre 37°7 et 38°2 – il avait pris le thermomètre pour la surveiller.

En trois heures, il avait visité les caves de Juliénas, Chenas, Fleurie, Chiroubles, Régnié, Durette, et Beaujeu. Il avait ciblé celles découvertes au mois de février. Il avait récolté un carton de leurs meilleurs vins dans chacune d'entre elles et signé des contrats, sa vendange était fructueuse. Les dieux l'accompagnaient et le guidaient.

À 18 heures, il réserva une chambre dans un établissement proposant un SPA et des prestations haut de gamme selon ses critères, à savoir, parking privé, petit-déjeuner continental à volonté, bagagerie, nettoyage des vêtements, piano-bar. C'était la première fois qu'il s'offrait un Quatre-Étoiles. Lorsqu'il ouvrit la porte de sa chambre, il eut l'agréable surprise de découvrir un plateau posé sur une commode avec bouilloire, tasses, cuillères, sachets de sucre en poudre dans un ramequin, et divers sachets de thé, tisanes, chocolat et café en poudre dans une assiette.

Ici, je me reposerai et j'irai mieux dans quelques jours.
Divers prospectus étaient posés sur une table.

Je les consulterai après souper et j'élaborerai un programme.

*

Mardi, il se leva épuisé. Il avait toussé une bonne partie de la nuit. Les bronches étaient douloureuses, il brûlait de l'intérieur, feu de paille dans une grange que rien ne semblait freiner. Il renonça à conduire, acheta un sandwich et une boisson dans une boulangerie, et passa sa journée à la bibliothèque.

Sur le retour, il trouva une pharmacie. Il se procura une boîte de Nurofenflash 400 mg qui avait l'avantage d'être un anti-inflammatoire non stéroïdien vendu sans ordonnance, et renouvela son stock de Doliprane 500 mg.

J'alternerai les deux médicaments. Je me moque des interactions. Je réduirai ma consommation d'alcool puisque j'ai des contrats dans la mallette. Je n'ai plus besoin de goûter ce qu'on me sert à présent, l'objectif est atteint.

Le soir, il se rendit au piano-bar, dîna d'une assiette de charcuterie accompagnée d'une eau minérale.

*

Mercredi était jour de marché. L'absorption médicamenteuse l'avait revigoré. Il déambula dans Beaujeu, croisa les adolescents gothiques reconnaissables entre mille avec leurs accoutrements noirs au milieu d'une foule colorée. Il s'amusa à les suivre jusqu'à ce que le jeune homme se retourne, arrête le groupe en le désignant de l'index. Franck revint sur ses pas et l'aborda avec un ton menaçant.

— Mec, tu nous suis. Qu'est-ce que tu nous veux ?

— À vous rien, aux marchands beaucoup. Je cherche la place où se trouve le marché ce matin.

— Tout droit, précisa Lucile. Tout le groupe l'entourait maintenant.

— J'étais donc dans le droit chemin.

— Il a de l'humour, le Monsieur, s'inclina Franck. À moins que tu te foutes de nos gueules.

— Loin de moi l'idée de vous offenser.

— Dégage ! s'énerva Franck.

— Calme-toi, frangin, dit Pauline, la main posée sur l'épaule du frère. Il va penser que nous sommes des voyous.

— Elle a raison, ta sœur, Franck. Il ne nous suivait pas, il avait seulement pris la même direction que nous, c'est tout.

— Exactly. ASAP.

— C'est bon, je suis calme. Partons.

D'un seul bloc, ils se dirigèrent vers le marché.

Patterson avançait à distance respectable derrière eux pour ne pas froisser le jeune homme ayant le comportement d'un coq dans son poulailler. Chez un revendeur, il acheta des pêches et des abricots en pensant à Madeleine, et chez un autre, des amandes, source de magnésium.

Fatigué par cette promenade matinale, il poussa la porte d'un restaurant, s'attabla et commanda un filet de merlu au beurre blanc avec des haricots verts, plus un verre de Cabernet d'Anjou rosé, entorse au régime qu'il s'imposait.

L'après-midi, il se documenta à la bibliothèque pour la virée du lendemain.

*

Jeudi. Départ pour les appellations Brouilly et Morgon. Il descendrait ensuite jusqu'aux abords de Lyon : Sarcey, Châtillon, Saint Jean des Vignes, Chazay d'Azergues. Vingt-sept kilomètres de trajet à parcourir. Trente minutes de voiture. Un pic douloureux le paralysa dans la Citroën. Il ne dépassa pas Villié-Morgon.

Deux heures de sortie et repos dans la chambre. Il opta pour les offres du SPA et demeura à l'hôtel jusqu'au lendemain. Les vacances devenaient : ne pas s'agiter, lézarder, réfléchir sans perturbation extérieure, récupérer entre deux Nurofen et un Doliprane.

*

Vendredi, il avait les poumons en feu. Il combattit fièvre et toux avec la volonté chevillée au corps de lutter jusqu'à son dernier souffle. Il comprit qu'il ne rivaliserait pas avec Esperanza, elle conserverait sa place sur le podium de la guérison, indétrônable. Son état s'aggravait. Des taches rouges avaient apparu sur ses avant-bras. Il avait bloqué la chambre jusqu'à samedi, il ne prolongerait pas la réservation.

Il y a des premières fois qui ressemblent à des puits sans fond où on espère ne jamais aboutir.

Il sortit. Tel un rituel, ses pas l'acheminèrent vers la bibliothèque. S'y trouvait l'adolescente Lucile en train de siroter une boisson dans l'espace détente et de lire une bande dessinée. Il s'assit face à elle.

— Salut. Qu'est-ce que vous lisez ?

— Bonjour. Radium Girls. Des femmes qui furent atteintes de nécrose de la mâchoire, d'ostéosarcome et d'anémie après avoir utilisé de la peinture au radium pour des cadrans lumineux pendant plusieurs années.

— Où ?

— Aux États-Unis, à partir de 1917, à l'usine US Radium Corporation.

— Les médecins n'ont pas réagi ?

— Elles trouvaient amusant de se peindre les ongles, le visage, les dents, car elles étaient fluorescentes dans le noir.

292

Les procès sur la dangerosité du produit ont débuté en 1926, et certaines sont décédées avant le verdict.

— J'aurais cru que vous vous passionnerez pour des histoires de vampires, de Dracula, de cercueils et de pieux.

— C'est cliché.

— Expliquez.

— Tout tourne autour de la musique. Perso, j'aime le rock gothique, d'autres sont plus dans le wave.

— Pourtant, je vous ai entendu parlé de musique classique.

Elle haussa un sourcil.

— Au Mac Do. Intrigué, j'avais écouté votre conversation. J'avoue.

— Le piano est un cours obligatoire dans la famille. Une institution. Je vis parmi des générations de mélomane. Je ne peux pas tout imposer à mes parents, et jouer du piano m'orientera plus tard vers le synthétiseur.

— Vous ne fréquentez donc pas les boîtes de nuit.

— Je n'ai pas l'âge, la question est réglée. Nous, nous préférons plutôt le sol en terre battue et les étoiles que la boule à facette et une salle en demi-teinte, quatre musiciens sur une estrade qui se donnent à fond qu'un deejay et ses disques. Nous chantons, nous dansons, nous parlons fort pour être entendus. La musique n'a pas de frontière, mais je l'apprécie à l'extérieur, des notes libres chavirant les âmes sensibles.

— C'est un choix.

— C'est le mien, mais pas celui des parents, ajouta-t-elle. Un rire cristallin s'échappa de sa gorge. Et vous ?

— Sonates, musique apaisante.

— De la méditation.

— On pourrait l'assimiler. Il toussa et s'excusa.

— Malade ?

— Diagnostic facile.

— Une bronchite, une fatigue qui dure, le regard fiévreux. J'ai remarqué les points rouges sur les bras.

— La climatisation dans les grandes surfaces. Je vends du vin.

— Non.

— Comment, non ?

— Un ami de mon père avait vos symptômes. Il est décédé.

— Vous vous trompez.

— Vous savez que je ne me trompe pas. Vous êtes de passage dans la ville, nous bavardons, alors, inutile de mentir. Responsable ?

— Non.

— La personne sait que vous savez.

— Non.

— Pourquoi être ici ? Le mal vit dans l'âme humaine et la mort est un soulagement, elle abrège les souffrances. Qu'attendez-vous ?

— Je ne comprends pas.

— « Je ne vois que l'inconscience qui peut éviter au mourant un atroce sentiment de vanité et de désespoir. »

— Lovecraft ?

— Martin du Gard. Roger, pas Maurice. Souhaitez-vous un conseil ?

— J'écoute.

— Rentrez chez vous et assumez votre destin où vous serez tellement faible que rien de ce que vous imaginiez sera accompli. C'est ce qui s'est produit pour l'ami de mon père. Il repoussait, il repoussait, et une nuit, c'est la mort qui l'a poussé dans le trou. Il ne s'est pas relevé. Alors ?

— Je réfléchis.

— N'avez-vous rien compris ? Notre rencontre n'est pas un hasard. Nous devions avoir cette conversation. Votre voie devait croiser la mienne.

— Je pars. Il s'inclina devant Lucile. Merci.

— Nous avons besoin du déséquilibre pour tendre vers l'équilibre.

L'affirmation l'accompagna jusqu'à l'hôtel. Il téléphona à Amélie. Le lendemain, il rentrerait à Chichée.

*

Media vitæ, in morte sumus, au milieu de la vie, dans la mort, nous sommes.

Maîtrise de soi. Maîtrise de la toux.

14 heures. Patterson conduisait. Amélie, à ses côtés, contemplait le paysage à travers la vitre.

— Sais-tu où tu vas ?

— Je suis en mode projet.

— Tu nous balades dans la cambrousse.

— Aucunement, j'ai effectué plusieurs repérages avant de dénicher l'endroit idéal. Nous serons bientôt arrivés à destination. Aurais-tu aimé être vue ? Nous pouvons aller ailleurs si tu le souhaites.

— Non, ce sera parfait. J'ai confiance dans ton choix.

Amélie avait accepté ce rendez-vous champêtre, car la température de cette fin juillet était fort agréable. Elle ne doutait pas un seul instant que John avait prévu une couverture, du vin et des verres. Elle perçut le clignotant et sentit les cahots sous ses fesses sur le chemin forestier qu'avait emprunté le véhicule.

La Citroën dépassa une cabane de chasse et continua sa route jusqu'à aboutir à une construction abandonnée datant du siècle dernier, la date 1 932 gravée sur une des pierres au-dessus de l'entrée certifiée son authenticité. Sans être une ruine, l'habitation dépourvue de toit était ouverte aux quatre vents sous l'ombre protectrice d'un vieux chêne. Son sol en terre battue avait été nettoyé, un roncier envahissant avait été rabattu et les branches basses coupées récemment avec un sécateur. Amélie apprécia l'attention.

— J'ai la nette impression que le temps s'est arrêté ici, dit-elle, sous le charme de la bicoque délabrée. Cela me plaît. Ton idée m'ouvre des perspectives avec mes clients.

— Tu veux un conseil. Il étendit la couverture.

— Dis toujours, John. Tu gardes tes gants de conduite ? s'étonna-t-elle. Elle posa son sac à main.

— Affirmatif, je ne veux pas me couper, la coupure salirait ta tenue. Il déboucha la bouteille de Morgon rouge. Arrête tout.

— Pour gagner le smic, non merci. Je préfère ma situation.

— Quand nous sommes poussés à l'extrême, qui sait ce que chacun de nous est capable. Il remplit les verres.

— J'avoue que je suis accro au sexe depuis ma puberté. J'ai misé une carrière sur les ébats amoureux quels que soient le lieu et le moment, étant peu encline aux études, appliquant à la lettre les mots qui m'ont portée jusqu'à aujourd'hui : « qu'importe le flacon pourvu qu'on ait l'ivresse. » Des débuts difficiles, certes, avec ce Vladimir et ses paroles envoûtantes abusant de la naïveté de mes 22 ans, glorifiant le boulot dans ce studio minable d'HLM pourri qu'il louait trois fois rien, me signifiant qu'il m'épargnait, par cette largesse, la froidure de la rue, et m'offrait, par cette initiative, un gîte confortable. Il avait su me convaincre, mais depuis mon affranchissement grâce à l'héritage de la grand-mère et le décès prématuré des parents dans un carambolage sur l'autoroute, je revis. Je suis libre. Adieu l'appart d'Auxerre où je turbinais pour ce maquereau, cet adonis malfaisant. Mon seul regret sera la somme réclamée par ce salopard qui a amputé mes économies. Maintenant, je reçois une clientèle huppée dans mon petit coin de paradis, de l'homme marié traversé par le démon de midi comme un ouragan pulsionnel au vieux célibataire qui claque ses sous avant de crever, et quand j'y réfléchis, il faudrait que j'envisage d'être couchée sur un testament au lieu d'un lit, aussi moelleux soit-il, cela serait sécurisant. Jeter son dévolu sur un vieux qui me vénérerait. Je serais sa déesse avant de mourir, heureux que je lui accorde mes faveurs dans la cage dorée qu'il m'aurait offerte sauf que la porte ne demeurerait pas fermée, oiseau libre d'aller et venir à ma guise. Je minauderai le soir, serrée contre lui devant le téléviseur allumé, caressant un sexe flasque du bout des doigts, geste qui suffira à raviver les souvenirs de sa virilité et maintenir l'envie de me posséder pendant que, moi, je songerai à l'avenir quand il aura cassé sa pipe. Vanier pourrait être l'un d'eux.

— Vanier ? quel âge a-t-il ?

— Passé soixante-dix.

— Ce n'est pas le même. Tu prévois le futur sans omettre les détails.

— Dans un rêve, on peut tout se permette.

— Tu as entièrement raison. Il la plaqua sur le tissu laineux et extirpa de la poche de son pantalon une écharpe en polyester. Je te propose le jeu du foulard.

— Tu es fou, John, trop dangereux.

— Pour qui ?

— Arrête. Elle lutta contre le poids écrasant de cet homme au faciès livide de colère.

— Que j'arrête ! Il serra le lien, comprimant la trachée. L'incompréhension se transforma en terreur.

— Pourquoi ? émit-elle dans un souffle.

— Le sang contaminé ! Tu souhaitais qu'un homme t'accorde ses faveurs, réjouis-toi, tu as les miennes. Tu seras un cadavre exquis lorsque j'aurai terminé mon œuvre. Il serra plus fort.

Un ange passa et s'enfuit terrifié. Il revint, les ailes munies de coutelas.

— Vois ce couteau à la lame affûtée qui transformera ton visage en un sourire diabolique, qui tranchera les mamelons et t'ouvrira le bide, libérant tes viscères. Il désigna avec la tête le fidèle couteau à cran d'arrêt servant à ôter les bagues plates. Il serra jusqu'à sentir sous la pression le craquement de l'os hyoïde.

Contempler sa victime inerte sur le sol lui apporta une jubilation indescriptible. Il vida le vin et les verres au-dessus du roncier, attrapa l'écharpe, et les ramena à la voiture. Il lorgna le cadavre de loin.

Il s'approcha, bascula le corps sans vie, le sac à main roula. Il tira sur la couverture et la rangea méticuleusement dans le coffre avec la bouteille vide et les verres salis. Il retourna accomplir ce pour quoi il était venu.

Penché sur Amélie, il fit tournoyer la lame. L'incision au coin des lèvres s'étira jusqu'aux oreilles. Il déchira le corsage, délivra les seins de leur prison de dentelle et coupa les deux mamelons, rondelles brunes qui atterrirent de chaque côté du corps. Il remonta la jupe longue le long des cuisses, dévoila la peau laiteuse, abaissa la culotte avec empressement, et, armé d'un morceau de bois, pénétra le sexe et l'anus. Des poils pubiens s'arrachèrent aux frottements répétés, des lambeaux de chair collèrent à l'écorce, un sang rouge, chaud et poisseux s'écoula des plaies. Le phallus artificiel termina, lui aussi, sa course dans le roncier.

Patterson se redressa et recula d'un pas. Un rictus accompagna le doigt d'honneur stipulant la victoire.

Meurs par où tu as péché.

Regard circulaire avant de quitter les lieux.

Sur une branche, un oiseau chanta.

Et la vie et la mort entremêlent leurs fils.

Il démarra.

Dans le jardinet, Madeleine arrosait les fleurs, surveillant Minette guettant les hirondelles sur les câbles de France Télécoms.

— Tu ne les attraperas pas. Tu auras beau sauter, tu ne les atteindras pas. Elle tourna la tête. Mon petit John, je vous trouve meilleure mine que ce matin.

— Ce sont les cachets qui agissent. Merci pour l'arrosage, Madeleine.

— Attention aux piqûres d'insectes, dit-elle, montrant les bras.

— J'avais oublié d'emporter la protection antimoustique à Beaujeu. Ils se sont régalés.

— Ils sont terribles, cet été. Moi-même, j'ai été piquée et je ne sors pas souvent.

— Je prends le relais, Madeleine. Il lui ôta l'arrosoir des mains.

— Une soupe ?

— Pas ce soir, Madeleine, mais c'est gentil à vous d'y penser. J'ai des personnes à contacter.

— À demain, mon petit John. Bonne soirée. Minette ! Minette ! où es-tu coquine ?

— Déjà chez vous, Madeleine.

— Elle est plus leste que moi.

— Bonne soirée, Madeleine.

Il resta dehors jusqu'à ce qu'elle ait fermé sa porte, et rentra lui aussi.

Il appela Jacques. Amarande se rétablissait lentement. elle avait des réminiscences, mais le psychiatre affirmait que l'épisode dépressif s'estomperait. À Gilbert, il précisa qu'il viendrait le lendemain, mais ne fixait pas d'horaire, celui-ci dépendrait de son état de santé qui oscillait comme un yo-yo déréglait. Affalé dans le canapé, il n'eut pas la force de bouger. Il s'allongea et dormit là.

*

9 heures. le labrador noir était un chien fugueur. Bernard Saumier regrettait de l'avoir emmené pour sa promenade dominicale. Lui qui aimait entendre le bruissement des feuilles sous la canopée, les chants mélodieux des oiseaux perchés sur les branches, les aboiements de son chien l'insupportaient.

— Black ! viens ici !

Une boule noire déboula, jappa autour de son maître et repartit aussitôt.

— Black ! aux pieds ! Autant parler à un sourd, maugréa-t-il. Black !

le chien revint, un morceau de tissu dans la gueule.

— Qu'est-ce que tu rapportes, Black ? Donne.

Saumier avait l'œil. Des années à côtoyer des cadavres, les taches sur le tissu étaient du sang séché.

— Où l'as-tu trouvé ? Montre-moi.

Le chien jappa de nouveau et partit, remuant la queue de contentement. Cent mètres plus loin, il l'attendait, assis. Voyant arrivé son maître, il se mit sur son séant.

— Bon chien, flatta Saumier. Il y a des chiens truffiers, toi, tu es un chien détecteur de cadavre. Quel dimanche. Il sortit son smartphone de sa poche. Comble de bonheur, il y a du réseau. Quelle idée j'ai eu de t'emmener, la journée est gâchée. Moissard ?

— Qu'est-ce que tu veux, Saumier ?

— J'ai du boulot pour toi. Une femme mutilée.

— Où ?

— Sur la D 21, avant le camp militaire. Tu verras ma voiture, je l'ai garée à l'entrée d'une ligne.

300

— Qu'est-ce que tu fous là-bas ?

— Je promène le chien, c'est lui qui a trouvé la victime.

— On va l'engager dans la police, ton chien. Je préviens Levy.

— Passe aussi à la morgue récupérer le matériel et l'annonce aux collègues de la scientifique. Et dépêchez-vous avant que les animaux ne la croquent.

— Saumier, du calme, je te nomme le gardien des morts. Il coupa la communication.

— Black, pas bouger. Tranquille, le chien. Tu iras dans la voiture quand l'équipe sera là.

« Lorsqu'on patiente, les minutes s'étirent » pensa Saumier.

Bruit rassurant de portières claquées.

— Ici ! cria Saumier.

— L'endroit a été prémédité. On ne le voit pas de la route, et la chasse est fermée.

— Il y a son sac à main.

— Je prends. Edmond suit avec ta caisse. Les premières constatations ?

— Des marques sur le cou, le visage et les seins coupés, le vagin et l'anus éclatés, il y a eu acharnement. Un crime bestial. Une vengeance. Je déterminerai la cause exacte à la morgue.

— Un meurtre sanglant, constata Edmond. Tenez, le matériel.

— Merci. Nous allons opérer et je vous appelle ensuite.

— Comme d'hab.

— La routine, souffla Saumier.

— Nous emportons le sac.

— Bien. Ramène le chien à la voiture, il gêne. Voici les clés et la laisse.

— Edmond, tu les lui ramèneras pendant que je fouillerai le sac. Black !

Le chien tirait ; une nouvelle promenade en vue.

— Ne rêve pas le chien, tu es arrivé au terminus. Grimpe et attends ton maître. Edmond, les clés !

Moissard tira la fermeture Éclair, souleva les effets personnels de la victime, et extirpa un étui renfermant carte grise, assurance, permis de conduire et carte d'identité.

— Notre victime se nomme Amélie Boujun, connue de nos services, Edmond. Une prostituée maquée qui s'est mise à son compte. Elle était basée sur Auxerre. La carte d'identité est récente, on a son adresse.

À 11 heures, Moissard et Levy perquisitionnaient le domicile d'Amélie. Un agenda gisait sur le bureau bleu. La propriétaire avait noté les noms, prénoms, adresses et téléphones de ses clients sur le répertoire ; l'abréviation des patronymes avec l'heure des rendez-vous figurait au niveau des dates. Ils étaient peu nombreux, une dizaine à interroger. Levy, communiquant avec le commissariat, inscrivait la confirmation des domiciles sur son calepin. Quand il eut raccroché, Moissard arrêta la fouille.

— Regard, Edmond. Il lui montra l'analyse sanguine.

— Un mobile.

Ils commencèrent par les clients proches de là où ils étaient.

Le premier fut un septuagénaire nommé Vanier. L'annonce du décès l'ébranla. Ils l'éliminèrent des suspects. L'homme pleurait toujours quand ils le quittèrent.

La deuxième personne s'avéra être une femme. L'infirmière soignait son amie pour une MST, elle ne dirait rien de plus.

La troisième, la quatrième et la cinquième n'étaient pas joignables. Les volets clos présageaient un départ.

La sixième personne avait des rendez-vous épisodiques contrairement aux autres. Ils stationnèrent devant la maison. Ils franchirent le portillon et toquèrent à la porte. Nul ne répondit. Ils sonnèrent chez la voisine. La porte s'ouvrit timidement.

— Oui.

— Votre voisin est-il chez lui ?

— Si la voiture n'est pas là, c'est qu'il est parti. Il devait voir des gens.

— Nous repasserons, merci Madame. Excusez le dérangement.

— À votre service. Minette, ne sort pas.

Madeleine ferma la porte et regarda à travers la fenêtre de la cuisine, derrière le rideau. La voiture des policiers avait disparu.

À Chablis, le Samsung Galaxy 20 vibra dans une poche de pantalon.

— Qu'y a-t-il, Madeleine ?

— Mon petit John, des policiers ont demandé après vous. Ils sont entrés dans le jardin.

— Ne vous inquiétez pas, Madeleine. Rester chez vous et ne sortez pas. Il y a peut-être des malfaiteurs dans le coin.

— Je ne crois pas, mon petit John. Ils ont dit qu'ils reviendraient tantôt.

— Vous ont-ils dit le motif de leur venue ?

— Non.

— Ça ira, Madeleine. Je partais de chez Jacques, je suis à Chablis. J'arrive.

— Très bien, mon petit John. S'ils reviennent avant vous, je leur dirai que vous arrivez.

— Faites comme ça, Madeleine.

— À tout à l'heure, mon petit John.

— ASAP, Madeleine. Il éteignit le smartphone. Je dois partir, Jacques, ma voisine.

— La grand-mère ?

— Madeleine Tournier, 83 ans, elle est inquiète, car je couve une mauvaise bronchite.

— De toute façon, je repars voir où sont mes gars.

— Je reviendrai plus tard.

— Nous avons le temps. Salut, John.

— Salut, Gilbert.

La Citroën démarra. Au lieu d'aller directement à Chichée, Patterson prit la direction de Tonnerre. Il avait une chance sur mille, un dimanche, mais sa destinée avait été écrite par les dieux. Il savait. Il amorça la grande ligne droite, ralentit, les véhicules derrière doublèrent. Il vit l'imposant véhicule. Il enleva la ceinture de sécurité et accéléra. À cinquante mètres de distance, il se déporta brusquement et la Citroën s'encastra dans le 3,5 tonnes.

Violence du choc frontal.

Il n'arriva jamais.

Fin

Contact auteure

daigre1959@gmail.com